la
creación literaria

COLECCIÓN ÍNDICE

maría luisa puga

la forma

del

silencio

siglo
veintiuno
editores

MÉXICO
ESPAÑA
ARGENTINA
COLOMBIA

siglo veintiuno editores, sa de cv
CERRO DEL AGUA 248, DELEGACIÓN COYOACÁN, 04310 MÉXICO, D.F.

siglo veintiuno de españa editores, sa
C/PLAZA 5, MADRID 33, ESPAÑA

siglo veintiuno argentina editores, sa

siglo veintiuno de colombia, ltda
AV. 3a. 17-73 PRIMER PISO, BOGOTÁ, D.E. COLOMBIA

primera edición, 1987
© siglo xxi editores, s.a. de c.v.
ISBN 968-23-1407-0

impreso en editorial galache, s.a. de c.v.
priv. dr. márquez núm. 81, col. doctores
delegación cuauhtémoc, 06720 méxico, d.f.
tres mil ejemplares más sobrantes para reposición
30 de abril de 1987

Pero soy capaz de mentir por el simple hecho de que le tengo horror a la complacencia de una persona extraña que se cree que me comprende.

ROBERT MUSIL, *Los alucinados*

ESTE LIBRO, SIN DUDA, PARA
CARMEN VALCARCE Y VALCARCE

PRIMERA PARTE

La casa

Sólo cuando había ciclones cerraban esa puerta —plegadiza de persianas. Tres batientes de cada lado. O a lo mejor siempre por la noche, no me logro acordar. Los niños no se fijan en esas cosas. La noche es la cama y todo lo que se piensa mientras llega el sueño. Ese día, no obstante, había ciclón, la puerta estaba cerrada en plena mañana y yo, luego de haber estado en cama no sé cuántos días por el sarampión, había recibido permiso para levantarme y andar por la casa.

Era Acapulco, 1950, 1951. Miguel Alemán era el presidente de México entonces... Tenía yo unos seis... siete años; mi hermana todavía tartamudeaba —lo que era irritante— y mis dos hermanos mayores me deslumbraban porque eran hombres.

—Anda por la casa —dijo mi madre—, y mucho cuidadito con salirte a la terraza.

La lluvia chicoteaba contra el mosaico. Las luces estaban encendidas. No me acordaba cómo era todo en la casa; tantos días oyéndola existir desde mi cama, imaginándola sin mí. Extrañándome. La figura de mi madre me parecía muy alta, ancha y severa cuando me alzaba la cara por la barbilla para repetirme: no vayas a salirte a la terraza. Me tapaba la visión que estaba a punto de tener: la sala, el comedor, el aparato de radio tan grandote y pesado. RCA Víctor. Tenía ganas de irme a ver en el espejo de cuerpo entero que había en el cuarto de mis padres. Cuando nos servían panecitos fritos con la sopa de habas, corría a ese espejo para tratar de verme el sonido craqueante que hacen cuando uno los mastica. Imaginaba ahora que iba a poder ver mi ausencia de la casa. Ver, sobre todo, la terraza con su balancín gris en el extremo izquierdo. Afianzándonos del tubo que sostenía el toldo, un pie en el asiento y otro en el

11

respaldo, jugábamos a ser cobradores de camión. En muchos días no había visto todo ese espacio para correr; me impacientaba mientras mi madre me acababa de alisar el pelo chorreante aún. Repitiendo: no se te ocurra salirte a la terraza.

Ahora comprendo que tanto espacio vacío se debía a los problemas económicos que mi padre tuvo siempre. Pero si hay que comer, un niño es feliz con lo que sea, de manera que tan mal no estábamos, y para mí la terraza con las dos jardineras que flanqueaban la entrada era el paraíso.

También quería ver el hotel que había enfrente. Ver si había turistas, para impresionarlos. Según yo los impresionaba con mi agilidad, con mi aire misterioso, o con frases que sonaban bonito —que no podían oír, ya que estaban lejos, y tampoco entender, ya que no eran mexicanos, pero, según yo, se fijaban de inmediato en mí y quedaban marcados para siempre. Según yo, yo era especial. Según mis hermanos, era recogida. No era posible que fuera tanto más morena que ellos. Y además fea, añadían.

¿Era delgada mi madre, o gruesa? No recuerdo. Se murió tres años después de aquel ciclón. Era una presencia que tenía que ver con esa realidad que yo estaba descubriendo. La sombreaba, la hacía cálida, emocionante y bonita... o la impedía, como en ese momento en que de pie, en el quicio de la puerta de mi cuarto, me tapaba la sala. Y sus palabras producían apenas un vientecito sobre mi cabeza. Su tono me sobresaltaba levemente, pero como que no tenía que ver conmigo, si yo apenas me había levantado.

¿No es cierto que cuando uno estaba enfermo recibía un trato muy privilegiado? El papá traía regalos: lapiceros transparentes o cuadernos para iluminar. Los hermanos bajaban el tonito; se asomaban como azorados e intentaban ser amables. En la comida venían siempre sorpresas y no tenía uno que comer betabeles nunca. Ni poros. Mucha gelatina, eso sí, y cariño un montón.

Lo hacían a uno sentirse importante y medio heroico. Especial.

Por eso en cuanto mi madre se quitó de enfrente, me fui derecho a la puerta que daba a la terraza. No bien había puesto la mano en la manija cuando sentí el coscorrón. La miré sin palabras, extrañada, dolida. Y ante su reclamo: ¿No fue lo primero que te dije?, sentí la áspera forma del silencio. Esa vez fue áspera.

Acapulco

La leyenda cuenta que una tribu yope que se había establecido en las inmediaciones de la bahía se ve atacada por otra de origen náhuatl que los derrota y los obliga a huir. La tribu náhuatl era nómada, por lo que transitoriamente se establece en el lugar que arrebatara a los yopes. Durante su estadía en la cuenca de la bahía, nace Ácatl, hijo del jefe de dicha tribu, quien lo encomienda a la protección de Quetzalcóatl. Los nómadas abandonan el lugar que ocuparan, en busca de otros sitios de caza. Transcurren los años y Ácatl, con el consentimiento de su padre, parte en busca de su futura esposa, y en su peregrinar llega al sitio donde se encontraba una tribu y se enamora perdidamente de Quiáhuitl, la hija del jefe, sin saber que pertenecía a la tribu yope que su padre había derrotado.

El padre de Quiáhuitl, por el odio y rencor que tenía contra el padre de Ácatl, que lo había expulsado de las inmediaciones de la bahía, niega el permiso para los esponsales y maldice a Ácatl, invocando a sus dioses para que lo hechicen. Ácatl, entristecido, llega al refugio donde había nacido y dando paso a su desilusión, sin saber que con ello se rompía el hechizo, lloró tanto su amargura que las lágrimas incontenibles de sus ojos humedecieron su atlético cuerpo, que poco a poco se fue deshaciendo, derritiéndose completamente para convertirse en un charco de lodo; no de sangre... de ahí, como hijos suyos, brotaron unos carrizos.

Quetzalcóatl, furioso por el daño que le habían ocasionado a su protegido, castiga a los yopes en la persona de Quiáhuitl, convirtiéndola en una nube. Una tarde, la nube penetra por la bocana a la bahía y, habiendo localizado los carrizos, hijos de su amado Ácatl, la furia y los celos la invaden, por lo que se arroja sobre ellos en forma de tromba, destruyéndolos y arrasándolos para morir en el lodazal y fundirse en Ácatl, compartiendo así su destino.

14

La escuetez

Sin adornos. Sin ambages (¿qué es ambages?). Siempre tiene que ser en plural y quiere decir rodeos o caminos intrincados. Rodeos de palabras o circunloquios. Siempre me ha resultado una palabra de tono ocre y un poquito abollada. En fin. Le dije a Juan que lo que me caía bien de él era su escuetez. Su total y absoluta escuetez, que como tal no está en el diccionario, pero no le hace. Y me respondió: Pues qué lío. Casi todo no es más que palabras, y éstas se organizan a voluntad.

De acuerdo, pero hay de organización de palabras a organización de palabras. Vamos a ver...

Juan

Camina muy erguido y muy viendo de frente. Rarísimo que "eche una ojeada" a los lados o para atrás. Si la conversación no le interesa, es paciente, se deja estar ausente, fija la vista en un punto indefinible que al cabo de un rato uno percibe como túnel en el que Juan estuviera dormitando. Si la conversación le irrita, se va. Da la media vuelta y se va. Aun si él es el interlocutor. Le irritan sobre todo las conversaciones con fondo moral o ideológico. Esas donde se emiten juicios. No sé, dice lacónico cada vez que se le pide una opinión en esas circunstancias.

Esto es lo que me pareció cuando lo conocí: soberbio, pedante, egoísta. Mata niñitas en los bosques, de ahí su aire de gran bondad. Frustrado. Fracasado.

Un día sospeché que a lo mejor no. Lo invité a la novela y aceptó.

Distrito Federal

O desamor, podría haber puesto como título. Distrito Federal, nombre impersonal y frío, pero sobre todo ambiguo. Los provincianos que llegan a él tienen que dejar atrás sus costumbres cálidas, sus tonos, sus gestos, sus afanes incluso. Su identidad, en una palabra.

El desamor. No el no amor. Porque amor sí se puede sentir por el D.F., cuyo apodo: Defe, es bastante lindo. Cuyas calles son entrañables bajo cierta luz. Cuyas esquinas no se olvidan nunca por más que las rebanen los ejes viales, las dependencias del PRI o los kioscos de la SEP, esos que están siempre cerrados con candado.

Un amor, sin embargo, que se apartó; se recogió en sí mismo a la espera de que lo amado vuelva a sus cabales. Una nostalgia trepidante que, como todas las nostalgias, hay que poner ecuánimemente a un lado para seguir viviendo. Una forma amistosa de humanidad, no heterogénea, pero posible, bienhumorada, que al convertirse en abuso se volvió irritante, agresiva... humillante.

Una ciudad que uno ama y odia. Una ciudad que no es ciudad, pero sí el pasado de todos nosotros y nuestro irremisible presente. El caos que hay que enfrentar para que no nos mate.

El país

La primera vez que tuve conciencia de esta palabra fue cuando por chiripada me dieron un premio en la escuela. Estaba en cuarto de primaria, en Acapulco. Hacía calor y la maestra —cuyos blusones eran desesperadamente parecidos— se paseaba de arriba abajo por el salón, hablándonos de España. La clase era de historia. De repente, interrumpiéndose en seco, nos miró acusadoramente y lanzó una pregunta. No recuerdo cómo la formuló. Sí me acuerdo de que no la entendí, como tampoco estaba entendiendo la clase. Pero de entre ese espeso y monótono rumor que eran sus palabras, algunas, como piedritas, se me iban quedando en la conciencia. Alcé la mano y dije: visigodos. Correcto. Y me entregó el álbum de estampitas. Monografías eran. Cuatro estampas por línea. Cuatro países por página: mapa, historia, escudo, bandera. Cuatro estampas hacían un país. Cada país era distinto. Las estampas se compraban en las tiendas. Las tiendas eran todos aquellos locales en donde se vendía lo que a uno le interesaba: dulces y estampas. Juguetes pocos, ya que éstos, por ser más caros, se vendían en otro tipo de negocios. Las tiendas, pues, eran las misceláneas.

Con las estampas venían unas bolitas de chicle.

Abrir la bolsita, meterte el chicle en la boca y, balanceándote en ambos pies, ver: la tengo, no la tengo, la tengolatengola tengo. No la tengo.

Cuando me tocó la primera de México sentí: yo. Yo. Soy yo. La bandera de los desfiles, de los lunes antes de entrar a clases, de los eventos deportivos. La bandera de las composiciones: "Bandera querida, bandera adorada...", que tenía y no tenía que ver con uno. El águila del escudo.

Y luego comparar: la bandera de Alemania, la de México, la de Birmania, la de México, la de Suecia, la de México. Nunca me ocurrió desear que la mexicana tuviera otros colores, otro diseño. Era, punto, y yo era mexicana, aunque la historia de

México comenzara en la escuela con un "Al llegar al Estrecho de Behring...", y a partir de ahí ya no tuviera nada que ver con uno.

Yo

El horror a una confrontación con uno mismo. El penoso esfuerzo por reconstruir una historia propia de la que el noventa por ciento no tuvo nada que ver con uno. Y después reconstruir la historia de cómo luchó uno por apropiársela y se quedó con la certidumbre de que nadie, ni uno mismo, pudo nunca. Esas historias del yo son siempre recuentos de la victimización de la que uno ha sido objeto. De la enorme incomprensión que ha tenido que sufrir uno siempre. Y todas las victimizaciones, todas las incomprensiones han sido, son, equivalentes.

Un yo que en la relación afectiva, por ejemplo, se dice ilusionado e ingenuo, con la confianza de por fin estar siendo escuchado, entendido y, sobre todo, amado.

Un yo mexicano, pues, por qué no, si aquí nos tocó vivir y no es grave, como dijo Carlos Fuentes; un yo que camina al pie de los murales de Rivera y Siqueiros, por el zócalo, por el museo de Antropología, por la avenida Reforma. Que vive en la colonia Agrarista, que visita las pirámides o pasa por el arco del monumento a la Revolución, que desde la carretera contempla la implacable extensión del D.F., o que se pierde entre la multitud de la terminal Tasqueña. Que recorre 36 horas en camión para llegar a su ciudad de origen, o que se pasa cuatro atorado en el periférico de la ciudad.

Un patriótico yo que aprendió a cantar el himno nacional desde niño, y supo de Morelos, de la Corregidora, de don Miguel Hidalgo. Que llegó a ser el titular fulano del pasaporte número tal, cuya pertenencia le garantiza una nacionalidad y todas las prerrogativas que ésta confiere.

Y, claro, los deberes también.

Pero que en cuya cara azotan a diario los malos humores de nuestra organización social. Que a veces cae víctima y desaparece de la faz de la tierra sin dejar rastro: quemado, aplastado, desaparecido, o sencillamente no tomado en cuenta allá, en su cerro, entre su basura.

20

Ese yo que aparece en cualquier parte de la República, en cualquier paisaje, en cualquier curva de la carretera.

Un yo que supuestamente vota, ¿no, Juan?

—Hmm.

La novela

Una novela puede ser una manera de ponerse en las cosas para entenderlas, para reconstruirlas o reorganizarlas. Para recordarlas o conjurarlas. Es una manera de ser que dura lo que dure esa novela. Exige cosas que a lo mejor uno habitualmente no hace. Imprime curiosidades y percepciones específicas (que se recordarán luego como una etapa pasada). Desata un lenguaje propio, cuya dirección uno no tiene más remedio que seguir para ver qué ha sucedido en esa escritura.

Claro que además existe una intención propia de construir algo específico, y con tenacidad y obsesión muchas veces se logra. Pero lo mágico de la novela como género es que es como si uno escogiera un pedazo de la realidad para acercárselo y verlo de a poquito, y al hacerlo uno está moviendo, alterando algo que yace invisible, como dormido, y que al ser despertado se levanta y habla... o se pone a existir, como se prefiera.

Hay novelas en las que ese algo se despereza amodorradamente para acomodarse en la conciencia de quien escribe. Hay otras en las que lo que sucede es que, sin querer, se ha desatado una furia inquieta y vehemente. Una burla a veces, o una ternura. De antemano no se sabe nunca, y todo puede suceder. Por eso el novelista es como un mago ciego, que a su paso tanteante va encendiendo luces y titilaciones que no puede ver.

Cuando escribí mi primera novela (que nunca terminé), pensaba que de lo que se trataba era de escoger una estructura que a uno le gustara y luego, simplemente, llenarla con historias propias; con tonos propios. Muy parecido a la manera en que uno alquila un cuarto. Éste ha sido vivido por muchas vidas anteriores, cada cual muy específica. En ese sillón se han apoyado mil cabezas para pensar en mil cosas. Ahora le va a tocar a uno. Si con un poco de suerte el cuarto es limpio, casi casi se siente un desafío juguetón: a ver qué sabes hacer tú; yo ya he visto muchas cosas. Si, por el contrario, es medio sórdido, lo único que ofrece es el lado ruin de la condición humana: lo que de muerte van dejando los otros a su paso.

De manera que tomé *Contrapunto*, de Aldous Huxley y, colocándomela muy de frente, muy bien abierto el libro y derechito, procedí a hacer la adaptación del primer capítulo. Era cosa de ir buscándole equivalentes a todo: desde el paisaje y el clima: Londres = Distrito Federal (aunque en esos años no había todavía metro), hasta los personajes.

Difícil asunto.

Había cosas en las que se podía lograr una simetría perfecta: las parejas, los solitarios, los viejos. Pero qué arduo encontrar la equivalencia en las situaciones, en las preocupaciones. Vistos a la luz de México, los personajes resultaban si no bobos, lujosos hasta la irrealidad, y sus afanes una monstruosa pérdida de tiempo.

Al esforzarme porque mis personajes se preocuparan de lo suyo, se me disparaban en direcciones tan opuestas a la que marcaba mi novela modelo, que los dejaba a medio camino para intentar meterme por otro ángulo. No entendía por qué si la novela modelo me había calado tanto, me resultaba imposible hacerla real en México. Acá nadie tenía esa obsesión por el individualismo, por ejemplo. Si ponía a dos de mis personajes a discutir, el derecho a la libertad interior, digamos, y simultáneamente trataba de llenarlos de paisaje, de ruido cotidiano, de transeúntes percibidos al pasar —de reojo, como dicen—, era tan arrasador e incontrolable lo circundante que, cuando me daba cuenta, tanto ellos como yo mirábamos boquiabiertos la calle.

Pero, me recordaba, no tengo que hacer una novela igual, qué chiste. Quiero hacerla equivalente. O sea, la equivalencia entre un londinense y un defeño. Hyde Park y el parque de Chapultepec. ¿Por qué no? Un londinense y un defeño son humanos ambos, con piernas y brazos. Y en el caso de los parques también es lo mismo: pasto, árboles, bancas.

Me fijaba entonces en los diálogos de *Contrapunto* que transcurren en un parque, y luego procuraba imaginarme uno en Chapultepec (en el bosque viejo, en donde uno encontraba tanto español viejito añorando la madre patria, o las parejas de novios muy abrazados, o los niños en sus bicicletas). En el parque en Londres habría lo mismo: niños, parejas, viejos tristes...

Pero no, no se podía. Algo distraía inevitablemente la atención: una irregularidad que *Contrapunto* no destilaba. Una falta de homogeneidad. En Londres todo era parte de un todo —con sus diferencias, sus seres infelices, feos o ruines. Sus personajes maravillosos, bellos o elegantes.

En el D. F. había lo mismo, pero como en muchos niveles. Del más rudimentario al más sofisticado, y no se integraban. No eran un todo. Eran tan distintos todos que no coexistían, sino que estaban contenidos en un mismo espacio muy al azar.

El viejito español en Chapultepec no era un viejito simplemente, sino un viejito español que lloraba por la Guerra Civil. ¿Y el viejito mexicano? O pertenecía a la clase acomodada y no se sentaba solo en un parque, o pertenecía a la desacomodada y mendigaba.

No se podía, no se podía...

La crisis

Se desestructuran las cosas: la pareja, la familia, la sociedad, el país. Se viene abajo todo en un torrente de palabras inútiles, cada vez más especializadas; más secas e incomprensibles; más ajenas al sentir humano. En los años cuarenta la segunda guerra sacudió al mundo. En los cincuenta el plástico lo llenó de esperanza. En los sesenta fue el amor. En los setenta la muerte hizo nuevamente su aparición. Y en los ochenta la crisis. Las palabras suenan a ya dichas, ya probadas, ya fallidas. El ser humano sigue igual de vulnerable que siempre.

Las madres dicen sensatas: así está el mundo: patas parriba. Los padres hablan de la ineficiencia de los gobernantes y los hijos sienten que ellos son los únicos que se dan cuenta de que la vida es una mierda.

—¿Y en el caso de una guerra nuclear?.

—Qué.

—Pues, digo, ¿no te da rabia?

—No más que cualquier otra cosa. De poder escoger, quizá preferiría no quedar demasiado en la periferia.

Es Juan. Se aclara la garganta y prosigue:

—Hay que fijar dos extremos claramente: nacer y morir, ambos ajenos a la voluntad propia. Quiero decir, de repente uno está entre ellos y no sabe bien por qué, para qué, cómo. Ahí está uno puesto y hay que tratar de salir más o menos bien librado. Con una cierta elegancia, además. Cierto pudor. Se ven tantas cosas. Pero salvo aquellos que nacen con la convicción de estar destinados a grandes cosas, y los habrá, no hay por qué dudarlo, lo que quiere un ser humano común y corriente es no pasarla demasiado mal. Difícil no es si uno acepta lo poco de influencia que tiene en el acontecer humano. Y esto no es trágico ni es nada en especial. Es, punto.

"Están las cosas que a uno le interesan, y las dificultades —materiales y otras— para dedicarles tiempo. Y dentro de eso se llegan a lograr momentos verdaderamente bonitos.

"Están las mujeres y el grado de comunicación física y otra que se pueda desarrollar con ellas... y no hay mucho más. Una luz en la tarde, un amanecer de pronto... una que otra lectura placentera, qué más. Para qué más."

A Juan le sale un gesto de ñáñara con cualquiera de las cosas que podrían quedar en medio de lo que ha enumerado. Por ejemplo, una sana y bien justificada indignación ante la posibilidad de la gran conflagración; la pesadumbre ante la desaparición de la civilización del hombre (creo que es peor su gesto cuando se habla en términos de "todo lo que el hombre ha construido").

—Rabia —insisto—. Por ver morir a tus hijos en plena juventud. En la flor de la vida —añado rápido.

El gesto de ñáñaras.

27

Aunque a veces yo las confundo con el desánimo que me producen ciertos momentos, ciertas situaciones; ciertos gestos o actitudes de la gente. Un tipo de entusiasmo; un tipo de arranque emprendedor que me obliga a mirar en otra dirección de inmediato.

La primera vez que lo noté fue a la hora del rosario. En el crepúsculo. Las ave marías eran desgranadas con una lentitud pavorosa y entre tanto caía la noche. En Acapulco. Pavoroso de veras. Las miradas sin expresión; los tonos monótonos. El saber que después no pasaría nada y que la vida seguiría su curso. Se me hacía una cuesta dificultosísima.

Es que las entonaciones de las personas... Uno está por allá abajo, que es en donde suceden las cosas, pero sujeto a lo que los adultos se dicen allá arriba. Qué fácil es para un niño saber quién miente, quién se toma en serio, quién está amargado. A veces no quedaba más remedio que escuchar. Lo tenían a uno de la mano y ya el borde de la banqueta había empezado a aburrir. El aspecto de la calle era idéntico y la gente que pasaba también. Empezaba uno a escuchar, sin entender, naturalmente. Se fijaba uno en el tono de la voz y en los gestos. La manera en que la boca se fruncía y la voz se atiplaba. Las manos revoloteando, los dedos amontonándose, distendiéndose. Y el tiempo de uno poblado de eso. Las palabras sueltas que caían como gotitas de saliva. A veces daban asco. Otras uno las veía rebotar agilitas.

El desánimo se presentaba cuando la persona tenía algún tic verbal o alguna inflexión muletilla, y eran por lo general las gentes solemnes, esas que quedan asombradas ante la irrebatible verdad de sus afirmaciones; de su sentir el bien. Tan asombradas quedan que se enamoran de sus palabras y las repiten más de una vez. Tan asombradas y halagadas se sienten que no ven más que eso. Me desanimaba sentirme atrapada por ellas.

Otro gran desánimo era la iglesia. Las imágenes de los santos; la suntuosidad distante del altar; el olor a incienso mezclado con el olor de gente. El piquete perverso en las rodillas al hincarse. El largo tramo entre el ¡Santo, santo, santo!, y el final. La humanidad toda moviéndose pesadamente: ora de pie, ora sentarse, de rodillas, de pie...

Y a uno se lo habían explicado todo al prepararlo para la

primera comunión. Pero ya desde ahí, desde el catecismo había comenzado a oscurecerse el tiempo. Desde ese lenguaje de la Historia Sagrada y del catecismo del padre Ripalda.

Como que siempre tiene que ver con el tiempo en el que uno está contenido simultáneamente a todo lo demás, pero algo o alguien invade. Obliga a que el tiempo sea una sola cosa, un solo tono, una sola verdad. Y desánimo porque entonces es sólo con la violencia que se puede detener, y ésa es otra cosa que sabe invadir al tiempo de manera total.

El turismo también. Desde el salón de clases, en primero de secundaria, se veía la interminable hilera de trailers de gringos jubilados que venían a ponerse en esta naturaleza sin dejarse tocar por esta realidad. Traían su paisito a cuestas y éste era envidiable. En medio del calorón, del sudor propio y ajeno, de los charcos y la cantidad de basura que la gente va dejando en su vivir, de las cáscaras de fruta putrefactas, los escupitajos, botellas vacías, las hojas de maíz, los palitos de las paletas heladas, las semillas de tamarindo, las envolturas de dulces, y eso que en aquella época, allá, casi todo lo que se comía era natural; cuando mucho toficos o tin larines, salvavidas, chicles. Poco, porque en el calor se derretían, se endurecían, se ponían rancios y no conseguían competir con el coco, el mango, las pepitas.

Pero en medio de eso llegaban en sus trailers con aire acondicionado, sus bebidas coloridas y siempre heladas, su ropita sin arrugas y sus ojos azules. Pulcros. Ajenos.

Y tú súbete al camión que va por toda la costera, y luego échate a pie una cuesta terregosa y empinada bajo el rayo del sol. Como la vida era aquello: arduo.

El desánimo.

Las ñáñaras cuando veía uno las playas invadidas por chilangos estridentes y blancos blancos que, al correr por la arena ardiente hacían el ridículo más atroz. Y cuando dos días después andaban todos enrojecidos y se metían a nadar, resultaban repulsivos.

Y cómo resonaba la ciudad en sus voces; cómo eran seguras sus explosiones de risa; cómo poblaban el aire sus palabras complicadas y ajenas.

Luego se iban furtivos y Acapulco quedaba sucio y achicado. Letárgico.

En las tiendas las dependientas se adormilaban. Los hoteles apagaban temprano su luz. La bahía se acallaba.

—Tipos psicológicos —dice Juan—. No hay turistas, reaccionarios, o progresistas, masas. Hay tipos psicológicos... palabras que todo lo falsean.

Lo miro cuando dice esto. Es plácido y hermético al mismo tiempo. Burlón y compasivo. Tímido y pudoroso. Parece un loco que anda buscando aspirar la esencia del placer, y lo hace cada vez que se libera de la atención de los demás.

El reflejo azul del lago de Zirahuén es idéntico al del mar de Acapulco. Eso me inquieta. Los sonidos que se trae el viento, esas voces de campesinos que van pasando, esas risas de finsemanistas que utilizan la naturaleza como si estuviera incluida en el costo de la gasolina. Esos motores que por dondequiera nos atraviesan la conciencia, son los mismos de hace treinta años.

De repente una voz se eleva por sobre lo demás, y restalla en la conciencia escandalosamente. La vocal final se queda vibrando en la tarde; enternece de una manera sorprendente. Y la superficie laminada del lago, la brisa entre los árboles, el color de la vida me hacen recordar el desánimo, que por fin entiendo que es el silencio. Otra de las formas de silencio.

Juan es hijo único. Creció en el Distrito Federal, en la colonia San Rafael. Su padre era un hombre bastante mayor que su madre. Un hombre que luego de mucho ver el mundo se afirmó detrás del aro de sus lentes para de vez en cuando arquear las cejas con tranquilo escepticismo. Sin juzgar demasiado, pero dando a entender que a él las cosas lo tenían sin cuidado. Español refugiado, procuraba rehacer su vida desde cero.

Juan tenía siete años cuando llegó a México. Corrían los años cuarenta. De la mano de su padre y de su madre entró a México por Veracruz, llenándose los ojos de color y movimiento y observando asombrado a vendedores y mendigos. La madre opinó que todo era triste y sucio salvo los trajes de charro.

Es difícil trazar el primer recuerdo consciente, redondo, que contenga los detalles de lo que es la vida de uno. Supongo que el mío es una noche en Acapulco, recién llegada con mis padres y hermanos a casa de mi abuela. Antes de eso nada. Ni las caras anteriores, ni el viaje del D.F. a Acapulco, nada. Pero esa noche era oscura e inquietante, y creo que estábamos muy arrebujados unos contra otros. Íbamos a cenar y las luces en los techos eran chillantes. El segundo piso de la casa estaba cercado por un barandal de fierro, y daba a un patio. Un agujero negro. Me mantenía muy pegada a las paredes yo.

En la mesa, en medio de una algarabía risueña de padres, madres y tíos adolescentes, de pronto se oyó un estruendo que hizo enmudecer a todos. Un tronido, un sonido hueco y con extrañas resonancias que nos hacía mirar extrañados buscando su origen. Un nuevo estruendo y luego un ligero estremecimiento en la pared contra la cual daba el respaldo de mi silla. Fue un momento eterno. Todos espiábamos, y de repente alguien me jaló porque junto a mí caía un polvito del muro. No de arriba, sino al nivel del asiento, y así, todos vimos con espanto cómo lentamente, pero con aplomo, surgía un tubo cuya boca redonda parecía estar bostezando aburrida.

Tal vez Juan, ante la historia gastada, demasiado contenida en libros y reflejada en edificios y hábitos del viejo continente que sus padres traían a cuestas en su intento por dejarla atrás... o quizá porque le tocara presenciar esa lenta y minuciosa construcción de un presente nuevo en un país extraño, en la cual él era uno de los objetivos principales: que el niño estudie, que se prepare, que conozca, que no se deje engañar... tal vez, digo, por eso se fijó tan obstinadamente en su historia personal.

Una cosa es llegar entre la tropa de soldados con el claro propósito de conquistar un mundo, y otra llegar entre los padres, cuyo diálogo, de todas maneras, era ligeramente desfasado por los veinte años de diferencia que había entre ellos: él venía de una guerra que había fracasado; ella de una situación de guerra que en el barco sintió que dejaba atrás. Atrás las penurias y las oscuridades del temor. Atrás la muerte y fealdad. Ahora sí empezaría la vida.

Por eso Juan, de la mano de sus padres, y sin entender del todo los comentarios mordaces de él, y las quejas de ella, pudo mirar con los ojos bien abiertos cuanto se le pusiera enfrente. Mirar sin comparar, sin preferir, sin recordar. A los siete años las cosas son.

Antes que ellos habían llegado otros, como es natural, por lo que algún contacto tenían; alguna ayuda recibieron. Pero rápidamente el padre se sustrajo del ambiente republicano prevaleciente. Del tono dolido y rabioso. De la verborrea combativa que poblaba el espacio de los medios de comunicación de ese entonces: el radio.

Ahí recalaba un buen número de refugiados españoles para dar rienda suelta a su justa indignación.

En las noches quietas y tibias del D.F., las imágenes preñadas de una condena honda vibraban estentóreas:

¿Por qué se olvidan de nosotros?

al Comandante Miguel Cuesta, muerto heroicamente en Brihuega.

Ésta es la pregunta que nos hacemos los españoles siempre que leemos una de esas notas que por diferentes causas, motivos y circunstancias se publican en relación a los países que están en guerra contra el eje nazi-fascista.

En todas falta el nombre del país que lleva más tiempo luchando contra Italia y Alemania, que fue el primero en levantarse contra ellas y que será el que haga el esfuerzo final, no olvidemos este detalle, para destrozarlas; y este olvidado país, es España. [...]

¿Es que hay alguien que dude que la guerra de 1936, por la independencia de España, no es parte del esfuerzo universal que hoy se hace por la libertad del mundo?

[...]

El padre de Juan cambiaba de estación calladamente. O se salía de la habitación para ir a sumergirse en alguna lectura solitaria. Ante los comentarios amargos, ansiosos de un inquilino también refugiado, sencillamente se encogía de hombros: no sé. Igual que Juan ahora: no sé.

Y entonces la madre aprovechaba para escuchar música, alguna radio novela, y tejer.

Juan, en su cuarto, leía, miraba por la ventana, jugaba en silencio, muy atento a lo que tuviera enfrente. Su madre prefería que no cerrara la puerta. Quería verlo vivir; estar pendiente de él.

Las madres. Esa aureola de importancia grave que adquieren cuando han parido el primer hijo. Y si no tienen más, qué grave. Digo, mi experiencia de madres es singularmente pobre. La mía murió muy pronto y yo no tuve hijos, quizá por eso me parece levemente monstruoso el apego, la atención que desarrollan hacia esa existencia que viene a aliviarles un tanto el peso de la propia.

Porque la veo, a la madre de Juan, jovencita, en un país extraño y con un compañero mucho mayor que ella, que ante los avatares de la domesticidad sonríe tolerante y distraído, y ante las cosas serias (desde el punto de vista de ella), guarda extraños silencios. La imagino escuchándolo y entendiéndolo sólo a medias y muchas veces ni eso. Aprendiendo, más bien, a dejarlo hablar, porque el verbo le pertenece a él como a ella su hijo. Equilibrados los tres, solitarios y en buena medida contentos, ¿por qué no?

Mi madre, en cambio, es el silencio de los demás. La frase de cajón; la expresión estereotipada. El sonido de unas palabras que puestas juntas ya no transmiten ninguna imagen. Se convierten en un mero murmullo, como el que permanentemente ciñe al D.F.; como decir: "no te quito más tu tiempo". De mi madre todos dijeron invariablemente: "era una santa". Y así poco a poco fueron silenciando su presencia en mí. Sin embargo, no puedo dejar de preguntarme qué se siente, se habría sentido tener la amorosa mirada de una madre posada en uno, aunque, claro, yo habría tenido que compartirla con tres hermanos, a cual más de estentóreos. Juan, en cambio, recibía solito el peso de su amor, y eso ha de ser una responsabilidad seria.

Lo llevaba a patinar al parque que está en Villalongín (el del monumento a la madre). De la mano lo llevaba. Ya en el parque, con el tiempo, lo fue dejando un poco más libre, mientras ella platicaba con su vecina. A Juan le habían asignado al hijo de ésta como compañero de juegos.

De niño, uno preguntaba siempre: ¿y va a haber con quién jugar? Porque de no ser así era como un texto sin monitos, sin diálogos. ¿Con quién jugar? Y le importaban a uno las edades, más que los sexos, ya que los demás niños no tenían personalidades individuales; eran formas de ser más bien, de ponerse en el espacio. Y lo que importaba era el juego, jugar, porque era la única manera de saber que uno vivía.

Por eso a Juan le daba bastante lo mismo que el hijo de la vecina fuera como fuera. Mientras las mamás hablaban, ellos patinaban, se reían, jugaban a la pelota e iban construyendo un cúmulo de recuerdos y sensaciones en esas tardes luminosas que solía tener el D.F.

Es tan normal la visión de niños jugando. Como ver árboles, o en la actualidad coches. Niños que constantemente se están desprendiendo del transcurrir global con una carrera, un brinco, un grito, un guiño. Su presencia sobresalta, hace recordar algo ya muy doblegado en nosotros. El sonido de sus voces se expande en el espacio. Si es uno solo que va por la calle, casi puede escucharse su animado diálogo consigo mismo, al tiempo que con la mano repasa cada borde, cada reja con la que se topa. Al tiempo que acomete los brincos obligados en un pie, o las rápidas desviaciones si es que hay en la banqueta un montón de piedras, algo... En las colonias de gente que ha podido construir la casa de sus sueños, muchas veces son deliciosas las monstruosidades que a sus puertas cobran realidad: cisnes, leones, puentecitos. Un deleite para cualquier niño.

Con mis hermanos nos íbamos al monte, a abrir veredas que nos llevaban al mar más directamente. De mayor a menor íbamos, aunque yo, por ser cobarde, me ponía hasta el último. "Lo que hace la mano hace la tras." Detestable juego. Ya sabía que mi hermano mayor iba a hacer cosas dificilísimas. Subirse a rocas gigantescas y pegar gritos tipo Tarzán. Horrible. Pero mi hermana, que era menor y además tartamuda y minúscula, lo hacía.

Siempre negociaba con ellos para que me perdonaran algunas proezas y perdíamos muchísimo tiempo. Por último cumplía, cuando ya todos estaban de mal humor.

El mundo no existía. Apenas una vaga noción de mis padres que nos habían recomendado no sé qué, y el mar al que llegaríamos tarde o temprano. Una gran cosa verlo por entre el follaje y comparar si ese camino era más corto que el anterior o no.

Seguro nos topábamos con campesinos, con pescadores que tenían sus chozas por ahí. Gente que donde quiera hace su casa, suelta su bola de chamaquitos y enciende un fuego para cocinar frijoles. Ya luego uno ve la tierra bien apisonada, las flores en latas y la ropa tendida. El trozo de espejo clavado en un árbol, la hamaca. Cocos y cascos amontonados en un rincón. Gritos.

Seguro pasábamos junto a ellos y por un segundo nos mirábamos. Éramos igual de nativos que ellos; igual de morenos e igual de descalzos. Éramos cuatro niños en traje de baño.

Y mi padre decía constantemente: la gente ésa. Porque nosotros éramos nosotros, y cierra la boca al masticar, no se habla con la boca llena, y saluden a su tía, niñas, ¿ya le dieron las gracias a su abuelita? A lavarse los dientes, pues. ¿Por qué ese tono "conminatorio", grave, aposentado de los adultos, tenía un dejo de asco hacia la calle, lo de afuera... la gente ésa?

—Mi madre me llevaba de la mano a la escuela. Estaba enfrente. Había niños que llegaban en camión desde lejos. Me chocaba que me llevara hasta la puerta, pero mi madre...

Se encoge de hombros.

Tiene una capacidad increíble para aceptar que la gente sea como es. Sea distinta a él. Y de la misma manera, o con la misma capacidad, le da absolutamente igual lo que la gente piensa de él.

De niño andaba por la calle viéndolo todo y enamorándose de cosas sin nombre: la sensación de una esquina rota, de una maquinaria colocada en el medio de un terreno como emperatriz enloquecida, de los colores y sonidos de un mercado, de los volcanes al caer la tarde, o del zaguán de su edificio.

Luego se enamoraría de algunas mujeres, pero eso luego, y además le dije que no iba a ser personaje central de mi novela.

—Por supuesto que no —dijo.

A veces las circunstancias lo obligan a uno a viajar, a moverse del sitio de origen. Es como empezar a trazar un gran círculo que se cerrará en el punto en donde se inició. Y en el curso de ese trazo, más de una vez se sentirá el absurdo o lo grotesco de estar tan lejos de uno mismo; tan a la intemperie; tan, pero tan de paso.

Así han de sentir los que se van para el otro lado... y definitivamente así sienten muchos muchachitos y muchachitas enviados a estudiar a Europa o Estados Unidos. Qué, por qué, para qué si uno, en definitiva, es la mermelada de chabacano, o la ollita de frijoles con epazote, las fiestas con los primos los fines de semana, o simple y sencillamente el color, el aire, el sonido de una vida diaria.

Aunque también se siente lo opuesto: la libertad de no pertenecer, de ser alguien que solamente va pasando. De no tener nada qué ver. De existir entre los demás en calidad de espectador. Ahora tienen sus fiestas nacionales, homenajean a algún héroe nacional, hacen sus manifestaciones. Qué pintorescos. Así se divierten ellos. Así protestan. Qué locos, pero en el fondo qué tibios. Con que sólo vieran un jaripeo, un carnaval, un 12 de diciembre, una noche de Vivaméxico. Con que sólo probaran un molito negro de Oaxaca, un pozole de Guerrero o unas carnitas de Michoacán.

La facilidad de ser lo que se es, el sentimentalismo ante el recuerdo de lo propio porque lo circundante no nos exige nada. Nos ignora. Nos deja estar.

Y cuando la nostalgia azota, la firme determinación de vivir la vida de otra manera: con más cuidado. Más atención. Es cuando entra la verborrea y uno se explaya: allá... en mi país... nosotros... acostumbramos... y uno, calladamente, se va dando cuenta de cuán poco nuestro es. De cuán poquitos son ese nosotros. De lo lejos que está ese allá.

Hay gente a la que le gusta viajar; andar de paseo; ir a ver cosas. Cuidadosamente doblan su vida diaria —y hay unos que ni eso: la dejan ahí botada, como cae— y se van llenos de ilusión. Es envidiable, no tanto por su capacidad de disfrutar el viaje, como por la ligereza de su entusiasmo. El gozo que sientan será el que estén capacitados para sentir, con o sin viaje.

Cada vez que tengo que ir de un lugar a otro es como si debiera apretar la respiración, la existencia. Contenerla hasta salir del otro lado. Lo que me queda del transcurrir —ese haber salido y no haber llegado aún— es una bola de imágenes confusas e inquietantes. En una carretera de México, por ejemplo, esas casitas aisladas en medio de algún campo, como acurrucadas en el hollín. Minúsculas en el paisaje soberbio. O bien esos pobladitos que mal que bien sí tienen una uniformidad a lo largo de toda la República. ¿Cuál sería? Las misceláneas, las placitas con su kiosco. Las rubicundas iglesias. La propaganda del PRI... el caminar de la gente o la arquitectura sin sazón de sus escuelas.

O quizá sea ese aire que tienen de estar fuera del tiempo... de la realidad. Claro que ¿cuál sería la realidad a la que me refiero? ¿La del D.F.? O simple y sencillamente la realidad que tienen las dimensiones más holgadas, más amables.

Los deja uno atrás y vuelta a la carretera interminable que cruza impertinente la increíble e imperturbable naturaleza. Letreros de vialidad: SALIDA DE VEHÍCULOS A 300 METROS. El kilometraje que hay antes de la próxima ciudad, que es siempre mucho, muchísimo: 60, 120, 270 kilómetros. De ahí que esté uno siempre cayendo en el mutismo; en un silencio espeluznado y tenso. Los árboles, sí. El color de los montes. Las flores. Sí, qué bonito, pero... un campesino que camina al borde de la carretera con aire absorto. Su morral de plástico al hombro. Sus pantalones de fibras sintéticas mal terminados, su mujer atrás, muy arrebujada en lo que sea: desde un rebozo con bebé, hasta voluminosas bolsas de plástico en las que lleva algo para vender en el mercado. Una curva en la carretera y el ineludible autobús de línea, que avanza pesadamente echando humo y ruido, repleto de pasajeros sumisos y callados que aguantan todo con tal de llegar a su destino. Que en cuanto ocupan su asiento se sumen en un sueño denso, indiferente a la velocidad suicida del camionero. Si ha de tocar la de malas, qué se le va a hacer. Para qué preocuparse. Qué chistoso: tanto esmero en abrazar la bolsita de plástico, en arropar el chamaquito, en esperar al camión...

Otra curva y la señal risueña e infantil del plato y tenedor que indican que se podrá comer algo pronto. Algo, una torta, un guisado, una bolsa de Sabritas, pero sobre todo estirar las piernas; sentir el aire. El puñado de casitas al borde de la carretera; a lo mejor una gasolinera escueta. Unas mujeres con puestos de frutas de la temporada. ¿Cómo será la noche? ¿Cuándo será domingo? Y para llegar, ¿cuánto falta? Pero además, ¿llegar adónde? A la entrada de la ciudad, que hasta la casa propia es un trayecto a través de la fealdad, muy semejante a esos pueblos que uno cruza y va dejando atrás. O simple y sencillamente a lo construido, a los letreros y semáforos que pese al caos parecen recogerlo a uno.

Juan dice que sólo dos veces ha salido de la ciudad de México. Una para ir a Acapulco, y otra para ir a Michoacán. En ambos sitios ha deambulado solo, mirando a la gente y deteniéndose ante ciertos efectos de luz. Igual que ahora lo hace en el metro. Recorre los andenes, se baja en ciertas estaciones; sigue con la mirada a algunos pasajeros. Recorre el norte de la ciudad. ¿Buscando qué o yendo adónde? Nada, a ningún lado. Simplemente viendo, sin mayores explicaciones porque para qué.

Bajar las escaleras hasta el andén, oyendo fragmentos de cosas, descubriendo expresiones asombrosas, dejándose llevar por el vagón que a veces se detiene largamente en medio de un túnel. Sentir luego el tirón de la marcha que se reinicia. Observar el barajarse de caras, cuerpos, humanidades que en cada estación cambian. Desear intensamente cosas que ya se sabe que son efímeras. Esa muchacha ha sonreído, aunque tal vez distraídamente.

Viajar tal vez sea eso: ese salirse de uno mismo un rato para llenarse de cosas ajenas, de ruidos y olores. Y encerrarlos después en el cuarto propio, dejando que se desplieguen silenciosamente en la imaginación.

Igual uno de niño miraba por la ventana o el balcón. A la calle, al mar. Quizá con una sensación indefinible de que allá estaba transcurriendo la vida. Tal vez con una urgencia: ya quiero llegar, que no me deje. No sé; no lo sé. Apenas si me acuerdo de la sensación, y está indisolublemente unida al barandal de madera que circundaba la terraza en casa de mi abuela. Café oscuro. Había que barnizar todos los años tanto el barandal como las ventanas. El aire de mar acaba con todo.

A veces, pues, el barandal estaba descarapelado. Otras era lisito y brillante. En principio yo miraba el mar —no era que me sentara en la terraza con el exclusivo fin de mirarlo. Al mar se lo mira siempre consciente o inconscientemente. Estaba por todos lados; se escuchaba todo el tiempo. La casa de mi abuela era casa de acapulqueño, lograda después de una vida de trabajo. Casa de cara al mar, en una colina. Mar abierto, además, aunque el ruido turístico, los motores de lancha, la música, estaban en el aire.

Yo andaba por la terraza un poco como Juan debe haber mirado por su ventana: sin querer y quedándose inesperadamente absorto al ver el trajín diario en la calle. Desde su cuarto imaginándose en ese trajín.

El mar, el mar en el lenguaje de todos en esa casa. Qué picado está el mar. ¿Ya viste el color que tiene hoy? Desde el comedor, desde los cuartos, desde el jardín. Por la noche: qué quietud. Mira las luces de los pescadores. Los montes en donde se había construido escalonadamente, de manera que cada casa (no había muchas en esa época) podía tenerlo muy de frente. Aunque yo tenía la impresión de que desde casa de mi abuela el mar era distinto. Por los barandales.

De madera reseca y carcomida lluvia a lluvia, atrapaban mi vista con mucha más frecuencia que el mar. El mar era lo que los adultos decían de él. Los barandales tenían que ver con la manera en que yo sentía mi vida: fea, detenida, tensa. La muerte de mi madre había resquebrajado toda sensación de familia. Mis hermanos estudiaban en México, y mi hermana y yo esperábamos a que mi padre mandara por nosotras.

Los barandales me mostraban mi impaciencia a diario; detrás estaba el jardín, el mar, las risas de la bahía de Acapulco. Yo acá, aprisionada por ellos. Y desde ahí escuchaba las frases de los demás. Desde el barandal. Frases o ruidos que hacían al existir; la voz disparatada de doña Otilia, la cocinera, una guerrerense morena y alegre que se sabía echar unas risotadas contentas, o exclamar ¡tembloor! casi al mismo tiempo que empezaba a estremecerse la casa. Pero su voz se achaparraba y se hacía opaca cuando platicaba con Ezequiel, el jardinero, o con la recamarera de turno. Era cuando hablaba de sus cosas, de su gente de su pueblo. Y podía hacerlo sentada ante la mesa de la cocina, o de pie en el zaguán, con alguna varita en las manos, mirando interminablemente al mar. Se hacía chata su voz, como sin dirección.

Hablaba ella, y respondía el otro: Ah, sí. Ajá. Y luego largos silencios y vuelta a echar para afuera muchas palabras, muchas muchas, todas chaparritas e iguales, terregosas todas. De su vida hablaba; de sí misma. No como cuando mi hermana y yo le pedíamos que nos contara cosas de la familia; de mi madre. O como cuando se burlaba de nosotras porque éramos niñas y todo lo que nos esperaba. Los hombres, se reía maliciosa, ya verán, ya verán, y la veíamos reírse con muchas ganas.

Desde el barandal la voz de mi abuela haciendo cuentas con el jardinero, que era quien iba al mercado. La voz de mi abuela era ante todo sensata; ecuánime. Ineludible. Era la voz de la realidad. Las cosas se hacían visibles en cuanto ella las enunciaba: faltan limones, pero no los traiga amarillos, Ezequiel, ni muy verdes. Fíjese bien al comprar, no nada más pida las cosas. Escójalas.

Los dedos de los pies de Ezequiel asoman gordos y sucios por entre las tiras de cuero de sus huaraches de suela de llanta. Sus pantalones son blancos percudidos, de manta. La camisa la lleva por dentro, desabrochada a medio pecho. Su pelo es negro y grueso. Se le dispara indómito. Es muy indio Ezequiel. Habla bajito y con los labios muy apretados. Casi nunca levanta los ojos cuando es a él a quien le hablan. Y si mi abuela le discute algo, sólo dice: pos sí. Si lo regaña se sume en un silencio hermético. El regaño se desborda tratando de penetrarlo, y no lo logra, se queda como un charquito junto a él. Luego Ezequiel se va al jardín. Oigo el siseante sonido de la manguera cuando la arrastra por el pasto. Sale el chorro, como abanico relumbrante, porque Ezequiel oprime con el pulgar la boca de la manguera. Las gotas de agua chisporrotean al sol y se prenden de las hojas del plátano, de los crotos, de la tierra que se anega a medida que se humedece. Y de pronto Ezequiel comienza a silbar alguna ranchera o norteña.

Es bien entonado.

Ahora mi abuela habla con su cuñada, una viejecita a la que llamamos tía Eduviges. Tíavige. Es muy bajita y sólida. Refunfuñona. Vive en los cuartos de abajo y su habitación huele a sacristía. Hermana de mi abuelo, nunca se separó de ellos desde que se casaron. Si mi abuela viviera yo le preguntaría por qué. Mil veces nos lo contó a mi hermana y a mí, pero nos lo contó en la manera en que los adultos cuentan cosas a los niños: dorando la píldora. Las anécdotas todas tienen una sonrisa apta para niños. La vida entera está diseñada a lo Walt Disney.

Mi abuela habla con mi tía Vige no sé de qué, a lo mejor

de Chole, otra mujer que vive en los cuartos de abajo, y de cuya historia, ésa sí, no supe nunca nada. Estaba ahí. Era monumentalmente gorda y sucia. Tenía un pelo larguísimo; cuando se lo lavaba era fascinante verla cepillárselo. Verla arrancarle al cepillo los cabellos que como arañas, luego se iban corriendo por la terraza empujados por la brisa. Lo opuesto a la Tíavige; su cuarto era de un desorden inaudito. Pilas de *Vanidades*. De historietas, de objetos. Pero estaba siempre cerrado con llave, y para lograr que nos prestara las revistas había que hacer negociaciones larguísimas y solapadas, ya que mi abuela nos tenía prohibido leer a Corín Tellado. Sus turgentes historias. Cómo, pues, si eran lo más fascinante del mundo.

Hablan en un murmullo mi abuela y mi tía Vige, y no trato de entender lo que dicen: siempre me topo con la misma falta de emoción, de sorpresa. Sólo de cuando en cuando se desprende alguna frase, algún encomio, algún juicio. Hablan de gente, de pasados o de maneras de ir preparando el futuro. Sé que a veces hablan de mi hermana y de mí. A lo mejor de mi padre, que se tarda en venir a recogernos. En el tono de mi tía hay un escepticismo de base, de arranque. Hay un desdén global que sólo desaparecerá cuando alcance la gloria del más allá. La naturaleza humana... puaf. Qué se puede esperar. No se casó nunca. ¿Tuvo pretendientes? ¿Fue agraciada de joven? ¿Qué siente cuando se ve en el espejo? En su cuarto sólo hay estampitas, ángeles cachetones, rosarios.

Mi abuela, no obstante, la consulta, le pide su opinión. Mientras ella ha vivido, mi tía ha estado al ladito, viéndolo todo para después meterse en su cuarto. Creo notar en su tono una pregunta constante, obsesiva: ¿Lo hice bien, Vige? ¿Lo hago bien? Y al mismo tiempo un resentimiento velado: tú cómo vas a saber. Jamás has tenido responsabilidades.

¿Que qué? ¿Y luego todos los niños pobres que ha catequizado? Todas las misas que ha ofrecido por...

Españoles que se salieron de Cuba cuando ésta obtuvo su independencia, y en barco llegaron a Acapulco. Comerciantes que edificaron el centro de Acapulco, junto a los libaneses, a los judíos, a los turcos.

Mi familia, pues, el mundo adulto que nos contenía mientras

yo, en la terraza miraba el mar por entre los barandales, libre un rato de la vigilancia educadora de mi abuela.

—Ya se va a poner el sol, ¿por dónde andan las niñas? ¡Niñas! Bajen al jardín, ya se va a poner el sol. Vengan.

En una mesita de bridge, una cestita con bizcochos. Café o chocolate. Sillas de lona. Silencio preñado de trinos, de ladridos, de rumores lejanos. Bajaba yo. Aparecía mi hermana. ¿En dónde se metía en los escasos momentos en que no estábamos juntas? ¿Qué hacía? ¿Jugaba con sus muñecas? Era lo que más le gustaba. Parecía.

A veces el sonido del viento en las hojas de los árboles parece que quiere decir algo; llamar la atención sobre algo que está uno dejando pasar. Y uno aplica la conciencia para entender y entonces el sonido se disgrega, abriendo unos huecos extraños, inquietantes, porque parecen esa cara de uno mismo que por fin va uno a enfrentar. Pero el sonido de un camión desvencijado rompe todo, y el rumor de las llantas sobre la terracería se lleva un trozo de la vida propia. Sonidos que se entremezclan confundiendo y sepultando el que uno trata de desentrañar. Este de la madrugada que apenas comienza a perfilarse, con un gallo por allá, y otro más lejos que le contesta y luego oscuro, oscuro todavía, aunque ya tanta gente anda subiéndose adormilada al metro para llegar a tiempo al sitio, a la ocupación que le brinde la posibilidad de ganarse la vida. Ganársela, vaya expresión. El verbo tendría que ser hacer la vida. Ir haciendo la vida propia, con todas las mezclas y las equivocaciones y los intentos de los que uno va siendo capaz. Ganársela por qué. Ganársela a quién.

Por eso, cuando trato de imaginar a Juan despertando por la mañana, en el departamento de la San Rafael, todo protegido, todo rodeado de solícitas actitudes maternales y paternales, tomando su taza de leche caliente ante el ojo eternamente vigilante de la madre, y la benevolencia paciente del padre; cuando lo veo ir a lavarse los dientes y recoger de su cuarto el libro de aritmética que anoche dejó sobre el escritorio —y que a diferencia de la gran mayoría de niños, Juan consideró con curiosidad específica para, luego de entender lo que quería entender, soportarlo con indiferencia— no puedo sino concluir que no somos nada. Pura ilusión construida con palabras ensoñadas. Puro deseo erigido en verbos. El hecho es que, de la mano de la madre —muy en su papel de dama que lleva a su hijo limpiecito a la escuela— cruzaba para entrar de lleno en la vida, esa vida que el patio de las escuelas contiene de manera tan imperturbable. Ahí están siempre todos: el bravucón, el relajiento, el malbaratado. El que siempre nos persigue como si nuestra existencia le resultara un estorbo. El que nos mira con intriga... el corrillo de niñas que se agazapan unas tras otras: tú cuántos hijos quieres tener; a ti qué sopa te gusta más; qué harías con un millón de pesos; a qué edad te quieres casar. Risitas, codazos, miradas oblicuas. Pero ante la mirada atónita de Juan, de repente una expresión, un gesto, un perfil dislocado del todo, del grupo. La línea de un cuello, el tono de una piel. Una niña que se distrae del grupo. Una niña rezagada, apartada, apesadumbrada tal vez por algún contratiempo, o por la clase de aritmética que Juan le podría explicar con toda sencillez si llegaran a comunicarse.

Sólo que en los patios de recreo todo es tumulto, es caos, es violencia, y cuando suena la campana para formarse y entrar a clases es un sálvese quien pueda. Y a quién le importa si el mundo no es ya lo que era antes y si se ha perdido el sabor de las tradiciones. Cómo nos íbamos a dar cuenta de que el plástico desplazaba lenta, insidiosamente a otros materiales y lo que significaría luego en nuestras vidas. Quién nos iba a decir que ese saludo a la bandera de los lunes se repetiría generación tras generación con exactamente la misma vacuidad. Que, cuidado, la contaminación de la atmósfera llegaría a convertirse en un problema serio, tanto, que merecería la misma grave atención con la que en el radio los refugiados republicanos españoles comentaban los eventos internacionales en su afán por impedir que el mundo se olvidara de la España republicana.

Cuando ya cada cual queda sentado en su pupitre, escuchando a la maestra, espiando al vecino, llenando el tiempo de la mañana antes del siguiente campanazo, no existe nada sino uno. Uno; la sensación propia de la vida, el eterno regateo entre placer y dolor.

Me acuerdo de mi hermano, no del mayor, sino del otro, el que era sólo un año mayor que yo, pero era hombre. Ah, hombre. La diferencia. Éramos igualitos, hasta nos creían gemelos, pero era hombre. Niño en lugar de niña. Hicimos juntos la primera comunión. Claro que yo me volqué encima el chocolate y él no. Y además, el vestidito blanco, tan incómodo de todas formas. Aparatoso. Pero crecíamos juntos y aunque él tenía una incomprensible compulsión a subirse a todos los árboles y a hacer cosas peligrosas, cosas que me dejaran ver que él no le tenía miedo a nada (y yo sí), éramos amigos. Con condescendencia de su parte, claro, pero éramos cuates. Cuando estábamos solos nada más. Ante mis padres, con mis otros hermanos, en la escuela, no. Él era él, y yo, yo, y que cada cual hiciera lo que pudiese. Y por la manera en que él caminaba seguro, chaparrito, con sus orejotas desproporcionadas, decidido; por su determinación a aprender, a ser lo que había decidido ser en la vida, yo sentía que estaba loquito; que era raro. Que a lo mejor ser niño a diferencia de niña era eso: ese avance lineal y casi monótono para alcanzar la visión que de sí mismo tenía.

Yo no, y me llenaba de admiración y asombro al verlo existir; idear hazañas peligrosas con las que nos colocaba a ambos en una perpetua competencia que él invariablemente ganaba. Cuando estábamos solos, insisto. Con mis demás hermanos éramos ellos y nosotras. Con mis padres éramos cada cual. Pero lo más sorprendente era lo que pasaba cuando llegábamos a la escuela. Estaba un año más arriba que yo, naturalmente, pero llegábamos a ese gran patio y él como que se diluía en el movimiento de los demás. Desaparecía. Yo me proponía no perderlo de vista. Fijarme en él durante el recreo para hacer todo lo que él hiciera —como en nuestros juegos— y ver si así ya me empezaba a sentir real. Pero no lo lograba porque se volvía como un manchón compuesto por pedazos de los demás.

Cuando volvíamos a encontrarnos solos, me parecía que estaba henchido de sabiduría. Lo envidiaba.

Un día, sentado en el borde de la cama, me explicó por qué no había que tenerle miedo al dentista. Creo que también estaba mi hermana, pero con esa libertad suya que le daba el ser más pequeña. Pero por eso, el día en que mi hermano me explicó por qué no había que tenerle miedo al dentista sentí envidia hacia los dos.

Mi madre ya había muerto; vivíamos en casa de mi abuela. Mi hermano estaba de vacaciones. Era el rey. Deambulaba satisfecho en el aprendizaje de un lenguaje propio. Satisfecho, digo, aunque no era fácil. Él y mi hermano mayor vivían solos en el D.F., en un departamento que a mi padre a veces se le olvidaba. Y el par de niños —porque es lo que eran— tenían que vérselas con las dificultades de no tener un quinto. Esas dificultades son bien conocidas en un país como éste. A mis hermanos no les tiene que haber sorprendido mucho, pero la ruptura; el cambio. La brusquedad del tono con que mi padre hablaba de la "gente ésa", de lo que "nosotros éramos" y del descubrimiento nuestro de que *no era cierto*. Éramos iguales y no teníamos un quinto. Aunque ese par de niños vivieran solos, como grandes, en un departamento, y el par de niñas, nosotras, en una protegida vida familiar.

Por eso, en el borde de la cama, mientras mi abuela se acababa de bañar, o acababa de mandar a Ezequiel al mercado, o a lo mejor estaba en el teléfono platicando interminablemente con doña alguien sobre algo que estaría conectado con la iglesia, los muertos o la tienda de la familia, mi hermano desplegaba ante nosotros su manejo del lenguaje, del mundo y de la soledad.

Admiraba yo más su satisfacción que sus logros.

Pero fue así: procedió primero a explicarme los componentes químicos de la gutapercha. Esa cosa color de rosa tan desagradable. Y lo hizo con fruición. Las palabras se le desbordaban deleitosamente y a lo mejor su vida en ese tiempo, por un rato, tenía sentido. Una razón de ser. Y las penurias de los dos niños sin nada qué comer porque a mi papá, viudo, cansado, se le había olvidado dejar dinero y andaba quién sabía dónde, no existían.

La gutapercha, decía con superioridad mi hermano, chiquito todavía, a lo mejor doce, trece años, la gutapercha, decía, sabe por eso como sabe.

Y es que a mí me tenían que llevar al dentista esa semana y andaba en un dramón, y en el cuarto de mi abuela, en donde había dos camas gemelas, y una tercera a los pies, además de un tocador, mesas de noche, todo de caoba, y las persianas también de madera, y el mosquitero que creo que era verde, y luego una puerta al vestidor que al mismo tiempo era el clóset en donde se guardaban los blancos y olía a naftalina, y las imágenes del Sagrado Corazón de Jesús, y mi hermano de vacaciones en

45

Acapulco. No el mayor, pobrecito, quién sabe a dónde lo mandaban, sino el que seguía de mí, mi amigo, mi cuate.

Verlo llegar era siempre empezar a llorar, a lo mejor a preguntarme: ¿qué nos pasó? ¿Qué nos pasó? Ya no entiendo nada.

Y además el dentista.

—Y las revoluciones a las que gira la broca del dentista hacen que perfore extraordinariamente rápido.

Para un niño, los adjetivos modificativos son como el saborcito oculto del caramelo, que dentro trae una sorpresa, una burbujita con sabor a coco, a café o a lo que sea. Una especie de premio.

A medida que mi hermano hablaba del dentista, yo no perdía la angustia; lo que ganaba era un amor por ser. Y eso lo obtenía a través de ese lenguaje/conocimiento que a mi hermano lo consolaba tanto.

Él no vivía con una abuela y no tenía que rendir cuentas a cada paso. Estaba solo. Con mi otro hermano, y juntos tenían que hacerle frente al mundo. Nada de que ya se está poniendo el sol, niñas, vénganse. Estaban solos, como tantos niños mexicanos que desarrollan sus mecanismos para irla llevando.

Como un chavito de apenas seis años que en un alto me ofreció preciso: Tres vaquitas de chocolate por cien pesos... bueno, cuatro... cinco ¿sale? Ya para terminar, ¿no?

Era tal la seguridad en su inflexión de voz, que parecía un experto en la fluctuación de la bolsa de valores. En la lucha internacional por el equilibrio de fuerzas.

Puedo ver los hombros de Juan que se alzan, no tanto por indiferencia, sino por no tener nada qué decir al respecto. Sería inútil explicar. Él era objeto de atención seria del padre. Astronomía, religión, historia, química. Música... Ante él iban cayendo libros, tratados, demostraciones del saber humano. Pero no escogidos así como así, sino muy deliberadamente: éste. A ver, Julio Verne. Toma, es para ti. Y Juan miraba el libro con interés quieto. Allá en el fondo del apartamento se escuchaba el radio del cuarto de la madre. De repente, por accidente, una sinfonía de la XELA. Y la curiosidad se le empinaba a los ojos. ¿Qué es?

Objeto de solicitud apasionada por parte de la madre (el

niño, ¿sabe usted?), Juan ya sabía captar tonos que le prometían tormentas en vasos de agua; que le garantizaban ruido; que le impedían encerrarse a gusto en su cuarto para asomarse en los textos que el padre, al parecer al desgaire, le iba haciendo llegar.

A gusto, es decir, ajeno al ruido circundante; es decir, todo concentración y atención.

La Química es la ciencia de las sustancias, y tiene por objeto el estudio de sus estructuras, sus propiedades y las reacciones que las transforman en otras.

Una mesita frente a la ventana. Un cajón en donde ha ido coleccionando objetos de distinta índole; un librerito en donde se van alineando sus lecturas como presencias amistosas... intrigantes. El nuevo libro abierto mientras allá, en el fondo del departamento, se escuchan las voces sofocadas de sus padres.

¿Sofocadas? Sí, por la inutilidad del experoprio que él sabe tan bien que no conduce a nada. Sofocadas por la proximidad sedante de él, que lo sabe todo. O por el atardecer que mal que bien transcurre en paz.

No es poco decir: transcurre en paz. Luego de tanta cosa, deje usted la guerra. Mi marido era antes casado. Con hijos, sí. Y ya usted sabe, la familia... esas cosas. Ahora no hay dinero, y con el chico, vamos... pero la vida se vive, caramba. La paz lo vale todo.

Trabajaban en mil cosas, hacendosísimos. Él, entrando y saliendo. Ella en el sillón de su cuarto, ora tejiendo, ora bordando. Con el radio bajito para que el niño pudiera estudiar.

Pero el niño no estudiaba, no con esa conciencia al menos. Lo que hacía era aprender por su cuenta, con la curiosidad entera y el primer libro de Química abierto ante sí: "las observaciones de cada uno sobre las sustancias y reacciones químicas que se tropiecen en la vida ordinaria". El silencio era casi siempre el mismo: grueso, deslizante, salpicado de sonidos lejanos. La tarde se presentaba como una gran explanada solitaria, pero amigable. Había que recorrerla paso a paso: "hay que decidir sobre el principio a aplicar y tenerlo claramente presente. Luego, aplicarlo de una manera directa. *No hacer conjeturas*".

¿Qué asociaciones puede hacer un niño en el silencio de la tarde? ¿Qué evocaciones llegan a intervenir en la lectura de un libro que él mismo ha escogido? ¿Cuáles distracciones? El camión del agua electropura, tal vez..., el sonido del camotero. El gato que dormita sobre la cama con ese su aire pachoncito y cálido. Con esa su eterna vigilancia de cada ruido. "No debe perderse la oportunidad de visitar laboratorios y plantas industriales, ni cansarse, durante estas visitas, de hacer preguntas sobre el trabajo que se está efectuando."

¿Ni cansarse de hacer preguntas? Qué horror. Juan odia que se fijen en él. Mejor leer todo lo posible. Qué tal: no perderse la oportunidad de *cansarse* de hacer preguntas... ni que qué. Pero sí, eran inquietantes ciertas cosas que subyacían en el mero hecho de estar leyendo un libro sobre Química. Su padre se lo había regalado igual que le había regalado muchos otros libros. Uno sobre música por ejemplo. Sin embargo, su madre le había bajado al radio esa tarde, y este señor, el autor del libro, hablaba de un maestro suyo que se había metido a trabajar en una gran compañía de jabones, "dedicándose a la tarea de mejorar el producto, y llegando a ser director de investigación y posteriormente vicepresidente encargado de producción..."

A cenar.

Es que cae la noche como sólo sabe caer en el valle de México; cae desplomándose, muy poco a poco, como si se desprendieran pedazos de tiempo desguanzándose, resbalándose al fondo, desentendiéndose de la vida que durante el día... qué... el cielo, los volcanes... a lo mejor los nopales han contemplado cómo se desarrolla: de manera que esto es lo que quieren hacer ahora: este paisito; esta incorporación a la vida moderna. Cae la noche bostezando indiferente: bueno, a mí qué. Me da lo mismo. Cae con una costumbre innoble por su entereza. Cae aplastando la luz tan transparente y los ánimos tan aplicados. Y es entonces cuando la gente se pregunta desorientada, desesperada, enojada: qué pues. Y es que la noche, como los domingos, en México, son implacables por su desnudez.

Por la noche en Acapulco, los sonidos de los turistas se disparataban aún más. Cobraban un ritmo histérico... inquietante. Al mismo tiempo que uno olía los chilaquiles, los frijoles de la olla, el arroz blanco con rajas. El queso fresco y el jocoque.

Siempre detesté lo blanco. Lo blanco puro. Material de construcción; nada apetecible. La leche para mí era asquerosa. La leche caliente y espumosa ni se diga. Y la leche espumosa, humeante y con una nata que se le iba arrugando en la superficie... fascinada por el horror, la veía en la taza de mi madre. La algarabía de todos en la mesa, cada cual en el sitio que la vida le había asignado, porque en la mesa del comedor, bajo una luz amarillenta, como desganada, entre paredes de cemento, con un piso de mosaico frío y un ventanal que daba al monte, a los árboles, al aire... con una vida que empezaba ahí, detrás del vidrio de una ventana, igual que ahora Zirahuén... igual que siempre. Que antes Europa, África, todo. Igual. Siempre igual, dios mío, la noche es ineludible, y yo digo dios mío por muletilla no porque yo crea en un dios ni porque crea que es mío, veía esa taza de leche caliente, burbujeante, con su nata que se le formaba encima. Y me producía horror.

La vida entonces, ¿es así? No me lo preguntaba, claro que no, pero sentía un recelo. A lo mejor la vida es así para ellos, pensaba, pero se puede de otra manera. Como a mí me gusta. Como yo la siento. La balaúndra (¿existe esa palabra? ¿Es correcta?). La batahola —esa definitivamente no. El desmadre, pues, que se oía en el aire era cada vez más caótico, y nosotros que con los chilaquiles, que con la leche.

Yo dije, pensé, sentí, en fin, no sé: tenemos que ser más iguales.

Pero ver la uña afilada de mi madre pescando la nata de la leche, para luego untarla al pan, gulp, yo, si para ser mujer, yo, si para ser... no. Yo no.

Mi madre era un ser distinto a mí.

Con la uña del dedo meñique recogía delicadamente la nata y así, colgante y babeante, se la llevaba a la boca. No, qué horror.

Y mientras tanto, mientras escribo esto, se ha acabado la noche y la vida comienza pujante como siempre, con esa diferencia tan nítida de lo que es la noche y la mañana.

Siempre se recuerda la infancia partiendo de la mesa del comedor; de la manera en que nos sentábamos en relación unos con otros. Mi hermano mayor a la derecha de mi padre. Tal vez yo, por ser la mayor de las mujeres, a la derecha de mi madre. La cosa era que había un lenguaje entre nosotros debido a eso... aunque tal vez fuera sólo entre mi hermana y yo. Una patadita leve cada vez que: acuérdense de que el dinero no crece en los árboles. Cuando el tono era de regaño, yo sentía que nos uníamos los cuatro en un bloque oscuro y amorfo para impedir así que las palabras grandes nos hicieran daño. No sé qué tanto sentimiento real de solidaridad hubiera, el hecho era que a cualquiera de nosotros que fuera dirigido el regaño, había que guardar silencio, y supongo que nos sentíamos igualmente vulnerables. Por eso nos uníamos. Ese mundo en el cual existíamos con mi padre y mi madre era igual a nuestra casa: conocido y luminoso, con todas las puertas abiertas. Por el que se podía entrar y salir libremente. Esto era la vida. Existir. Un regaño la oscurecía y nos hacía apretarnos unos contra otros angustiados. Mis padres dejaban de ser ellos para convertirse en un par de adultos que sabían más de lo que decían.

Pero era peor cuando el regaño era para afuera. Cuando mi padre se refería a la "gente ésa". Desde cualquier punto de vista, ya que la gente ésa indudablemente era numerosísima puesto que podía ser un político, un artista, la gente en la calle. Venía a resultar que el mundo se dividía entre ellos y nosotros.

Yo sentía el ramalazo de desdén, casi de odio de mi padre, como si estuviera dirigido a mí porque en cuanto salíamos de la casa, para lo que fuera (el catecismo, la escuela, la casa de los amigos o primos, la playa), perdía toda frontera entre la gente y yo. Y en ese momento imaginaba a mi padre diciendo: la gente ésa, y yo sabía que yo era una de ellos.

Uno de niño no diferencia entre ricos y pobres, entre proletariado y clase media, entre populacho y gente. Caminas por la banqueta y sólo hay dos sensaciones que te nacen de la curiosidad de irlo viendo todo: seguridad e inseguridad. Una viejita indígena que vendía dulces en una canasta junto a la entrada de la tienda de la familia. Caían a ambos lados de la cara morena espesos mechones de cabello lacio y canoso. Llegabas; pedías; extendías la mano para darle el dinero, y su cara se alzaba con una sonrisa dulce y transparente. Dirigida a ti. Era lo normal: que todos te sonrieran y fueran dulces. Pero un mendigo idiota y tambaleante que recorría esa zona del centro de Acapulco era el peligro. Se podía tropezar contigo y agarrarte de un hombro y decir: Abalabagagagá, y tú no poder zafarte por estar petrificada de terror. Por eso cuando te mandaban a la

tlapalería, al mercado, a la tienda a comprar cajeta o mermelada de fresa, caminabas, si te mandaban sola, mirando mucho
—aunque luego te distraías, porque había siempre que cruzar
zonas inciertas.

Creo que un niño que suele caminar solo por la calle, haciendo recorridos parecidos cada vez, se da cuenta perfecta del olor de
la vida. Se va de olor en olor y ésa es la textura del mundo: el
olor que luego quedará asociado al color y al sonido. Queda
asimismo en su conciencia la forma física de las calles. Las irre-
gularidades, que se sienten en la sangre.

Había que salir de la tienda, tomar a la izquierda y llegar a
la esquina. Esperar a que el policía —vestido de café y trepado
en un banco de madera, diera el silbatazo. Cruzar en diagonal
y subir tres escalones o cuatro para estar sobre la banqueta. Los
escalones eran inusitadamente altos. Gordos. En la banqueta
había postes de madera y se avanzaba un buen cacho, unos cinco
o siete postes, para que se desatara una mínima confusión se-
guida del desahogo. Ese pedazo de calle terminaba ahí. La banqueta se echaba bruscamente del lado izquierdo, ya con una
calle normal, sin postes. Pero uno venía en medio de una tur-
bamulta —que es una palabra que describe con exactitud la
sensación que produce. Había que ser ágil, estar pendiente, irse
echando para la izquierda porque el ritmo de la gente (la gente
ésa), lo obligaba a uno a irse de frente. Y ahí, en donde se
ensanchaba la calle comenzaba el mercado, con su griterío y
el suelo resbaloso por las cáscaras podridas y los charcos; con sus
mecapaleros que te advertían en el último segundo que te quitaras; con las marchantas estridentes y los olores picosos. Con su
vorágine de colores.

Tan allá no me mandaban nunca por lo general. Casi siempre
era a una tienda que rematabа en el tajo de la banqueta: una
tienda de abarrotes de unos españoles. Queso, jamón, mantequilla, azúcar, aceite. Olía a granos, a encerrado. Las voces de los
dueños eran autoritarias y sonoras. Indiferentes a las miradas al
entregarte las mercancías; al hacer sonar la caja registradora.
Idénticas a esa banqueta tumultuosa.

Siempre había infinidad de mujeres enrebozadas que parecían
no entrar ni salir de la tienda. Suspendidas. Y hombres enhua-
rachados con listas en la mano. ¿Qué más? Vinagre. Satisfacción

en el comerciante —inevitablemente gordo— al estirar un brazo, tomar el frasco de vinagre y depositarlo enérgicamente sobre el mostrador de madera. Qué más. Un cuarto de manteca. Junto a él un hombre idéntico, o un empleado joven. O la mujer, cuyos movimientos eran arrastrados, con un cansancio ancestral. Qué más. ¿Tiene frijol negro? Sólo bayo, qué más. Es todo. Y la operación adquiría un ritmo más acelerado: los comestibles a una caja de cartón, perfectamente acomodados. El tintineo de la caja; el cambio. Muchas gracias, ¿el siguiente? Uno agarraba su paquetito, que hasta hacía unos minutos había sido parte de aquello, aquello tan ajeno y duro, y ahora, con el papel de estraza protegiéndolo, se venía con uno al mundo. Se salía de ahí como huyendo.

En esos años, fines de los cuarenta, principios de los cincuenta, la colonia San Rafael ya era una colonia venida a menos, aunque apenas empezaba a ser lo que es en la actualidad; esa sordidez algarabienta y desordenada, repleta de autos y puestos ambulantes. Había venido a menos de una aristocracia criolla que se había desplazado más al sur, o se había ido del país, dejando sus casonas y sus calles repletas de árboles a otro tipo de población, más sencilla; más discreta. Definitivamente más trabajadora. Las misceláneas, los negocitos de modas, las peluquerías, las tiendas de monerías (ahora conocidas como chingaderitas), las papelerías, comenzaron a surgir haciendo del bullicio cotidiano un sonido bien definido de gente que hace su vida. El afilador de cuchillos, el camión de agua electropura, el gas, el ropavejero, el revisor de la luz. Quién se iba a imaginar tanto eje vial, tanta contaminación. Ya así la vida era dura para la mayoría... aunque posible todavía: humana.

Humana la vida. Qué palabras tan sencillas y tan vaciadas de sentido. Alguien en los años cuarenta a lo mejor dijo lo mismo de la colonia San Rafael, hablando de una versión aún más antigua de sus calles. Cuando la recorrían calesitas tiradas por caballos, por ejemplo.

"A fines del siglo pasado, en los terrenos que habían pertenecido al rancho de San Rafael —entre las actuales calles de San Cosme y Circuito Interior, con el paseo de la Reforma sirviéndole de límite—, se levantó una colonia para la clase media alta del porfiriato, llamada Los Arquitectos, cuya calle principal fue Las Artes (ahora Antonio Caso)."

Yo veía en los noticieros de Agustín Barrios Gómez —que me chocaba por su voz gorda y espesa, henchida de cafés y cognacs de alguna manera no merecidos— cómo se entregaban las "llaves de la ciudad" a algún personaje ilustre que nos venía a visitar. Supongo que era muy chica, porque al ver esta ceremonia imaginaba que para entrar en la ciudad de México había que pasar por una puerta muy grande. De caoba. Muy solemne el momento de usar la llave que nuestro gobierno le había entregado al visitante. Para mí era como cuando algún primo o tío venía de la ciudad a vacacionar en Acapulco y se alojaban en mi cotidianeidad. Tenía las llaves. Pero el visitante ilustre, luego de la gran noticia —en cines, periódicos, radio— desaparecía. No como mis primos o tíos a quienes yo veía cómo se les enrojecía paulatinamente la nariz y las mejillas por el sol y creaban una costumbre de estar con nosotros. Un hábito de cambio. Un nuevo ritmo de cosas que parecía siempre posible, aunque luego lo invalidaran con una simple partida. Y me preguntaba sobre los visitantes ilustres: ¿devolvían las llaves de la ciudad?

La ciudad a mí me pareció siempre la casa grandota de mis primos y tíos que nunca llegué a conocer por completo. Que en la actualidad no conozco bien, y en la que no creo, cosa idiota de decir, pues ahí está: tiene 17 millones de habitantes y está dividida en distritos. En sus bardas y muros todo el mundo escribe cosas reclamando atención, o paciencia, como en el caso del PRI. Sus calles están repletas de gente que no parece habitarla sino necesitarla. Que la ocupan penosamente y sin amor, porque hasta ahora no les ha dado nada. Y ella, por supuesto, no recibe nada tampoco. Uso precipitado de miles y miles de zapatos. Escupitajos distraídos y basura por todos lados. Basura de todos y cada uno de nosotros. Desde la envoltura de chicle, hasta el feto envuelto en trapos sucios.

La colonia San Rafael es lo de menos. Es la ciudad y sus características globales; los detalles que la hacen una única realidad. Su aspecto ruin y perversamente lujoso. Sus calles sorprendentemente arboladas y por la noche elegantes. Tersas, sobre todo si ha llovido. No se puede creer la paz que se siente en ellas.

La cosa es ponerse en la miscelánea y desde ahí ver cómo transcurre la vida. La diversidad de clientes que empinan el codo por igual para tomarse el refresco; el gesto de recibir el cambio por la cajetilla de cigarrillos. El paso fugaz de toda la ciudad por esa miscelánea. La tiendita de la esquina, y en muchos casos el centro social del barrio. La única luz permanentemente cálida.

Pongámonos por un momento ahí, para ver cómo se organiza el fragor cotidiano. La frescura de la mañana que será sucedida por el infernal calor y ruido del mediodía.

Cada barrio una realidad, y el periférico, los ejes viales, un solo hilo que las conecta.

La ciudad sobre la conciencia, envolviéndola al punto de que no es la ciudad, sino la vida. Juan la vivió así, caminándola pausadamente toda su vida. Sin conocer más mundo que el que se le iba abriendo a medida que descubría nuevas esquinas; nuevas personas que le ampliaban sus rutas. La ciudad como algo normal. Pero también una ciudad muy especial, la ciudad de los intereses de cada cual, de la visión propia del mundo, la que lo hace a uno tomar camiones y bajarse en determinadas esquinas con una seguridad que, un extranjero mirando por la ventanilla de un autobús de turismo admirará con vaga nostalgia. Una ciudad costumbre que limará de la visión todo lo que a uno no le concierne; lo que no cae dentro de la curiosidad propia.

Todo lo cual, por lo demás, es perfectamente natural. ¿No son así todas las ciudades del mundo? ¿Todas las aglomeraciones urbanas? En todas las ciudades del mundo la gente se comporta así con la suya. Tienen sus paseos favoritos, sus rincones entrañables; las zonas de la ciudad que les parecen chocantes. También en otras partes, los habitantes de una ciudad determinada han observado cambios que siempre son considerados para peor. La norteamericanización es uno de los principales y más evidentes. El aumento de automóviles. La presión del ritmo. El ruido y, por consiguiente, la violencia. El surgimiento de las zonas suburbanas industriales; los condominios como panales de abejas.

Pero aquí es pertinente hacer la diferenciación entre ciudades europeas y norteamericanas, y ciudades del tercer mundo. Éstas y aquéllas tienen todos los problemas que mencioné. Pero las segundas, las subdesarrolladas, tienen otras características que las primeras no tienen, pese a la inmigración de pueblos del tercer mundo a ellas. Tienen una calidad indefinible de estar siendo permanentemente hechas y deshechas. También tienen una inmigración continua, de su propia gente y de gente de fuera. Juegan las veces de "país". Son la cabeza y el estómago del resto del territorio nacional, de ahí que alguien que esté escribiendo en una de estas ciudades tercermundistas vea, no sólo una organización urbana particular, sino una realidad nacional también. Una que no se deja estructurar; su perpetuo movimiento se debe a su eterno descontento. La ciudad es la centralización de la riqueza, del poder... y casi se diría que de la realidad. En eso difiere primordialmente de las ciudades ricas. Las ciudades tercermundistas no son el monumento histórico de la manera en que se ha forjado un pueblo; son espacios que constantemente están construidos y destruidos por sus gobernantes. En ellas prevalece una mínima presencia de lo que fueron en calidad de ciudades coloniales. Se valora esa presencia como si fuera la única posible identidad de la ciudad en cuestión. Se la cerca y preserva como "zona histórica", y es lo que se muestra al turista, aun cuando en torno a ella haya desperdigadas zonas extensísimas de miseria. Esa parte colonial funge como fachada. A la gente no se le da ni la oportunidad ni la posibilidad de erigir esa ciudad que sería una verdadera expresión de su vida, de su quehacer diario. Existe, sí, la ciudad de los egoísmos. Todas las gamas. La muy adinerada, oculta tras grandes bardas y que no es sino una imitación de las arquitecturas europeas y norteamericanas. Entre éstas hay una concepción irreal, mitificada de lo que es una "casa mexicana". Está hecha de espacios protegidos, de vidas individuales; a la defensiva del exterior. No se ve; no constituye una fisonomía de tipo alguno.

Está la ciudad clasemediera, cuyo egoísmo es tal vez más mezquino por su falta de imaginación incluso para la rapacería. Es la de la gente que cree que con ser decente, ya. Clase que trabaja, sí, que labra su propio futuro. Que al cerrar la puerta de su casa se la cierra a esa ciudad supuestamente suya. Pero la fisonomía que deja, si bien es visible puesto que esa clase no puede aislarse como la clase adinerada, es fea. Es roma y pesada. Colonizable y servil. E hipócrita. Todo lo cual está plasmado en la fisonomía que crea; en sus casas cuadradas e inimaginativas. Sus boutiques con filigranas de plástico. Su adopción indiscriminada de las babosadas norteamericanas.

Por último está la ciudad involuntaria: la de la pobreza. La única cara real de los países tercermundistas. La fisonomía de esta clase, la más numerosa siempre, es tal vez la más creativa, y su vivir cotidiano quizá sea el único que expresa con realidad y originalidad la identidad del pueblo. En sus casas, hechas con los deshechos de todo, yacen las posibilidades de una arquitectura que responda a las necesidades auténticas de la gente. Los adornos son las flores. Para qué más. Columnas seudo dóricas, cisnes de yeso, qué. La gente pinta sus viviendas con colores vivos que imitan los de la naturaleza, y con flores, plantas, pájaros les da vida. Ésa es la ciudad que no se deja florecer. Que una y otra vez se ve empujada a las orillas, para crear en sus lugares zonas habitacionales de una fealdad abrumadora. La encarnación del enajenamiento. No viviendas para seres humanos, sino simples cifras en un programa de gobierno.

De manera que esa ciudad que nos persigue y nos obsesiona; ésa, de la que tanto hablamos, a la que le hacemos homenajes y le dedicamos nostalgias, no existe. O cuando menos no para abordarla como pretendemos hacerlo. Y por eso se ha convertido en una obsesión para la literatura, ya que lo que es imperativo es crearla, proponerla, inventarla. La ciudad que está debajo del caos que en este sexenio entreteje la Ruta 100, en el pasado las Ballenas y los Delfines, en el anterior los Cocodrilos y así.

Caos entretejido por estos transportes públicos; por su ruido, desmanes y humo.

Quisiéramos abordar sus barrios y colonias de la misma manera en que un francés hablaría de Montparnasse, del Barrio Latino, de Montmartre —si quisiera hacerlo; no lo hace porque no tiene ninguna necesidad. El europeo escribe sobre otras cosas. De hecho, hemos sido nosotros, los sub/ los tercer/ quienes hemos narrado tales barrios: Soho, King's Road, Trastevere, Campo di Fiori. En las novelas de los europeos las cosas pasan en sus ciudades y es normal que así suceda. Lo que cuentan es algo más, no la ciudad.

Por eso: ¿qué es la colonia San Rafael sino una sucesión de circunstancias, de movimientos que han impedido que la San Rafael sea algo, para que quien se mueve y cambie seamos nosotros? Fue reflejo del porfirismo, es decir, aristocracia afrancesada; posteriormente clase media, y ahora proletaria. ¿Qué no es lo que le pasa a la ciudad entera? No son las clases sociales que conquistan un espacio y van dejando constancia de su avance, sino que es una ciudad que se va deteriorando, dejando tan sólo un reguero de ruinas. ¿Y la gente? Amontonándose.

—Amable, colorida, cálida —dice Juan que la percibió de niño, pero que: los mendigos me producían desazón; creí que eran enfermos al principio. Tenía la impresión de que alguien se ocupaba de ellos; que a medida que los iba encontrando los recogía para cuidarlos.

Con el tiempo uno los deja de ver. Como a las misceláneas. Como a las paradas de camión o el aspecto ruin de una esquina. Lo que le hierve a uno por dentro es la vida propia. La manera en que uno no es lo que los demás creen que debería uno de ser. La forma en que uno va conociendo lo que uno quiere, lo que busca. En esas calles de la San Rafael, colonia sin hacer, barrio de arraigos sustituidos, paso de tantas visiones de lo que hubiera tenido que ser nuestro país. Añoranzas de una patria estilo francés, estilo inglés, estilo norteamericano.

Esa colonia, como tantas, tantas, en una ciudad que había tenido diversas fases: la hacienda feudal, los palacetes españoles al inicio, y todo lo demás después, mientras los pobres habitan las calles como pueden.

En ese departamento de la colonia San Rafael, en donde cada uno de los integrantes de la familia tenía un espacio definido que a veces quedaban conectados por el silencio concentrado de cada cual, el padre corregía pruebas de libros; la madre tejía, Juan jugaba o leía; España quedaba atrás en la vida diaria. Se evaporaba de la conciencia de Juan. Cierto que a la casa alguno de los escasos visitantes venía precisamente a hablar de eso, pero Juan no se fijaba, o se fijaba como se fijaba en todo: mirando y escuchando sin sentirse aludido.

Empezó a ayudarle al padre a corregir pruebas editoriales, y así descubrió la química. La música la descubrió en el radio de su madre. Y el lenguaje con el que descubrió su pasión por estas cosas quizá se generó en él por la escueta sencillez en que vivían, pese a la incesante verborrea de la madre.

Pero además la solicitud. El padre poniéndole cosas serias en su camino. Sin presión, sin grandes diatribas. Un libro, un inició de conocimiento, una posibilidad de camino. Con cálida indiferencia, las depositaba ante sus ojos. Ve, parecía decirle. Fíjate por este otro lado también. La madre tenía ilusiones definidamente grandiosas en cuanto a lo que llegaría a ser su hijo. ¿Por qué? Tal vez porque era hijo único. Único hijo para una mujer que no tuvo tiempo de acabar de madurar cuando se vio contenida en dos silencios: un marido mucho mayor, y de convicciones añejadas; un país desconocido y difícil de penetrar. Que descubriera ahora el retraimiento de su hijo; su tenaz hostilidad ante sus ilusiones; su escaso interés por la expresión extasiada con que lo veía existir, no era sino encontrar un silencio más.

Era como obvio que Juan iba a resultar un solitario transcurrir, tranquilo y distante. Le trajeron un piano para que estudiara música. Su padre le regaló un libro de química. Y poco a poco lo dejaron solo frente a estos dos inicios de conocimiento, y solo frente a la vida, en plena ciudad de México.

¿Se llega a tener una idea muy concreta de lo que se quiere ser en la vida? Digo, los padres, cuando están, expresan sus ambiciones respecto a nosotros. Nos echan encima todo lo que quisieran que hiciésemos por ellos, como si nuestra vida fuera una prolongación de la suya que se pudiera dirigir a control remoto. Nos hablan de lo que consideran digno, valioso, entrañable. Suenan a raído. A desinflado. Sus palabras son siempre más grandes que ellos. Como trajes pasados de moda guardados en el clóset con naftalina. Y no obstante, lo moldean a uno; le imprimen a uno su sello, su marca, sus miedos e inseguridades. Luego anda uno por el mundo diciendo: así soy; a mí lo que me gusta es. Pero un pariente viejito inocentemente puede señalar: tiene la misma sonrisa que su tía Luz. O: ¿se acuerdan del primo Ramón, el de la nariz colorada? Es idéntico.

Y uno con ese afán de originalidad; esa sensación de estar descubriendo el mundo por primera vez; estar comprendiendo cosas que hasta ese momento habían estado ahí confusas. Y uno, que cuando siente, cree que es la primera vez que se siente y por eso necesita comunicarlo. Uno, que vagamente anida en el alma el deseo de ser el mejor. Lo definitivo.

Ah, las biografías de los hombres célebres. Escritas a la luz de lo transcurrido, de lo hecho, toman al individuo en cuestión y todo en él o ella, hasta sus más pequeños matices, resultan significativos. Esa mirada perdida en el horizonte. Ese tic nervioso que le hace tamborilear los dedos sobre la mesa. Esa tos. Ese caminar desguanzado.

Estamos hechos de imágenes idealizadas e irreales; inhumanas. Pero también de las que no nos queremos adjudicar a nosotros mismos. Parte de la construcción de nuestra personalidad, supongo, es la estructuración de la distancia que necesitamos que haya entre nosotros y esas imágenes. La niña de la sonrisa blanda; la del gesto tan aprensivo que daba risa. La de la actitud servil. O los niños. El soez, el demasiado dulzón, el violento. Cosas que erizaban la conciencia; que la dejaban turbada. Aparte de lo que uno consideraba bonito y feo. Con qué mezcla de acondicionamientos y deseos recónditos se llegaba a establecer: es la más bonita. O es el niño más guapo. Igual con los sitios. Los puntos del puerto de Acapulco que me hablaban como si fueran pedazos de otros planetas. Por donde pasaba a diario, como esa parada de camiones, en la costera, en donde se alineaban todos los vendedores de cosas para turistas populacheros. Cajas de madera en las que se ofrecían conchitas, cazuelitas de Olinalá, carey, collares de caracol, dulce de coco, de tamarindo, concha nácar, joyería de plata, camisas de manta, vestidos, camisetas que colgaban de alambres de palmera a palmera. Los camiones viejos y ruidosos —de esos que sólo tenían bancas laterales de madera. En el suelo siempre había chicles pegados, pedazos de cáscara. El calor, el ruido, el movimiento. La estruendosidad de colores y formas, la variedad de tonos de pieles, de voces. El silencio interno que se le formaba a uno ante la conciencia de ver, de estar siendo visto, de ser al mismo tiempo que los demás. A medida que el camión se alejaba de esa algarabía y enfilaba hacia Caleta, el mar se iba imponiendo. Menos construcciones, menos gente, y el bullicio quedaba atrás como queda un sueño inquieto, turbador, pero ya apaciguándose. Por acá se asomaban las quintas tranquilas, con sus árboles frutales y las casonas de huéspedes, las subidas para las colinas de Acapulco: el hotel Casa Blanca, la Quebrada, y después la de mi abuela: la Gran Vía Tropical, camino amplio de tierra colorada, que subía y subía dejando atrás casuchas, perros y grandes casonas de aspecto torvo por sus inmensas bardas. Pero al llegar a la cima se abría el mar magnífico. Mar abierto e intocado, bordeado por enormes acantilados en los que ingenuamente habían sido incrustadas algunas casas. Mar despiadado y tremendamente azul, que de inmediato sepultaba la imagen del "Recuerdo de Acapulco". Y frente a ese mar, mirándolo muy atentamente, se levantaba la casa de mi abuela, con su jardín enorme, también severamente bardeado, y sus largas terrazas de barandales de madera. Las pieles enrojecidas por el sol, las estentóreas bocas de mulatos ofreciendo baratijas, los callados indígenas con sus puestos de cacahuate y pepitas, los muchachos insolentes, las viejecitas adormiladas del camión, las mujeres de carnes prietas desbordando por todas partes eran engullidos por esa realidad firme e ineludible: reintegrarse al orden de la casa. Sentir el mar ahí, incomprensible y sobrio en su majestuosidad. Qué desproporcionado me resultaba todo. Mi propio ser, tan atemorizado y receloso, y que sin embargo sabía tan impune, ya que nadie podía adivinar lo que yo pensaba y sentía y veía, en las palabras que me echaban encima. Ejemplos edificantes casi siempre.

¿Será así, pues, que oímos la vida? ¿Que la percibimos? ¿Que finalmente llegamos a ser lo que podemos ser?

Juan veía las expectativas de grandeza que su madre tenía respecto de él. El padre no mostraba mayor ilusión que, tal vez, inculcarle una cierta ecuanimidad y un saber amplio, pero porque este último era divertido. No para nada concreto, sino por el proceso mismo. Supongo que mi abuela deseaba hacer de mi hermana y de mí unas buenas mujeres. Laboriosas y rectas. Buenas madres para nuestros hijos. Tengo la impresión de que las mujeres no ven a sus hijas como herederas, como continuadoras de una estirpe, sino simplemente como reforzamiento del mundo femenino. De esa cosa voraz y ensimismada, amorfa, que es el ser mujer.

¿Ensimismada? Sí, creo, por la vasta insatisfacción que hay en ella. Por el constante ocultamiento de sus deseos; por el total control que la vida le exige. Por su soledad en el poder ante los hijos. Por su callada y solitaria vejez. Por su constante gusto de injusticia. Por su certidumbre de que entiende las cosas mejor, y su inseguridad para manifestarlo. Su miedo, porque de hacerlo, la mujer se vería en otro mundo, bajo otra luz, y eso no sabe imaginarlo.

Cuánto mejores, más libres, más enteros y envidiables me parecían los hombres. Que además eran cuidados por mujeres (a nosotras no nos cuidaba nadie). Iban y venían por el mundo y siempre les tenían la ropa limpia, la comida hecha. El chisteo para acallar los ruidos y que pudieran dormir porque Habían Estado Trabajando. No retocen, niñas, que sus tíos duermen la siesta.

Los veía, a mis tíos, que también vivían en casa de mi abuela. Hermanos menores de mi madre, los veía grandes y bellos y libres. Los veía lujosos. Entraban, salían. Decidían. *Decidían*. Un gesto de ellos podía modificar a mi abuela. Tendrían entre 22 y 24 años. A veces nos llevaban a pasear los domingos con mi abuela. Hijo culpabilizado saca a su cabecita blanca. El día de las Madres. Serenata. Comilona (para lo cual trabajaba toda la casa muchísimo, menos ellos, que estaban desvelados por la serenata). La bolsota que el pobre de Ezequiel se traía ese día del mercado...

Mis tíos trabajaban, tenían novias, entraban y salían. Y cuando se iban, mi imaginación se iba tras ellos. ¿Cómo será el mundo cuando uno lo domina? ¿Cómo será salir a la calle y sentirse en casa? Y veía cómo la casa, luego del estremecimiento de su presencia, volvía a su silencio, a su respiración acompasada, quieta.

Y pensar que yo era una niña que vivía en un país del tercer mundo. Un país que había hecho una revolución para terminar con ciertas lacras. Un país que en teoría había negado la posibilidad de que ciertas cosas pasaran, por ejemplo, la tiranía. El poder sólo se podía tener seis años.

Una niña de una clase social determinada, pero un país en donde las clases no eran sino estacionamientos. De ahí uno partía a otro y a otro, en cualquier dirección que fuese. La certeza de mi padre de que éramos quienes éramos se había diluido en la irrealidad. En casa de mi abuela el valor predominante era el trabajo. La hacendosidad.

Y era una curiosa mezcla entre matriarcado y corte en perpetua espera de los emperadores: ellos. Mis tíos. Mi hermano o mi padre de vacaciones.

La cosa es detectar, para evitar ciertas trampas del lenguaje, tonos que parecieran caerse de ecuanimidad, y que en realidad son pasos en falso que bien a bien no sé a qué le hurtan el cuerpo. El tema puede ser el que sea. Es otra la cosa. Hay casi que entrecerrar los ojos; mirar de ladito para encontrarle ese rasgo engañoso al lenguaje. Engañoso. No satisfactorio. El lenguaje ensoñado con el que se cuenta el pasado, por ejemplo. En esa época había paletas Mimí, no gansitos Marinela. Tu madre era una santa, una mujer muy inteligente. Cuando tu abuelo y yo llegamos de Cuba. Lenguaje lineal que trataba de no dejar afuera ningún detalle, pero por eso resultaba tedioso: no mostraba nada, sólo atiborraba la conciencia de palabras, ni siquiera muy variadas, pero sí muchas. Con muchas pausas. Palabras gordas de tiempo. Como esas tardes interminables en que mirábamos el mar inacabable. O a lo mejor se arrastraban lentas bajo el sol. Poco angulosas, mucha consonante alisada, lavada por el agua de mar, talladas hasta su más extrema lisura por la arena. Lenguaje de boca muy abierta. Cuando llegaban los primos del D.F., el aire se llenaba de pedacitos de sonidos rápidos. Me impresionaban mucho y procuraba imitarlos, pero no había televisión en Acapulco, y con el radio se aprende a imaginar, no a hablar.

Pero la primera vez que fui al D.F., entendí. Tan lleno estaba el espacio que era normal que las frases fueran puñaditos de sonidos cayendo sin cesar. Entre tanto edificio, cable de luz, coches y gente no podían extenderse las palabras. No alcanzaban a henchirse porque otras, desde mil direcciones, las hacían apresurar su recorrido.

Lo que me parecía suntuoso.

¿Suntuoso? Es que había tanto y sonaba tan contenido. Eran palabras de concreto, firmes.

En ese mi primer viaje, me llevé de regreso a Acapulco una palabra. Me pareció que la robaba y sólo la sacaba por la noche para acariciarla tantito y recordar al verla lo que sentía al escucharla. Era "depende". La veía de un gris azulado, redondeadita por todas partes. A quien se la había quitado era a un primo un poco menor que yo, que me resultaba extremadamente petulante. Parte de su uniforme escolar era una cachuchita verde. Tenía un aspecto muy pulcrito, sangrón. Pero cada vez que decía "depende", me hacía sentir envidia. La palabra era mejor que él. Como era lo único que me caía bien, no la aprendí a usar. Invariablemente eliminaba el contexto en el que la decía.

Cuando conocí a Juan me pasó una cosa similar. Algo en su aspecto me hace apartar de él la mirada, pero su uso del lenguaje me cautiva. Su uso del lenguaje cotidiano. Cuando explica algo, no. Lo hace de manera inclemente. Un torrente sepultador de palabras impersonales. Es preferible cuando está enojado y resulta duro, frío. Juan tiene tres momentos: el cotidiano —con el que puede sentir asombro; reaccionar ante las cosas más pequeñas con una curiosidad fresca y bien dispuesta; el duro —que es sostenido y helado, y ese explicativo, que me resulta inquietante porque revela algo muy difícil de aceptar: un desengaño; una especie de irritación global ante el mundo. Más: una exasperación al borde del estallido.

¿Y cómo conciliar la visión de ese niño delgado, medio pálido, atento a todo, que supo descubrir sus intereses con toda la apacibilidad del mundo, y la de este hombre tenso hasta el filo? ¿Qué pasó entre medio en el curso de esos cuarenta años de vida que quisiera desentrañar? Sólo con lenguaje se puede hacer. Con un lenguaje que vaya desmontando aquel en el que las cosas van quedando dichas. Ese conforme que deja las cosas explicadas. Puestas ahí herméticamente, para que uno, desde el presente, no tenga más remedio que mirarlas desde afuera. Como aceptar el aspecto descolorido de una persona; el rictus de su boca.

Esos cuarenta años que tomo de la vida de Juan, son los mismos que he vivido, y los mismos en los que a este país le pasó algo... o le acabó de pasar algo. O no le pasó. Y no es que comenzara precisamente hace cuarenta años, pero sí creo que en esos años cristalizó.

Las palabras que nos vamos heredando. Las ideas que nos construimos para que nos rijan, que luego resultan tiránicas. Las promesas vacías ante una realidad cruda.

La colonia San Rafael ahora. Acapulco ahora. La exasperación de Juan ante sus cosas. La mía ante las mías. Y este país.

Trato de fijar a la ciudad en mi conciencia. Es como una cebolla que se va pudriendo. Lo que veo, deteriorado, tiene una aureola de algo pasado, y otra más y otra. Rasgos arquitectónicos que hablan de otros mundo posiblemente mejores. En todo caso más cómodos, aunque sospecho que con idénticas desigualdades. Pero en menor cantidad. Y antes de eso, una naturaleza pródiga y dócil en apariencia. Bosques, montes, acantilados, ríos. Espacio que parecía poblable, por qué no. El ser humano llega y crea. De acuerdo con sus convicciones, sus principios, sus facultades. Y sobre todo sus necesidades. Ese paisaje inquietante antes por lo grandioso, lo ajeno, lo inhumano, empieza a adquirir visos accesibles. Nacen caminos, muros y adornos. La naturaleza parece someterse. El río y las montañas, el cielo, las barrancas se convierten en una extensión del ser humano. El orden, el control predominan. Luego las ideas van adoptando forma. No ya las necesidades inmediatas, sino las percepciones más profundas... y más tercas. Los anhelos innombrables que, por lo mismo, caen dentro de estructuras semánticas tiránicas: la religión, la ideología, la filosofía... ese espacio comienza entonces a verse invadido por construcciones mayores que el ser humano. Mayores en todo sentido, no sólo porque las deja de controlar, sino porque legiones de personas que no han sentido la necesidad de nada semejante, las obedecen. Y así, de las manos de los hombres nacen verdaderas monstruosidades, imponentes, adustas, bellamente equilibradas y siempre inalcanzables y ajenas, como antes lo fuera la naturaleza al desnudo. Y el hombre a su vera pequeñito.

Yo veía el malecón de Acapulco, tan gastado, tan percudido, tan pisado por tantos millones de pies encaminados en direcciones tan diversas. Los hidrantes ennegrecidos y alisados por el tiempo. Los bodegones enfrentándose bravíamente al mar. Los barcos que llegaban todos con aire de ser los primeros. Eso veía de niña y tenía una curiosa sensación de imprecisión, pero al mismo tiempo de pertenencia. Esa que trato de imaginarle a Juan en la colonia San Rafael.

Temprano en la mañana. Miguel Schultz, casi esquina con San Cosme, en donde la algarabía es notoria. Miércoles o jueves. El sol brilla, pero a la sombra no hace calor. El bloque de hielo en la esquina comienza a derretirse. No tardan en meterlo a la tienda. Ahí quedará el charco un rato. La campana del camión de la basura hace que aparezcan mujeres de todas partes. Son de zinc los tambos que traen. El camión del agua electropura pasa; los botellones brillan con el sol. Se comienza a formar una capa de sonidos que van a estructurar el día en una normalidad; martillazos como de yunque; taladros, motores. Por allá un afilador de cuchillos imprimirá un toque de nostalgia. Alguna voz se disparará por sobre las otras y quedará resonando, desmesurada, en el aire. El llanto de algún niño. Un radio. Juan se ha volado las clases, cosa que hace con frecuencia. Es curiosa la manera en que la gente enseña. Hay quien se aferra a su saber con tacañería. Lo da a pedacitos, desganadamente, lo que hace que las horas transcurran en hipos incómodos. Se siente que un maestro así, si quisiera, podría abrir la comprensión de quien lo escucha, pero aunque se le nota la tentación, al final siempre se vuelve a cerrar sobre sus conocimientos con el gesto de quien habiendo mostrado fugazmente el contenido de algún bolsillo de su gabán, lo vuelve a cerrar con apresuramiento.

Pero está el otro, el que planta su saber muy resueltamente ante los ojos de los alumnos, y con voz firme y meticulosa lo va desentrañando. Durante un buen rato produce una curiosidad amplia, cómoda, solícita. Pero luego uno se va dando cuenta de que hay algo mezquino en el asunto. Como si el saber fuera un tanto demasiado pequeño para tal prodigalidad. Para tamaña autosatisfacción.

Y también está el que sencillamente no sabe, y hace como si supiera. Y el que sabe, pero le vale, de manera que lo que sabe pierde brillo, valor.

Juan, de pie en la banqueta, sin decidir todavía hacia dónde dirigirse esa mañana luminosa, piensa que es raro encontrar la pasión, de manera que cada vez, con menos titubeos, oculta la suya.

¿Es eso timidez?

—Cuando me topo con algo que verdaderamente me interesa no soy para nada tímido. El resto del tiempo me imagino que sí. Son tantas y tan diversas las cosas que mueven e inquietan a la gente, y que además a mí me son por completo indiferentes, que prefiero hacerme a un lado.

Por todas partes la gente se apresura —ya llega el camión distribuidor de refrescos a la miscelánea— como si cada cual tuviera la convicción de que a no ser que haga lo que hace, el sol no volvería a salir.

Todos esos sonidos que años más tarde el plástico sofocaría envileciéndolos. Ah, el plástico, con sus colores de alegría prefabricada y esa manera perversa de deteriorarse. La saña con la que se ensucia; esa decrepitud precoz con la que se agrieta... se deforma hasta lo grotesco.

Porque una opción es la biblioteca. Otra el paseo en algún parque; el libro que lleva bajo el brazo. Sentirse entero, en sí mismo, en medio de todo. Igual que cualquiera de los elementos de química. Justamente: de química. La escuela no dice nada que Juan no sepa ya, y la única opción es la biblioteca con sus revistas extranjeras; sus relucientes tomos en otros idiomas. Mientras camina, la esperanza loca, siempre presente de que algo suceda. Un algo indefinible, pero que no obstante, le dará sentido al transcurrir. Lo volverá menos árido. Menos... previsible.

La expresión de Juan no traiciona nada de todo esto. Simplemente avanza con paso mesurado y largo, dejando pasar tranvías, camiones, gente. Diríase que no ve nada por ese su caminar erguido y como con mucha dirección. Que no le interesa nada, por esa su manera de no volver la cabeza a uno u otro lado. No obstante, ya se ha enamorado secreta y atrozmente más de una vez, y sabe. Sabe lo que necesita cuando va de un punto a otro. Sabe que aunque se embeba en sus lecturas, aunque se dedique con ahínco a ganar los primeros pesos, el sentido de la vida es otro. Las fachadas porfirianas, tortuosas y seguras, son bonitas, sí, pero no bastan para hacerlo anhelar nada. Tampoco el pequeño alboroto que permanentemente se nota a la entrada del billar. Ni, en última instancia, la biblioteca a la que por fin decide ir. Hay días de desazón; días de no hallarse. En estas condiciones el parque sería lamentable. Pero tampoco es cosa de andar con el alma en un hilo. Vagamente entreví en el balcón de un primer piso una muchacha que mira distraída la calle. Más que percibe, siente que otras dos acaban de dar vuelta en la esquina. Sin verles la cara, la figura, lo han dejado estremecido. Como le sucede a veces con la música.

El silencio de Juan es apretado. Ciñe a su persona en todo momento y en todo lugar, pero no a manera de coraza. Es más una decisión en esos años de adolescencia de no dejarse llevar por el engañoso movimiento de las cosas. El silencio de Juan es él mismo. Consciente y escogido. De ahí que pasar una tarde junto a una nevería repleta de muchachas y muchachos que juegan al eterno juego de sí pero no pero quién sabe, lo deje totalmente indiferente. O que la verborrea de un maestro pomposo lo impulse a no volver a esa clase durante todo el año.

Hay reglas, sí, a las que someterse, pero si éstas no repercuten íntimamente destilando coherencia, se puede hacer caso omiso de ellas. Si las reglas no están a la medida del ser humano, a la medida de su inteligencia más profunda, que es la de un sentido común innato, es que son estupideces.

—Y eso no es anarquismo —me dice—, no te confundas.

Y uno leyendo a Corín Tellado con voracidad. Pero claro, era lo único, ya que la etapa de las historietas había quedado atrás. Por más que los tíos las seguían leyendo. Eso, y algunos libros que había que sustraer a escondidas. Leer, de todas formas, no era bien visto en unas niñas que tenían tantas cosas que aprender: desde cómo batir la clara de un huevo, hasta el primoroso bordado, ese que inevitablemente arranca expresiones como: ¡qué hermosura! ¡Labores así ya no se hacen! Sin dejar de lado los menesteres propios de la piedad cristiana. Los niñitos desarrapados e inquietos que llenaban la terraza una vez a la semana que llevaba la tía viejita y mocha (cuya severidad con ellos eran francamente sobrecogedora).

Panzones, con ojos desmesuradamente abiertos, mirando por

todos lados para saber si les iban a dar bolsitas de colación, tejo-
cotes o nada más estampitas. Y además niños. Sobre todo eso:
niñitos, que no se sabían depositarios del peso de la conciencia
de mi tía, por lo que a la hora de canturrear el padre nuestro, el
ave maría, gorgoreaban risitas gozosas y poco devotas.

Había que ver la impaciencia de mi tía.

Niñitos de caritas redondas y ojos vivarachos pese al maltrato
de la vida, que a lo mejor en otras circunstancias serían pequeños geniecitos, pero no. A ver, niños: ¿Creo en Dios...? ¡Sííí!
No, niños, fíjense bien: Creo en Dios Padre, todopoderoso...
-cre-a-dor (tan, tan, tan) del-cielo-y-de-la-tie-rra. Yenjesucristo
(tan, tan, tan), su-úni-co-hijo...

Tiempo, tiempo para llenar mientras llegaban los dulces, los
juguetitos, los canastitos con fruta.

Y en la parte oculta del jardín, oculta a los ojos de mi abuela,
uno veía cómo la joven de ceñidos pantalones fumaba su cigarrillo de tabaco rubio con fruición, sentada en un sillón mullido, esperando a que repiqueteara el aparato telefónico. Su
encapotable (rojo) a la puerta del edificio. Casi siempre ella
había interpuesto un no rotundo entre ella y su galán y sufría,
por lo que uno pasaba las páginas del *Vanidades,* esperando a
que él (frente ancha, nariz recta, diría mil años después Vargas
Llosa) recapacitara y reconociera que el amor sublime, verdadero
de una mujer es lo mejor que puede anhelar un hombre.

Pues sí. Sonaba lógico.

Que la mujer fuera joven y bella; rica y trabajadora —aunque
no necesariamente libre, no. Tenía que encontrar por fin el
amor para casarse. De eso se trataba todo. El mundo sólo existía
como paisaje. Lo importante era la historia de amor que se coci-
naba en aquellas páginas.

Yo no buscaba el desenlace al leerlas ya que casi siempre me
aseguraba de que el final fuera feliz antes de empezar a leer. Lo
que me intrigaba era la forma del amor. Y en los libros que
sustraía de los cuartos de mis tíos con solapada astucia, en los
que a veces encontraba pasajes eróticos, iba descubriendo un
mundo que no estaba contenido en las palabras que me circun-
daban. Un mundo de sensaciones intraducibles. A mí me parecía haberlo encontrado yo sola, porque no había traza de él
por ningún lado, hasta que un día en que estaba leyendo escon-

dida detrás de un croto, un mediodía de mucha resolana, vi pasar a Ezequiel, el jardinero, sigilosamente hacia la barda que daba a la calle. Frente a la casa había uno de esos hotelitos encajados en la montaña. Sólo veíamos la entrada, y desde la barda parecía una simple casa de un piso, pero seguía para abajo, y de qué manera. Sólo de verlo me mareaba.

Vi cómo Ezequiel se extendía bocabajo sobre la barda, y sin mayor curiosidad (creí que dormía la siesta), me acerqué a mi vez, procurando no hacer ruido. Vi un auto, y en él una pareja de piel sorprendentemente enrojecida por el sol. Muslos y brazos; senos, caras enardecidas. Por un lado me dominaba una total fascinación; por el otro sentía el ardor de las pieles enrojecidas en mi propia piel. Debo haber pisado alguna rama, algo, porque sobresaltándose, Ezequiel se cayó con un grito gutural a la calle. El sol se quebró en mil movimientos espasmódicos. La pareja se incorporó asustada y trataba de salirse del auto cuando yo, corriendo hacia la cocina, exclamaba: ¡Doña Oti, Ezequiel se cayó! Ésta salió secándose las manos en el delantal y mirando en la dirección que le señalaba. Su voz socarrona, abultada de risa: ¡Doña Jovi, doña Jovi! Ezequiel se cayó de la barda. Ladridos, portazos. Qué, qué, y Ezequiel entrando lastimosamente, hosco: no me pasó nada. Me resbalé al estar podando el marañón.

Pero ya la realidad había quedado sacudida. ¿Qué hacía yo en el jardín a esas horas? El libro había quedado allá, muy a la vista, y sólo faltaba que lo vieran. Afortunadamente los adultos son muy limitados. Su curiosidad avanza en una sola línea. Basta con recurrir a algo malo que uno ya ha hecho y ahí se detienen. Y lo que uno ya ha hecho y por lo que ha sido regañado, no es jamás grave. Al ser ya conocido se ha convertido en parte de uno.

"Cuando se halla, en principio, que una descripción o una ecuación matemática correlaciona o explica un cierto número de hechos empíricos, se acepta la descripción o ecuación como una *hipótesis*, la cual se somete a pruebas, comprobando después experimentalmente las consecuencias que se deducen de ella. Si continúa la concordancia con los resultados experimentales, la hipótesis se eleva al rango de teoría o ley."

Veremos, se dijo Juan, porque las miradas ya se habían topado más de una vez, quién levantará los ojos del libro primero. En todo caso ella fue la que al ir a devolver el libro, en medio de tanta gente que por habitual ya se había vuelto invisible, le rozó apenas el hombro diciéndole: vamos a platicar afuera.

Nada se movió; nada se alteró, y pareció natural la manera en que Juan cerraba su libro y lo entregaba en el mostrador. Nadie hubiera podido decir que estaba mareado.

Afuera el sol lo enceguerió momentáneamente.

—Acompáñame al dentista —le pidió ella con desenfado—, es nomás aquí a la vuelta.

Ahora entendía la expresión "sobre nubes". Es literal. La tomó del brazo para cruzar Reforma, mientras ella contaba que estudiaba francés, que lo había visto varias veces en la biblioteca, que desde hacía mucho tenía ganas de platicar con él. Parecía tan estudioso. Juan no entendía. Sólo sentía ese antebrazo en su mano y la manera en que el mundo se humanizaba. Si va a ser así, pensaba, quería, dejando pasar los coches con una paciencia infinita, si va a ser así, bueno.

Que lo esperara. No tardaría nada.

Un dentista. Una sala de espera. Unos muebles cuadrados e incómodos; algunas revistas que no daban ganas de hojear. Alguien más esperando. Unos zapatos, un carraspeo. Ella de regreso antes de que pudiera ordenar tanta imagen.

—¿Me acompañas a mi camión —la vio escribir algo en un papelito. Y luego el camión. La mano extendida con el papelito—: ¿Me vienes a ver el lunes? Aquí está mi dirección.

Y nuevamente la calle solitaria, la de siempre, pero tan temblorosa ahora.

Prado Sur. Lomas de Chapultepec. Es rica.

No tengo dinero. No tengo un quinto. No traigo lana. No traigo nada más que lo del camión. No traigo ni para el camión.

¿En qué momento comienzan a hacerse habituales estas frases en una muchacha, en un muchacho adolescentes? De clase media, se entiende. De esa clase que pareciera la real, el mundo, y que no obstante no es la mayoría de la gente ni aquí ni en ninguna parte. Importante aclararlo para que no se vaya a confundir con términos como crisis, penurias, carencias. No. Dinero como la medida real de la libertad de un adolescente que, no obstante, ya se ha apropiado del mundo. Ya lo camina de arriba abajo cortando de tajo con la niñez. Dinero. Caudal propio. De ese que al meter la mano en el bolsillo, en el bolso, los dedos, y a través de ellos el alma, adquieren seguridad. Los pasos entonces se asientan con mayor sonoridad en el pavimento. La imaginación —para ir a Prado Sur, o escaparse de la casa paterna— entonces sí inventa.

¿Qué adolescente tiene dinero así? El que no lo tengan es una medida pedagógica porque de tenerlo no estudiarían; no se acabarían de desarrollar. Se distraerían mucho. Los adolescentes son niños crecidos. No tienen *criterio*.

Durante mucho tiempo esta palabra me pasó de refilón, dejándome apenas una imagen como de reloj, de pluma fuente, de regalo solemne que uno recibe de los padres, cuando ha hecho algo importante como terminar la prepa, por ejemplo. Qué rara es esa frontera entre la niñez y la adolescencia, y qué distinto la viven hombres y mujeres.

—Yo trabajaba —aclara Juan—, pero igual me seguían dando una cantidad mínima. Lo demás iba para la casa. De hecho, todavía hoy dispongo exactamente de la misma cantidad: la necesaria para cigarros y camiones.

Ya desde la hora del recreo: ¿Vamos a comprar unos chamoys? No tengo dinero. Yo te los disparo. Bueno, yo te doy de mi torta.

La casa siempre a cuestas.

Se va al mundo como a ensayo de laboratorio, pero hay que volver a casa a comer, a dormir, a bañarse y ponerse ropa limpia.

La mano de Ezequiel apretando el papelito con la lista del mercado. La letra infantilmente redonda de mi abuela se deslavaba con el sudor. Los veintes, los tostones; tal vez un billete de cinco pesos. Dinero ajeno. Hay que hacer las cuentas al regreso.

El dinero que a veces, cuando la visitaba un paisano, doña Otilia se sacaba del pecho. Un billete enrolladito que entregaba con unción: se lo das de mi parte.

Las monedas que mis tíos, que mi padre, dejaban junto a la mesa de noche al desvestirse.

—Tráeme mi bolsa —pedía mi abuela—, ahí está mi monedero. Para la leche.

¿Y la madre de Juan cuando iba al mercado de San Cosme,

con sus modales de señora española, bien intencionada, jocosa? ¿A cómo me va a dar la remolacha, buena mujer?

Y las sirvientas con monedas en ristre a la hora de las tortillas.

Y el tintinear de monedas que acompañaba al cobrador del camión. Y la mano extendida de unalimosnaporelamordedios, que al recibirla, en un prodigio de velocidad y discreción, desaparecía en el regazo para volver vacía, implorante.

Y en la canasta de dulces, el montoncito de monedas tan a la vista...

Ir y venir por las calles de la ciudad sin un quinto en la bolsa. Mirando, soñando, sabiéndose impotente.

Dinero: la gran condición para vivir.

¿Y en una novela, qué importancia tiene el dinero?

Como personaje o como fuerza motriz de los personajes (ambición de poder, de fama, eso) en muchas es frecuente. Está ahí como un todo que contiene el mundo. Que lo hace. Lo que queda afuera sencillamente no existe. Diríase, entonces, que esas novelas son sobre eso: el dinero, que no es nada más una convención "para reglamentar el trueque de bienes y servicios". Una vez puesta en práctica —dicha convención— algo más sucede. Algo malévolamente travieso e incontrolable se desata. Algo que certeramente se incrusta en la soledad de cada ser humano. Algo que el ser humano no sabe mirar cara a cara.

En esas novelas en donde delinea el contorno del mundo, resulta sorprendentemente escabullidizo. Se sabe, diría Borges, que son novelas sobre el dinero porque en ellas jamás se menciona tal palabra. Son aquellas en donde los personajes existen solamente por sus debates internos; sus grandes luchas en contra de las pasiones eternas. Sus interminables búsquedas. Sus dramáticas autocompasiones y, exagero, claro, caricaturizo y hasta me hago bolas un poco, pero a lo que me refiero es que cuando el dinero está en las novelas, por lo general se confunde al ser humano con el todo (con el resto de la vida), y en un país como México sería una distorsión garrafal hacer eso. Sería como hablar de un país inventado dentro de uno real.

Una cosa es el adolescente al que le restringen el dinero en aras de alguna idea pedagógica, y que por ello deja ir un roman-

72

ce con actitud resignada, y otra la situación en la que se encuentra la mayoría de la gente con la que a diario nos cruzamos.

Ésa es una manera de decirlo. Hay otras:

En la parte de atrás de la colonia San Rafael, la parte de las callecitas paralelas a San Cosme, hay una ciudad —que se repite en mil otros puntos del D.F., que se quedó como estancada en su desarrollo. Las fachadas de los edificios son sin chiste, casi siempre descarapeladas, con ventanas chicas. La oscuridad adentro es bien imaginable. Junto a esos edificios hay zaguanes que ocultan vecindades en donde la vida bulle. Y las vecindades fueron siempre moradas de pobres. Quizá a las puertas de tales edificios encontrará uno todavía canasteros. Claro que no es la misma gente de hace cuarenta años. Es una nueva generación. Una que heredó la pobreza. Gente que no ha sabido del desarrollo pujante de esta nación, de la euforia del petróleo y ahora de la sensación de la crisis. Gente que a medida que el plástico se asentaba en el mundo y lo cambiaba, siguió sin percatarse confinada en la Edad Media.

Por eso el dinero en esta novela está, pero afuera. Como una dimensión enemiga. Como una manera de ser que no tiene nada que ver con la verdadera naturaleza de la gente. Esa gente que se ve obligada a quedarse horas y horas debajo de un techito de lámina que luce la flamante leyenda de RUTA 23 SAN BERNABÉ, que no pasa casi nunca y cuando lo hace viene lleno, pero la gente, que ahora se apoya en un pie, ahora en el otro, no tiene más remedio que esperarlo.

Quiero verlos con más detalle que la simple visión fugaz de los montoncitos de gente que se perciben en cada parada, a toda hora. En las manos por lo general llevan una bolsa de plástico, un bolso de plástico, un morral de plástico. En la mirada un cansancio que sólo quiere ver la figura derruida de ese camión. Aunque venga lleno. ¿Se fijan acaso en las pintas invitándolos a votar? ¿Les interesan los libros de mayor venta en la semana? Los que leen, ahí de pie, no pueden sino leer un *Chanoc*; cualquier historieta rotograbada que se dobla fácil, se digiere fácil, se tira fácil. Uno que otro estudiante saca algún libro de su morral, y hay que considerarlo heroico. Con ese calor; esas apretazones. Los más miran simplemente a la distancia, vacíos. Compañeros... les dirán los partidos. Todos dicen así: compañeros. O aludirán a un nosotros que traen ellos. Pero los de la parada del camión saben que no. Que en este vasto y caótico universo que es el D.F., están solos y nadie va a esperar el camión por ellos y mucho menos traérselo.

Su aspecto es el de la mayoría de los citadinos: gris y abúlico. Indiferente a todo. Quizá en sus casas haya una pequeña dimensión cálida aguardándolos. Una risa, una tortilla caliente. Seguro una pantalla de televisión que al mostrarles suntuosos coches, les hará olvidar su diaria pesadilla. Cualquier cosa será mejor que este anonimato atroz; esta vejación continua.

El dinero justo para el camión, o el dinero justo para la vida. Un cucurucho de pepitas. Una paleta de limón. A lo mejor una torta y un refresco.

O por la noche: caminar de prisa entreviendo las luces en las ventanas. Las luces de los demás, a quienes se envidia por el solo hecho de estar ya en sus casas. Cómo se ven acogedoras; pareciera siempre que la vida es de los demás. Que ellos sí tienen un cuarto calentito y una merienda sabrosa. Qué importa que la zona por la que se camina esté salpicada de pobreza. Las luces en la ventana desmienten la incomodidad de la banqueta rota; disfrazan ese olor a fritanga que tiene un no sé qué de desesperado.

A veces se llega a distinguir también algún detalle de la habitación iluminada; algún adorno o una sombra que se mueve como buscando algo. A lo mejor ha abierto un cajón de alguna mesa para buscar una llave. Esa llave del armario que alguien acaba de pedir. Ese objeto que de tan familiar tiene una vida propia. "Tráeme mis lentes", dice el padre abriendo el periódico, y el niño, ya en pijama, ya enfundado en la noche cobijadora, sabe en dónde están. Siente el quicio de la puerta como su propia piel. El mundo ha quedado afuera. El río de coches que transita por el periférico le es ajeno. Las conversaciones de todos golpean las paredes que los contienen; están a salvo, piensa quien todavía camina por la calle en dirección a su casa... o a su destino, que a lo mejor no tiene una casa incluida.

Las grandes bardas en las colonias residenciales son meras presencias masivas y anónimas. Se dejan atrás con facilidad. Tal vez con un odio desperdiciado. Una hostilidad antigua que a la primera oportunidad estallará ciega y crepitante. No ya como lucha, sino como deseo suicida de destrucción de todo.

Que ahí, en donde la luz ilumina una ventana, haya o no drama, en una cuestión que al transeúnte apurado no le preocupa.

Tanto en la San Rafael como en otras partes de la ciudad, en Acapulco y en muchos sitios del país, se acostumbraba decir: "Ah, los políticos. Son todos iguales. Ladrones." La propaganda política, pues, en ocasión de las elecciones y pese a que invadía ciudades y pueblos, no arrancaba mayor reacción. Surgía el nuevo candidato: Miguel Alemán, y de inmediato se pensaba: ¿Qué irá a robar éste? Surgían los chistes, los motes y las caricaturas. Un ingenio con el que se evadía la rabia. En Acapulco nacían casonas que cerraban el acceso de la gente al mar. Que iban empujando a la gente a los cerros circundantes. Surgían hoteles en la costera que tapaban la vista de las casas de los acapulqueños acomodados. En la ciudad de México también nacían feos edificios de departamentos. Las antiguas casonas porfiristas se veían sepultadas por una nueva concepción de desarrollo. Las concesiones de construcción representaban jugosas tajadas para primos, compadres y cuates de quienes estuvieran en el gobierno en turno. Gracias a eso iban apareciendo nuevas y horrorosas colonias de gente fulminantemente adinerada.

Nos hacíamos nación tercermundista. Qué lejos del recuerdo de todos quedaba el millón de muertos en la Revolución. Las luchas agobiantes por una estabilidad. Los ideales que habían desembocado en este nuevo "país", libre y demócrata. Único refugio para tanta y tanta gente, salvo para la gran mayoría de mexicanos. El ejemplo de democracia para el continente era a costa de los habitantes del país.

Aun el fracaso más rotundo. Más rotundo o menos, da igual. Aun el fracaso, en última instancia. El fracaso. Suena a caída estrepitosa y dolorosa. A pérdida súbita de elegancia —esa elegancia con la que nos ocultamos a los ojos del mundo. Nos disfrazamos, pues, de incólumes; de indiferentes. Esa elegancia, sobriedad o mesura con la que cerramos la puerta y, adentro suspiramos con alivio. Qué frágiles, qué vulnerables somos. Qué poca cosa, pobres. Qué infinitos nuestra hambre, sed, deseo. Nuestra imaginación qué descomunal a la luz de nuestras capacidades. Qué poquito tiempo tenemos y cómo resulta interminable.

El fracaso, cuya sola noción puede destruir a un ser humano. ¿Se sentirán fracasados los pobres? ¿Los que por la banqueta caminan juntos a un vida que no los dejó entrar? ¿Se sentirán desposeídos? ¿Víctimas? Como que no lo creo. El fracaso pertenece a otro orden de cosas. A esta escritura madrugadora, por ejemplo, que se detiene en el momento exacto en que la mañana empieza a fluir. Cuando ya conquistó sus contornos y se acomodó su traje de día. Todo ese sobresalto del amanecer alborotado por trinos conmovedores en su reiterada alegría... o en todo caso vitalidad, se ha asentado ya. Es un nuevo jueves. Nuevecito. Después de tantos y tantos al parecer idénticos. ¿Calcular cuántos jueves se pueden vivir en una vida? Qué ocioso. No. Y no nos distraigamos además: el fracaso de esta escritura, decía. De esta historia, ajá, la premisa que me faltaba para redondear en una decena muy reconfortante. Diez premisas suenan mejor que nueve. La historia que quiero contar. Ni la de Juan ni la mía, sino otra. Una que yo no conozco y que es la que puede fracasar.

La historia

Cuando no había nadie se sentía libre. La primera vez que lo notó se cortó el pelo. Antes le hacían trenzas —gruesas trenzas oscuras que no le gustaban particularmente. Con unas tijeras simplemente se las cortó: tas y tas. Y para que no se notara mucho, se cortó un fleco que por lo chueco y ralo distraería, pensó.

Esa vez hubo drama. Aprendió que no había que mostrar el resultado de esa libertad que sentía.

Tiempo después, bastante, aspiró por primera vez el humo de un cigarro. Sensación rara, solitaria, invisible. Un poco boba, en realidad. Le sobrevino una embriaguez curiosa. El espacio se reblandeció. Los sonidos se fundieron en uno solo. Las cosas no importaron tanto. Una deliciosa percepción de peligro hacía interesante el momento y cómica la situación. El descubrimiento de que poseía su cuerpo. De que a fuerzas nadie podía meterse en él. Como encontrar la guarida tan buscada.

Esa embriaguez coexistía con el mundo de los otros. Los demás tenían sus risas; ella las suyas. No eran para mostrarse, pero era bueno saber que eran equivalentes.

Que los hombres eran fuerza, seguridad, objetivo. Que el destino era eso, y en consecuencia la maternidad. Tan sencillo.

Y era ociosa su rebeldía ante la autoridad de la pobre abuela, tan a su vez crédula. Ante la de su madre, que procedió a morirse sin decir nada original. Ante la de los tíos, primos, hermanos que ni siquiera necesitaban ejercerla.

En la colonia San Rafael, Juan, al igual que tanta gente en tantas otras colonias del D.F., se iba haciendo un silencio ante el mundo. Un silencio tercamente oculto; certeramente herido, pero lleno de fuerza, de recursos. Orgulloso. Juan sin tierra, sin ambiciones, sin pretensiones. Soberbio.

Eran chicas las circunstancias para Juan. Las que le tocaron. El único. El primer hombre sobre la faz de la tierra. La primera comprensión —la más escueta— de lo humano, y por lo tanto, tal vez, la más simpatizante desde esas esquinas tantas veces rotas, tantas veces caminadas con ilusión renovada. La sensación más fresca, el ímpetu más vigoroso, la voluntad más férrea. La total disciplina para poder llegar a ser. Él, hijo único, depositario exclusivo de tanta experiencia humana. Delicado seleccionador de tanto conocimiento. Constructor de una conciencia tan sostenida.

Juan, uno de los muchos millones de habitantes del Distrito Federal.

Cuando se dio cuenta de que sabía más química que sus profesores, dejó de asistir a la universidad.

Indiferencia ante el ruido engolado de quienes pretendían manejar la realidad.

La música la compartía rara vez.

Solitario; anónimo.

Un buen número de mexicanos creía que la vajilla de plástico era imprescindible para la felicidad. Como antes se había creído que los encajes de Brujas lo eran, y antes, mucho antes, el apaciguamiento de los dioses. Para que el sol volviera a salir. La felicidad era eso.

Juan en un camión pensando en la superlativa molestia de no tener dinero. En la tremenda pereza para obtenerlo. En fin, se encogía de hombros abriendo su libro. A su lado una mujer indígena dormitaba apaciblemente. Parecían ambos tener un largo camino que recorrer. Quizá sus codos se hayan rozado, no es imposible. Tal vez, si hubo algún enfrenón, algo inesperado, hasta se hayan sonreído. Pero qué distintos destinos. Qué anónimos ambos.

En Acapulco, en cambio, el sol brillaba estruendosamente. Sobre todo en el jardín de la abuela, como sucede a veces en Zirahuén justo al mediodía, que es cuando el lago destella plateadamente quieto. Los sonidos humanos se acallan apabullados por un extraño sabor a muerte que tiene ese silencio quemante. Hay que escabullirle el cuerpo a esos momentos; dejarse estar en el movimiento irrefrenable de la naturaleza por más que parezca lento. Ser paciente; saber esperar como cuando una amiga o amigo se enmarañan feamente en lo que te están contando y tú ya entendiste desde hace mucho de qué se trata y quieres pasar a otra cosa, a otro escalón, pero como si jugara a la gallinita ciega tu interlocutor avanza en círculos por las palabras. "Para esto", dice siempre, y se mete en un callejón sin salida, de donde regresa con azoro.

Qué terrible cuando se termina el lenguaje. Cuando la anécdota se desinfla sola y sin gracia. Qué incómodo el silencio que se establece. Igualito al de ese sol de Acapulco a veces, cuando parecía no querernos y nos obligaba a deambular solos por la casa, evitándonos.

Me iba al cuarto de doña Oti a verla planchar.

La punta de la plancha perseguía insidiosa las zonas humedecidas de la ropa. Les arrancaba un ríspido susurro; dejaba a su paso un vaporcito oloroso. Con movimientos calmos, regulares, doña Oti avanzaba por la camisa, el vestido o el pantalón con los brazos morenos al aire, sus pulseras de oro, sus grandes arracadas. Chocaba el metal contra el ladrillo: plac. Suiiss, suiss, plac, cada vez que dejaba la plancha. Y entre tanto hablaba con la otra sirvienta, con Ezequiel. A nosotros nos dejaba estar sentadas en su catre, y apenas si nos hacía caso. Le daban risa nuestras preguntas y a nosotros su risa nos atemorizaba: podía despertar a mi abuela.

Eran raras sus historias. No partían de anécdotas, o más bien, cualquier anécdota servía de pretexto para contar *eso*, el encuentro de un hombre y una mujer en donde todo el romanticismo y dulzura que Corín Tellado nos había hecho anhelar quedaban por fuera, como cáscara pegajosa que se tira rápido a la basura. Nada de misterios, de reticencias pudorosas, de ritos. En sus historias había una urgencia de ambas partes por llegar al acto sexual. Había, curiosamente, una igualdad en ambos sexos en ese momento. Dos cuerpos que con sus características propias tenían una misma necesidad de quedar satisfechos.

El cuarto de doña Oti estaba siempre en penumbras. Jamás abría las persianas. Para ella, como para tanto campesino, el interior de una casa debe ser oscuro y refrescante. La luz pertenece al sol, al aire libre, a la actividad. La oscuridad es el comienzo del descanso. Y sus historias se desarrollaban invariablemente en algún zaguán oscuro, por la noche, a ocultas del mundo. Algo recóndito y subversivo que se hacía en silencio. Sólo los cuerpos sabían su verdad. Palabras para qué.

Restallaba su risa maliciosa sobresaltándonos. Los hombres eran unos cabrones y las mujeres unas pendejas. El mundo era así y no tenía doña Oti la menor compasión por las jovencitas preñadas ni por las madres abandonadas. Que no le chillaran. Ellas se lo habían buscado. Que aguantaran ahora a su montón de chilpayates, quién les manda.

Nos miraba con ojos apretados, como queriendo transmitirnos algo, por pequeño que fuera, de la maravilla del acto sexual. Todas y todos, decía sabia, sacrifican la vida entera por ese momento (risotada), y bien que vale la pena. Suiiss, suiiss. Plac.

¿Quién nos explica? ¿Quién nos deja entrever poquito a poco con la imaginación eso que nos sucederá siempre inesperadamente? Ese súbito cambio de visión que se produce del niño al adolescente. Ese descubrimiento del contacto. Por lo general se nos revela de una manera tumultuosa e incoherente. A pedazos percibimos algo que a partir de entonces no podremos seguir ignorando, pero de lo que no sabremos hablar.

Juan, como es natural, tenía amigos. Amigos con los que paseaba, escuchaba música, discutía. Pero, ¿hay algo más silencioso que una conversación entre adolescentes? El miedo al ridículo, la competencia, la envidia, la inseguridad. El amigo, en la adolescencia, es el espectador de las palabras propias y éstas son, fundamentalmente, experimentales.

Aunque hay temperamentos más expansivos y cordiales que

el de Juan, en quien el pavor al exceso de exposición lo instalaba en un malhumor crónico, no es mucho arriesgarse el decir que en los adolescentes la timidez y el miedo a lo desconocido se confunden. No sólo quieren saber quiénes son, sino que anhelan intensamente sentir una costumbre de ser quienes quiera que sean. Pero la búsqueda de este ser no es abierta e indagatoria, sino empecinada por encontrar algo que ya imaginaron y escogieron.

Y Juan, como la mayoría de los seres humanos, no tenía una idea muy definida de lo que quería ser, pero sí una decisiva de lo que no quería. Los exabruptos, la confiada tontería que se permite decir lo primero que viene a la cabeza, la blandura del sentimentalismo fácil, la payasería que arranca sonrisas que no comprometen ni son comprometidas, la solemnidad... Ante cualquiera de estas manifestaciones del ser, Juan se replegaba en sí mismo y se negaba a buscar nada. Se quedaba quieto y se volvía hermético. Mejor morir.

Era horror lo que sentía, de ahí que no se explayara mucho en confidencias con nadie. Que no preguntara. Que no se ayudara a vivir con un poquito menos de densidad. Lo que no tenía una relación directa con él resultaba por demás aceptable.

Las palabras se convertían entonces en el juguete favorito. Ensayos, prácticas, entretenimientos. Las posibilidades eran infinitas y el tiempo eterno.

Pero ¿qué es el adolescente sino un tiempo preñado de deseos que se cubre de palabras para ocultarse? Palabras bien organizadas, en el mejor de los casos, meditadas, medidas, como las de Juan, para quien la lectura era la aventura. No una mala opción, pero sí a veces un tanto ajena, suave, tristemente artificial.

Sin embargo, en la esquina de esa colonia San Rafael, en medio del ruido cotidiano (no tan intenso como el de ahora, pero igual, ruido, ¿y a quién se le habría ocurrido imaginar que habría mucho más?). Ruido suficiente para ensordecer, para aturdir pese a que no había ejes viales, tantos autos ni tal cantidad de gente. En cada época las cosas han sido igual de excesivas y sobrepasadoras. El individuo siempre ha sido pequeño e impotente. Y de todas formas, el sol de mediodía, la irrupción del pordiosero, el no hallarse porque se ha perdido la trepidación de contento en uno, no es privilegio de ninguna década en especial.

Por eso, en esa esquina de la colonia San Rafael, luego de un encuentro fugaz con alguien que estuvo a punto de derrumbar hasta las más íntimas convicciones, el tiempo de la lectura, el proceso organizativo del conocimiento, la percepción intuitiva de la coherencia resultaban un alivio. Más: una promesa. Por eso hablar, aunque no fuera de lo propio, ayudaba.

Y si llegaba a parecer que Juan se jactaba de su erudición, mentira. Se consolaba, más bien. Se embriagaba con ella para no pensar.

De todas maneras, el uso de la palabra, escrita o hablada, ha sido bien singular en este país. Desde los oráculos antes de la conquista, hasta las cartas escritas en defensa de los indios. De la descripción del mundo aquí encontrado, hasta la explicación que de ese mundo hicieron quienes fueron encontrados. No precisamente falsedades, sino consolaciones. Atemperamientos de lo que en realidad pasaba. O no pasaba. ¿No es así que se atempera el deseo? ¿Las ansias de placer que todos llevamos dentro? Con palabras. Con realidades paralelas construidas con palabras. Refugios antiaéreos. Palabras. Pequeños recovecos en donde guarecernos un rato antes de volver a salir a la intemperie.

Y lo que pasa es que los niños están muy mal preparados para recibir educación. Llegan, como quien dice, al mundo en un estado muy deficiente. Por supuesto que no son capaces de bastarse a sí mismos en un tiempo bastante prolongado, pero no me refiero a eso, ni al hecho de que deban aprender a hablar y a moverse, sino a que, una vez zanjadas esas dificultades, a los seis, siete años... incluso un poco antes, los niños caen en un estado de distracción total del que será dificilísimo sacarlos. Se instalan en la vida como si no hubiera otra cosa que hacer en este mundo. Y lo hacen con tal naturalidad que parecieran haber recibido instrucciones muy precisas. La manera en que de ser unos bebés inermes y tamalescos pasan a ser maquinitas de movimiento y voluntad incomprensibles. Incomprensibles para los padres, que los quieren tan bien (¿quién va a querer mejor que los propios padres, quién?), que se preocupan tanto por ellos y les dan tantas cosas. ¿Acaso no es indignante que el niño alce la cabeza en su propio momento y mire en una dirección diferente de la que habían previsto sus progenitores? Como si supiera... como si pudiera.

Desesperante este asunto de los niños que actúan como si fueran libres. Cuatro, cinco, seis años llevan en el mundo (este mundo, tan dejadito de la mano de dios), y ya se ríen, ya escogen, ya protestan. Hágase de cuenta que son como inmigrantes en una sociedad milenaria, que a los cuatro años de haberse incorporado, pretenden comportarse como herederos directos de tradiciones socioculturales añejísimas. Inmigrantes que, no dominando todavía el acento local, ya despotrican en contra de lo que los rodea. Peor: su naturalidad en el uso de lo que los rodea delata un abuso de confianza. Su reticencia a ceñirse a usos y costumbres que han existido desde siempre resulta vejatoria. ¿Quiénes se creen que son? ¿Qué dan a cambio de su libertad?

Ahora bien, una historia, dos, no tienen mayor sentido, pero una historia o mil, que no cuenten simple y sencillamente su anecdotología cronológicamente, sino algo más allá de su acontecer lineal y siempre azaroso, podría ser, porque en última instancia lo que se busca es conocer más, saber más de la condición humana, ¿qué no? De la vida que muere. De cómo la muerte crece paso a paso. De cómo las palabras son la capacidad de ilusión del ser humano. Escuchar: de grande. O decir: yo, de grande... Cuando ya de grande, saber sin saberlo que la satisfacción estará siempre unos pasitos adelante, o de lado. Y muchas veces detrás.

Esa mirada de dolorosa añoranza, de arrepentimiento... de resignación que no tiene más remedio que consolarse con lo primero que toca. Aquello que le permite dejar en la sombra lo añorado. Esa mirada que, no sabiendo cómo aquietarse en su revisar lo no obtenido, engorda y se entume de inmediato. Esa mirada, sí, que se vuelve espacio entre objetos, entre planes, entre afirmaciones categóricas y vehementes aseveraciones sobre lo que es la vida.

"De grande", dicen los grandes sin otra posibilidad que el fingimiento o la ligereza. ¿Qué quieres ser de grande? Y es chistoso, porque por un lado no tienen ninguna confianza en el niño (no sabe, pues, si es sólo un niño), pero por el otro le atribuyen una capacidad de autoconocimiento, de seguridad, de decisión que ellos mismos no tienen. Y lo consideran natural. ¿Qué quieren ser de grande? ¿Alguien recuerda la vasta y abrumadora impotencia que se sentía ante una pregunta así? La impresionante inutilidad de dar una explicación —trabajosa de construir, como un castillo de barajas; cayéndose siempre por algún lado. Pero, sobre todo, el brevísimo tiempo que se le daba a uno, niño, para contestar. Pobre de ti si comenzabas con alguna de esas muletillas tan comunes en los adultos: Este... yo... o sea... porque de inmediato la andanada verborreica: Claro, tienes tiempo todavía; estás muy chica. Aunque es bueno que lo vayas pensando.

Y aquello de: Porque para las mujeres es más delicado que para los hombres. La mujer tiene que escoger algo que vaya con su sexo. Se va a casar; va a tener hijos, sí, pero tiene que tener también algo práctico en qué apoyarse (maravilloso sentido común de mi abuela, quien había comprendido que los hombres, pese a su sobrenatural fortaleza y superioridad, también se mueren inopinadamente). Coser muy bien; cocinar muy bien... tu madre (que era una santa) aprendió mecanografía y taquigrafía; era excelente para trabajar.

Y ante los ojos a uno le aparecían caminos parduzcos, o más bien inicios de caminos porque las palabras adultas parecían dispararse en todas direcciones, impulsándose sobre trampolines como: Claro, es que... Y además... Pero también.

Quizá se habrá mostrado uno dispuesto a ver, como en pantalla, la realidad de las opciones sugeridas, y a escoger entre ellas la menos desagradable. Porque dichas así, adultamente, todas lo eran. Tenían un no sé qué de esforzado e incómodo, como esa cuesta que había que subir a diario para llegar a casa de mi abuela. Con tal de que no siguieran preguntando, habría estado dispuesta a escoger, pero no veía nada claro, sólo pedazos de cosas, y todas parduzcas. Como ciertas horas del día en ese jardín en el que la vegetación parecía una burla perenne de mi espera.

—Bueno, estás chica todavía...

Un silencio apretado, hosco que el grande procuraba evadir con dignidad:

—Estás chica todavía...

—Aunque los años se pasan volando —aseveraba la tía Vige, quien aun en la silla más baja de la terraza quedaba con los pies colgando—, y cuando uno menos se lo espera ya andan los novios por ahí... —espetaba; echaba leña al fuego; mecía sus piernecitas.

¿Qué decir del verde oscuro del follaje en esos momentos contenidos en palabras cuadradas? Del verde húmedo y palpitante allá afuera. De la tersura de las hojas de los colombos. De los chisporroteos de color en el almendro. Del amarillo estentóreo de las copas de oro. Del silbido suave, casi oculto de Ezequiel.

Para, carajo, no hablar del mar.

Y qué decir del pavimento, Juan, de lo construido y poblado, de lo arreglado o averiado por la gente. Del edificio de departamentos en donde se alojan varias familias que no tienen nada que ver unas con otras. Que apenas si se conocen de vista; que son un rumor específico o el aspecto adusto de sus puertas siempre cerradas. O de los parques, boquetes de frescura entre tanta grisalla y piedra. De ese sonido tan especial que destilan las ciudades, como encajonado y secreto.

Del silbato de las fábricas y del ronquido de los motores temprano en la madrugada. Hay cosas que sólo se oyen en la madrugada, que es cuando la gente está quieta ¿no? En teoría así es. Cuando la ciudad duerme, aseguran los que saben. Cuando su respiración es acompasada y por fin tranquila luego de tanto ajetreo. Todo el mundo ha hablado de la ciudad como si fuera una gran bestia insaciable que engulle a sus ciudadanos. Gorda y fofa, despótica y caprichosa al estilo de la reina en *Alicia en el país de las maravillas*.

O de los pasos apresurados, casi culpables, de algún noctámbulo que se apresura a ganarle al sol.

De los amaneceres que van perfilando delicadamente las líneas de los edificios más altos, los hacinamientos de viviendas coronados por antenas de televisión, los autos estacionados como testigos mudos, la basura que yace muerta en la calle como único vestigio del paso de los humanos.

De ahí viene lleno de marcas. En los rostros se alcanza a ver el mar, las montañas o el desierto. En la piel de una persona se siente el clima árido y seco, o el húmedo y tropical. ¿Por qué entonces no se habría de ver en tu cara tanta fachada descascarada y tanta barda cubierta de enredadera? Tanto sonido de pasos, tanto escalón y semáforo.

Estás hecho del ruido de los demás, y eso es lo que contiene tu propio silencio que a lo mejor entreviste en una pálida madrugada en la oscuridad de tu cuarto. Pero de pasada, nada más, ya que amanece y lo que sigue es muy rápido. El timbrazo del despertador y el sonido de la cafetera en la cocina. Lo único que sabía hacer tu padre en el ámbito doméstico: poner el café. Sentarse en la sala a semioscuras y tomarlo a sorbitos mientras el movimiento del hogar se iba organizando.

A veces te sentabas con él, algún libro en la mano. Hablaban poco. Parecía que querían ahorrar silencio, preciado silencio antes de que se despertara del todo la voz de tu madre. Preciados momentos de quietud y calor que ayudaban a enderezar la visión del mundo, a sobrellevar las frustraciones, a despertar las ganas otra vez de seguir adelante.

Sí, una historia, dos, no tienen mayor sentido y siempre está uno dispuesto a escucharlas. Puede que despierten una atención inusual. Que tengan algo para uno. O puede que se las oiga como se oye llover. Desde afuera, placentera, cómodamente. Sin creer que haya en ellas algo para nosotros, pero con una actitud de magnífica tolerancia. De madre universal. De toda madre, qué horror. Nada más repugnante que eso. Esa sonrisa de la gente que se cree que nos comprende. Por eso no tengo empacho en mentir, en ser infiel, en no tener escrúpulos, ni patria, ni familia.

No siempre se está dispuesto a ser tan franco. Casi diría que sucede sólo cuando escuchamos las historias de los demás. Es cuando se percibe una doble verdad: la de quien nos la cuenta y la de la historia misma, que casi siempre, como un eco rebelde, va desmintiendo a su narrador y va dejando en nuestros oídos una historia diametralmente opuesta a la que nos están queriendo contar.

Son ésos los momentos, los únicos, en los que uno se espeta la historia propia con brutal franqueza: no tengo escrúpulos. Pero no creo que sea necesario, como tampoco creo que sea necesario sentir *confianza* en los demás o en uno mismo. Y lo anterior no es más que una frase, pero tremenda de descubrir, y luego de asumir. Barre, prácticamente, con todas nuestras nociones culturales, ideológicas, filosóficas, sociológicas. Todas peligrositas.

Una novela, al fin y al cabo, no es un cuento —tendría que ser un ballet, un cuadro, una escena teatral. Con todo el mundo contenido en su brevísimo espacio. Un "snap" mágico. Un "sácatelas", ahí te llegó el chingadazo y te quedaste un rato, pero ya pasó y ya viste. Ya entendiste y eso es irreversible. Puedes volver innumerables veces a ese momento que es el cuento —y que ha quedado fijado en palabras que siempre dirán lo mismo aunque siempre se perciban de distinto modo. Andamios firmes. Brochazos definitivos. Matices atrapados. Volver una y otra vez, como a un museo para contemplar un cuadro que estará ahí igual de hermético a primera vista. Igual de abierto a nuestros ojos, para despertar nuestro deseo de esfuerzo. Así el poema. Así todo.

Una novela no tiene escrúpulos ni inspira confianza. No es ideológicamente firme, ni tiene alianzas, pertenencias, colores patrios. Es una tierra de nadie. Es lo que es uno en el momento de leerla. Esa historia propia, brutal y desmentidora de todo lo que ha constituido nuestra verdad... Esa ilusión que forzosamente nos creamos de que las cosas son aunque nosotros tengamos que morir. Esa mentira que es nuestro único gran consuelo ante la idea de la muerte.

La historia, por lo tanto, que es lo que hace a la novela, no es la historia circunstancial —esa de Juan, a quien la madre no se le muere nunca, o la mía, a quien la madre se le muere antes de tiempo. Todo eso destila una torpeza tal que la realidad pareciera el gran novelón malo de dios, que como dios, con todo y objeciones, ahí la lleva, pero como escritor es más bien folletinesco. Ningún Dostoievski.

Hay que ir diciendo las cosas despacito porque no son cosas que sepa. No son cosas mías. O sea, no son parte de mi historia —de esa que me sé y que puedo contar con los ojos cerrados: ¿cuándo probaste tu primera nieve de limón?

Cuándo ...cuándo... La primerísima. Cada recuerdo del sabor helado del limón, de la sensación refrescante en la memoria, me lleva más atrás, más, más. Me lleva a un gesto muy actual: darle a un bebé una probadita, bastante diluida ya la nieve.

Verle en la cara el deleite. Hacerle una señita para que sepa que este asunto del vivir es rico. Vale la pena, aunque uno tenga que morir.

Una novela no nace de una convicción, sino de un deseo. El de propiciar cosas que pasen. Es como la expectativa de una fiesta; no una ceremonia, no, una fiesta, un reventón, una feria, un conglomerado fortuito de gente. Cada cual con su carga individual que a la manera japonesa con los zapatos, tendrían que dejar en la puerta para congregarse libres y limpios.

No siempre se logra, pero pasan cosas. A uno se le olvida que quería lograr una novela feliz. Lo que busca es una novela coherente.

Hay novelas que se conciben como cuentos; novelas que imitan a la novela aunque hayan escogido una convicción: el misterio, el horror, el humor...

Son intentos todos, y para un novelista tienen siempre algo. Son lo que la fotografía para un pintor; el cine para el dramaturgo.

Los que saben de esto dicen que sólo hay dos tonos: el personal y el impersonal. Parece arbitrario. Como lector, al novelista se le exige congruencia, racionalidad. Se le exige lo mismo que debiera exigírsele a los candidatos presidenciales: cumplimiento de promesas.

Era una tentación singular: verle la cara a los demás hasta sentir que se volvía propia. ¿Cómo? ¿Cómo propia? Sí: mirar al otro a los ojos, derechito y sin vacilar, un poco para impedir que el otro lo viera a uno; el otro sólo debía mirar la mirada. Y uno no; uno se aprendía los rasgos, la textura de la piel, la expresión de los ojos. Y luego se iba uno lleno de esa imagen, y durante un buen rato se tenía la sensación de estar estrenando una manera de ser. Gestos como prendas nuevas de vestir.

No toda la gente despertaba esta tentación, por supuesto. Había que sentir alguna relación de algún tipo con la persona "cuyos modos" se iba a uno a apropiar. Esa relación podía nacer de la admiración, del azoro o incluso del desagrado. Una antipatía activa. Son las cosa que hacen que uno mire de una manera redonda y no a pedacitos flotantes como por lo general nos vemos unos a otros. Sucede casi siempre en momentos de ociosidad; momentos buenos en los que uno no tiene ideas ni intenciones preconcebidas. Uno está y punto. Uno es sin darse muy bien cuenta cómo, y percibe que los demás están siendo. Por eso era bonito imitarlos... o rencarnarlos.

Tics, giros del lenguaje, ademanes, todo. Empezar el día diciéndose: ¿como quién voy a ser hoy?

Qué misteriosos, entonces, incomprensibles, resultaban los demás. Qué recónditos a pesar de que uno llevara sus gestos puestos (en ocasiones hasta el tono de la voz). Parecían poseer un secreto común y era uno el único que no lo conocía. Uno alzaba los ojos y ahí estaban concentrados en un cuaderno, con un aire tal de abstracción, que parecían estar oyendo más, entendiendo más, aprendiendo más. Ofuscada volvía los ojos al mío. No era más que el tiempo pluscuamperfecto. Incómodo de aprender, huidizo, pero más o menos iba quedando claro. No había para qué detenerse mucho en él. O bien los veía platicar. Destilaban algo sabrosamente entretenido. La risa en la cara, la postura de los cuerpos, todo en ellos hablaba de un placer. Cuando te acercabas a escuchar, por lo general no era gran cosa. Era platiquita. Una como infinita paciencia ante las cosas de este mundo.

Cuando yo lo hacía, ya traía puesta la cara de alguien. La experimentaba con osadía, pero además me sentía impune; era como ser invisible. Lo que sí es que me aburría pronto, y entonces caía en una especie de cara de nadie con la que deambulaba distraída, captando apenas trocitos de cosas. Como si me hubiera encerrado en mi cuarto y por la ventana me llegaran rumores aislados.

Juan tenía amigos y tenía también intensos momentos de placer que más o menos pasaban desapercibidos. Largos momentos solitarios en su habitación, en la biblioteca, durante alguna caminata. Momentos en los que Juan perseguía y armaba su visión de la armonía. De lo verdadero, a lo mejor. En todo caso de lo que a él le importaba.

Se dice fácil y hasta parece normal. Uno ve muchachas y muchachos por la calle y se quedan en la conciencia como una imagen fija. Son sólo seres jóvenes y por lo general van riendo, luminosos. Pasan y desaparecen de nuestra conciencia con una naturalidad extraordinaria. Es raro que en esos momentos sorprenda la seguridad con que tales jóvenes ocupan el mundo haciendo caso omiso de los demás. Dan la impresión de siempre haber estado ahí a pesar de no tener más de 15, 16 años. Se desarrollan tamañas costumbres en el curso de esos años. Quien ha vivido, pongamos 17 años, en un mismo barrio, en una misma ciudad, ¿acaso no siente que es de ahí? Que ésa es la forma del mundo. Si hasta con tres años basta. Sólo que en el curso de esos 16 años, en el caso de los muchachos, nada ha sido demasiado igual. De hecho, se podría decir que no han vivido sino una sucesión de sobresaltos: la primera escuela, el cambio de la primaria a la secundaria, la pubertad, la conquista de la calle... de sí mismo, aunque los padres no se den cuenta jamás.

La madre de Juan estaba convencida (nada original, por supuesto), de que Juan sería un gran hombre. Que se encerrara a "estudiar", le parecía lo más normal del mundo. Que no fuera excesivamente comunicativo en cuanto a sus avances, ya no tanto. Hubiera querido ver premios, presenciar reconocimientos y, sobre todo, sentir la admiración de los demás hacia su hijo para poder ser enteramente feliz y estar tranquila. No obstante tenía fe. Importantísimo asunto: fe. Confianza. Nada podía salir mal, punto. Era su hijo.

Sí es curiosa esa fe que algunas mujeres saben tener en sus hijos cuando jamás merecieron de sí mismas un ápice de confianza. Curiosa y admirable porque a fin de cuentas lleva implícita algo de generosidad. Jamás se prestaron esa atención obsesiva. No se quisieron con esa paciencia. No dependieron de su propia humanidad con tal entrega. Sus hijos se convirtieron en lo mejor de ellas mismas. O lo primero bueno. Sus hijos fueron ellas mismas, pero mejor hechas.

Juan cerraba su puerta para concentrarse mejor, pero su madre le pedía que la abriera. Por la noche, ya tarde, desde su cuarto le pedía quejumbrosamente que apagara la luz, que ya era tarde, que se iba a dañar los ojos (tubientubientubientubien). Suspiraba fuerte cuando en la tarde él se iba a ver a algún amigo. ¿Vendrás a cenar? Sí. Siempre: sí.

¿Y el padre? Por ahí enfrascado en sus trabajos. Había que sacar adelante la familia. Leía pruebas tipográficas; traducía, distribuía libros. Todo en silencio y en paz. Compartía con el hijo la sostenida atención de la madre. No era el rey del hogar, ni el centro. Era el padre, como la madre era la madre. Ellos, mientras Juan estaba siendo él. Eran mayores, ya hechos, en tanto que Juan crecía sufriendo horrendamente, como todo el mundo, a momentos.

Juan cerraba su puerta siempre e invariablemente la abría a petición de su madre, pero al cabo de un rato la cerraba, la volvía a abrir, a cerrar, a abrir, no para ocultar nada. Nada había que ocultar. Es sólo que hay cosas internas y cosas externas. Cosas en plural y otras en singular. Uno y los demás. No se contraponen. Coexisten. Igual que el padre y la madre. Igual que sus amigos Pedros (así se llamaban sus dos mejores amigos). Igual que una mujer. El sexo opuesto, pues.

Juan cerraba la puerta para encuadrarse y ser. Pero poner en orden el desorden tumultuoso que había en su interior y que se estiraba, palpitaba, se estremecía o aullaba a veces reclamando atención. Para tratar de asentar en sí una percepción, una sospecha, una corazonada... una curiosidad que se comenzaba a perfilar en su conciencia: existe una manera —incomprensible, pero existe— de acomodar el todo de manera que quede ¿equilibrado? Simétrico, coherente, armónico... algo. A la vista, a lo mejor. El todo. Quizá esa tumultuosidad interna sea el todo, pero tal vez eso y algo más. Y ese más, se decía Juan, es la pieza que falta... ¿para que el todo se quede quieto y resulte, entonces sí, comprensible? ¿O para que ese todo cuaje?

Qué diferencia de allá, de la Perla del Pacífico. Qué gran diferencia aunque, como es normal, uno no lo sabía.

Para comenzar: ¿cómo se hacía el mundo exterior en el que uno se desarrollaba y del que, supuestamente, tendría uno que ser reflejo, producto, al mismo tiempo que motivo para que tal mundo fuera como era? Esa interacción, como la llaman, de uno con su mundo. Así, por ejemplo, dicen que se forjan las características nacionales: los franceses se corresponden con sus bistros, los italianos con sus trattorias, los ingleses con sus pubs, los norteamericanos con su coca-cola.

Para mí la gente en el D.F., tenía cara de D.F. O color, no sé. Erguidos y cuadrados, tal vez por la ropa; por los edificios. Apretujados y ruidosos. Urbanos. Por eso digo, qué diferencia allá, en la Perla del Pacífico.

Acapulco tenía un rasgo común a todos los centros poblacionales de México, desde el más pequeño, hasta el más populoso: el hormigón y la varilla a la vista. Aspecto de pueblote mal terminado. De tendajón polvoso. Improvisación; apresuramiento: ahí se va. Pero encima tenía lo suyo: esa cosa patética y risible, dramática y grotesca que lucen las putas entradas en años: maquillaje sobre maquillaje. Pintura escurrida bajo pintura escurriéndose. Gruesas capas de fiera simulación. Pero simulación amargada, no rabiosa. La rabia yacía en la manera que tenían de proliferar las zonas marginadas en los cerros. Purulencias implacables. La superficialidad suicida con que eran disfrazadas con imponentes hoteles, boutiques, centros de convenciones.

Colores insólitos surgían en las fachadas y escaparates que parecían querer competir con el estallido de la naturaleza. Por la costera surcaban jeepcitos de rayas color de rosa chillón que pretendían opacar a las buganvilias. El anaranjado Hilton luchaba contra los tulipanes africanos, y los tonos de azul de los sillones de plástico del hotel Presidente querían vencer al mar.

Uno crecía y veía cambiar las iridiscencias de la luz. Iba del sonido disparatado de los mercados, al inglés pesado y burdo de los empleados de hotel; de la palma de la mano pasivamente extendida, al ademán insolente y servil del vendedor de servicios turísticos.

En Acapulco no se puede cerrar la puerta tras de uno para proceder a armar una visión propia de las cosas. Éstas estarán siempre bordeadas de bongós y güiros, de sonidos de motor en la bahía y risas y chapaloteos. De bocanadas de calor pegajoso y aletazos fríos de aire acondicionado. De extensiones vastísimas de mar y cielo, en las que la sensación de ser se expande e infunde paz, pero sólo para ir a estrellarse a los montes llagados de llagada presencia humana.

Presencia humana, escueta, desnuda, sin cabida en esa vegetación profusa, esa tierra roja, esa piedra gris. El mar y el cielo parecen volverle la espalda indiferentes. El mar y el cielo pare-

93

cen estarse yéndose con su azul a otra parte. Las casuchas de palapa se quedan atrás, olvidadas cada vez más por todo.

Diferentes de las grandes avenidas en donde los hoteles lucen desafiantes sus colores imitados; sus algarabías; sus seguridades. Con qué garbo entran y salen los turistas con las piernas al aire y el pelo alborotado; la cara encendida. Y cuán firmes y sobrios los guardias, los empleados, los sirvientes. De blanco, de azul claro, de café con anaranjado. Los barandales, claro, para que los turistas se apoyen, se afiancen, se sientan ceñidos en una zona en la que la naturaleza ya no entrará.

Por eso en la costera avanzas sintiendo que es más bonito, más alegre que el D.F. Más limpio también. Cómo chisporrotea el agua en todas partes. Cómo brilla la realidad. Cómo está bien diseñada. La costera, se ha dicho más de una vez, podría ser la Quinta Avenida acapulqueña. Qué desenfado. Qué elegancia. Del lado opuesto al mar se asoman a veces casas que han logrado defender su posición. No muchas y todas grandes. Quieren parecer indiferentes al boato de la costera, pero es fácil ver que en realidad lo que hacen es espiar. Tienen un aspecto desasosegado. Su lujo se ha visto empequeñecido. Su Acapulco ha sido tomado. Aunque en el fondo todos tenemos esa impresión: los pobres, los ricos y los medio ricos. Acapulco nos ha sido tomado, ¿y en qué momento? No fue a la fuerza; aquí no ha habido forcejeo alguno. Nadie se ha dado cuenta de que desembarcara una legión extranjera ni de que por avión o tierra hubieran traído tanto material extraño. Y mucho menos de que hubiera habido tanto espacio vacío como para que estos marcianos se vinieran a instalar con toda tranquilidad.

Hemos sido engañados (podría uno, si quisiera, oír una indignada protesta); traicionados. Cotorreados, en última instancia, porque, como digo, fuerza nunca hubo. Ah, ese capitalista que todos llevamos dentro; ese comerciante; ese corredor de bienes raíces... ese desentendido de la patria. Ese indiferente que somos todos. Para qué echarle la culpa a Miguel Alemán quien, sin el respaldo de todos, o nuestra complicidad silenciosa, no habría llegado a hacer lo que hizo.

Dejar tu guayaberita blanca, impecable, en un armario. Poner la sucia en una bolsita de plástico para que la lave tu mujer o tu madre; los pantalones negros te los dejas puestos; los zapatos de charol blanco también. Tu camisa limpia luce ahora unas palmeras muy airosas. Una última peinada a ese copetito abrillantinado. Tu rostro redondo y moreno respira contento. Te despides de los compañeros; sales por la puerta de atrás. El aire acondicionado desde el momento de terminar tu turno. La bocanada de calor y el ruido de motores son inseparables. Ahora empiezan las imágenes que te persiguen día a día: tersa, áspera, fina, burda, suave, violenta. Esa boca que mastica y escupe y de la que escurre un chorrito amarillo; esa otra que dibuja con los labios una forma perfecta; esa tela que cae con suavidad; aquella que desciende tiesamente por sobre la espalda. Eso blanco. Eso oscuro... lo bonito y lo feo. Lo elegante y lo vulgar, y el aire acondicionado hace rato que quedó atrás; el sudor te empapa el torso. El brazo extendido para que puedas sostenerte en el camión; los empujones; esa manchita de lodo en el zapato. Los tumbos. Ya la calle por acá está llena de baches. Ya las casas no tienen jardines. Ya la gente no se comporta/no se da cuenta que tú/que has aprendido inglés/que tú. Ya tu bola de chamacos te exaspera y tu mujer te irrita. Ya el aspecto desvencijado de esa mesa cubierta con plástico te hace gritar: ¡Jijos de la chingada, déjenme en paz! Que el que manda eres tú, a nadie le cabe duda. Pero unos golpes, unos cuantos manazos aquí y allá para que no olviden. Bola de...

¿Qué sueñas, Juan Palmeras? ¿Qué es lo que buscas además de lana? Ya no un trabajo, un ir viviendo. Hay algo más que no te dejan entender qué es. Y ese sudor, ese sudor, te repites nervioso en la hamaca sin apartar la vista del perro flaco y siempre alerta. Mucho ruido. ¡Apaguen ese radio! ¿Y qué? Lo apagan, pero el sonido de los tambores persiste; el llanto de los niños. Los ladridos. Y te imaginas allá, en las terrazas frescas, con el sonido del agua, la música suave, las alfombras alegres, las macetas rebosantes y tú diligente, allá, imaginando esta hamaca, esta casucha que mal que bien ahí va. ¡Apaguen ese radio! ¿Cuál radio tú? ¿Que no ves que ni sirve?

Ya estate, Juan Palmeras, estate.

Tantas explicaciones, tantos detalles no tendrían que ser necesarios. Son siempre los mismos: que si nací aquí o allá. Que si me cayó el diez más tarde o más temprano. Que si mis hermanos; si fui hijo único; si la vida no me dio oportunidades. Porque es cierto ¿no? Cuando contamos nuestras historias hay una profunda autocompasión en nuestras voces. Queremos transmitir una sensación de injusticia. Nos hicieron (alguien) algo grotesco y no sabemos ni por qué. Pero además lo contamos como si a quien nos escucha no le hubiera pasado algo bien semejante.

Así contamos las cosas que nos suceden. Con un lujo de detalle y un detenimiento en la explicación que seguramente a alguien, tarde o temprano, le resultamos conmovedores. Pareciera además que nuestras tribulaciones se pueden clasificar por épocas; por circunstancias culturales que las van poniendo de moda. A medida, es decir, que el mundo como un todo va cobrando conciencia y adquiriendo conocimiento de lo que es el ser humano, lo que lo aqueja, indudablemente va cambiando. Una cosa muy distinta era la confidencia dolida de alguien en el siglo XVIII o el XIX, y otra la de alguien en el siglo XX. La confidencia, pongamos, antes del psicoanálisis. Y después. Lo que no cambia es la forma. Esa necesidad imperiosa de ser escuchado para poder escucharse a uno mismo.

La expresión (sombría; ojos bajos o entrecerrados): estoy mal. Me pasa algo. No sé qué tengo. Estoy deprimido. Estoy que me lleva.

La expresión (dolida; ojos abiertos, como azorados): no me merecía esto; fíjate que. Te voy a contar, pero no se lo digas a nadie. ¿Qué crees? Oye.

La expresión (rabiosa; labios apretados; ojos duros): puta madre. Ya ni.

Y a partir de ahí todas las palabras que uno sea capaz de usar. Las inflexiones, los matices. Un lujo de tiempo. Un abuso voraz hacia el que escucha. Una actitud suicida al volcarse en él. Un desnudamiento atroz. Un llamado de auxilio.

Y luego seguir como si no hubiera pasado nada. Decir buenos días o con permiso. Ir a comprar mantequilla. Esperar el siga en el semáforo; lavarse los dientes. Decir por teléfono: bien, gracias.

Quedarse quieto, muy quieto en uno mismo, empujando las palabras para afuera. Mirar a los demás como alelado: ¿cómo le hacen? ¿Qué sienten? ¿Cómo pueden? Qué absurdo el mundo

96

con sus maneras, con sus sueños ilusos, con sus tramposas consolaciones. Qué idiota todo, palabra.

Explicaciones para qué. Detalles...

Las palabras desgarradas, resquebrajadas, agrietadas sin que nadie se lo propusiera; sin que nadie lo deseara o incluso se le
ocurriera que pudiera suceder: las palabras cuarteadas. Perdida
su tersura todopoderosa; su apariencia inapelable. Como descubrir una gotera en el techo, dios, qué sensación de vulnerabilidad. El techo, imagínense nada más. Eso que nos guarece, que
nos contiene al final del día. Que nos permite despojarnos de
nuestro aspecto habitual para echarnos en la cama a dormir.
Protegidos.

De pronto, como perla de sudor por un esfuerzo bárbaro (uno
escucha la lluvia afuera; cree que cae afuera, allá, y no sobre
ese techo que nos cubre), la gota desprendiéndose con lentitud
para ir a estrellarse en el suelo. Luego otra y otra. Y uno sabe
que toda la oscuridad, todo lo desconocido se quiere meter por
esa grieta. Bastante horrible. De golpe se sabe que jamás estará
uno seguro; que no hay protección que valga. De mala gana se
acepta que uno se va a morir irremediablemente.

Así las palabras. Uno alza los ojos con la actitud usual, in-
consciente, y ahí está la desgarradura. La grietita por donde se
desinflan, y como un globo que se aja al escapársele el aire, así
la realidad pierde su orondez.

¿En qué momento fue? Difícil precisarlo, porque una vez que
se tiene la certeza de que así sucede, se sabe que ha sucedido
siempre. Desde muy el inicio por más que no se sepa bien a bien
cuál fue el inicio.

"Tu madre se fue a un largo viaje y me encargó"... ¿Ahí?
(muerta, muerta; está muerta y no nos quieren decir. Está muerta, cuál viaje). Las palabras, en aquel jardín —que luego se repetiría en casa de mi abuela— entre crotos, copas de oro, hojas
de colombo, buganvillas, almendros, marañones, teresitas, se
escurrían por entre los colores, rebotando tontamente en el verde del pasto.

Las palabras, quizá ahí, dejaron de ser un puente entre mi
padre y nosotras. Mis hermanos, mayorcitos, hombres ellos, ya
sabían y con las manos en los bolsillos merodeaban aquel rin-

cón en donde nos habíamos sentado con mi padre. Al aire libre. A pleno sol.

Mi hermana y yo nos dábamos codazos suavecitos. ¿Viste?, decían los codazos, nos dicen mentiras. Creen que no sabemos, susurraban nuestros codos.

¿Ahí, pues? ¿O antes?: "Niñas, entren a darle un beso a su mamá porque se van a pasar unos días a casa de su abuelita."

Pero ¿los grandes creen que uno es marciano o qué? Primero no te mandan a la escuela ese día, a media semana. No te despiertan siquiera. Por la casa se escuchan toda clase de ruidos, voces apagadas, pasos apresurados. Cuando sales de tu cuarto todo está cerrado. Pareciera que jugaran todos a que todavía era de noche. Nadie, pero lo que se dice nadie está en su lugar; nada es como de costumbre. Al mucho rato después: "Niñas, entren a darle un beso..."

(Estaba amarilla y fría, con la boca entreabierta. Mi hermana y yo nos tropezábamos con todo. Queríamos salirnos de ahí para seguir viendo lo que pasaba).

¿Ahí? ¿O antes?

Antes seguramente. Ya para ese momento del beso, las palabras de ellos, los grandes, tenían un tintineo no del todo controlado. Un como eco que se convertía en soplo oscuro y frío. Algo inquietante que desmentía la seguridad y protección que decían darnos. El "por tu bien" que nunca alcancé a imaginar porque invariablemente venía acompañado de un coscorrón o de una amenaza.

Los adultos, digo. ¿Quiénes en la vida de un niño de seis, siete, ocho años son? Los padres, los maestros... los sacerdotes con su aire viejo y polvoso.

Por eso antes, aunque ¿en qué momento preciso? Tal vez la primera vez que uno los oyó susurrar. Porque cuando hablaban en inglés eran sólo grotescos. A mí me daban vergüenza ajena. Supongo que a mis hermanos también. Jamás lo comentamos. Fingíamos que no sucedía. Como el mal aliento del sacerdote o sus uñas sucias. La caspa del maestro.

Así, con esos silencios, esos levísimos desvíos de la mirada, se iba construyendo el tambaleante edificio de disimulos que luego sería cada uno de nosotros. Que eran ellos, los grandes, pobres. Qué dura exigencia es tener que ser entero en todo momento.

La mirada de un niño es voraz, totalizadora. Las cosas no aparecen matizadas por su especialidad; son meros rasgos de un paisaje global. Cualquier movimiento en falso las caricaturiza, las saca de proporción. Las vacía de sentido. Y nadie puede hacer otra cosa que someterse al papel que le toca. El adulto de su lado, sosegado y medido en lo posible. El niño, con su curiosidad irreprimible; con ese su querer llegar a alguna parte para poder por fin estar.

Pero no olvidemos que hay las demasiadas palabras. Esas que en el hilito que se empieza a tender entre el escritor y su lector, de repente se amontonan a ambos lados del hilo y producen un rumor propio. Se llevan la atención de ambos por otro lado. Producen curiosidad un rato, pero son como esos juegos que se forman entre los niños cuando están espiando algo, por ejemplo en la sala de espera del doctor, o en la terraza antes de que te llamen para merendar. Bolsitas de tiempo. Laxos momentos que apuntala una risa boba, que luego empieza a molestar, a saber a muerte. De la payasada a la violencia. Del tiempo suave, el ratito, al no tener qué hacer y no poder hacer nada. Se tira uno en el sofá, bocabajo, bocarriba, con las piernas colgando, con los brazos estirados o encogidos, con los ojos cerrados o abiertos, con la atención desarmada, flojeando. Y poco a poco invade un sopor... algo muy parecido a la sensación de empachamiento.

La cosa es no olvidar: en el principio estaban el cielo y la tierra y luego la gente en medio, y luego el mar en Acapulco y los edificios en el D.F.

Cuando el amanecer se mueve lentamente hacia la claridad, la precisión de líneas, la conciencia del nuevo día —y además en el silencio, casi podría decirse que en la impersonalidad— hay algo que parece uno recordar sin querer. Algo tremendamente conocido. Algo que se acomoda en nosotros mismos sin querer llamar la atención. Muchas veces me he preguntado si no será la sensación del rostro propio. Esa idea que sin proponérnoslo adquirimos de nosotros mismos. Esa idea que constantemente desmentíamos y que no obstante persistió.

Se plasma la luz en el exterior, y todo lo que la oscuridad

había sugerido desaparece sin dejar rastro. Ahí están los árboles; la fachada de la casa de enfrente; los trozos de cielo. Ahí están como siempre, es inverosímil. Con la oscuridad se ha evaporado una de las formas del silencio, dejando detrás algo socarrón que le hace a uno recuperarse de un sueño loco. O de una imagen vergonzante, qué horror. Menos mal que no se puede oír lo que uno piensa.

Es raro esto de la vergüenza, si se lo mira bien. Nadie nos enseñó ante qué debíamos sentirla... o más bien sí, nos dijeron infinidad de cosas que debían darnos vergüenza: ¿No te da vergüenza estar sentada así? ¿No te da vergüenza contestarle así a tu abuelita?

No, para nada. Las palabras airadas no me incitaban a la vergüenza. Eran otras cosas que siempre me llegaban como por la espalda, sin querer y sin que nadie supiera. Una sensación oculta que no tenía que ver sino con uno mismo. Y cuando se producía era dura de sobrellevar. Había que tener mucha paciencia y esperar a que se diluyera. Y nadie sabía; nadie se percataba, lo que la hacía peor. Era ineludible.

¿Qué la ocasionaba? Claro que tenía que ver con lo que nos habían dicho, pero muy al final. Como si las normas que todo el tiempo nos daban no fueran sino enmascaramientos amables de algo atroz que yacía en el fondo: el cuerpo, qué barbaridad, el cuerpo. Pero también, ahora que lo pienso, una enorme y vastísima culpa por haber nacido. Y que los otros se dieran cuenta. Aunque, bueno, ya que estaba uno en el mundo, lo menos que podía hacer era pasar lo más inadvertido posible.

En los restoranes: no hables tan fuerte, ¿qué no te das cuenta de que todos nos miran? Vergüenza abominable.

Cosas que uno escuchaba sin escuchar, pero que dejaban un picorcito desagradable. Luego, mucho después, era que se volvían vergüenza propia, y en apariencia tenían que ver con el temor al ridículo. Sólo en apariencia, en realidad era esa insoslayable culpa; ese horror, casi asco a la existencia.

Todo pasa de repente en México; no hay transiciones, una cosa se acaba de tajo y la siguiente empieza con igual contundencia. Así, de repente llueve. Se cierra el cielo, se acallan los ruidos y llueve como si la naturaleza se hubiera cansado de su juego de alternancias: luz, oscuridad. Llueve a media mañana, a media tarde, justo cuando iba a amanecer, con unas gototas y un desconsuelo que el agua pareciera querer barrer con toda obra humana. No dejar rastro del intento de sociedad que se había empezado a perfilar.

En Acapulco se llamaba ciclón y obligaba al puerto a un ensimismamiento completo. Parecido al que producen los temblores. Las piernas, los brazos al desnudo, se achicopalaban en una sensación de casi frío... se podría decir que de casi vergüenza. Esa seguridad que había infundido el inalterable sol se desmoronaba en un segundo, y qué quedaba: unos hotelotes ostentosos e inútiles, un mar hostil, un pueblo gris y poco acogedor. Muchísimo lodo. Me parece oír la voz gozosa y espesa de doña Oti; voz invasora, invencible: ¡Ahí viene el aguaaa! Y todo Acapulco por fin se acallaba. Los tambores por fin, los motores, las risas. Hasta el sonido de vasos y botellas. Qué tristonas entonces las camisas de palmeras, y los anteojos oscuros... las cremas para el sol. Las absurdas vestimentas. Algunos turistas impertérritos —probablemente ingleses— salían a la calle con unos impermeables de plástico transparente que seguro les daban en sus hoteles. Los cines se llenaban inútilmente: con la lluvia todo lo eléctrico se estropeaba. Cómo huía la gente de la inmovilidad. Aparecían los juegos de cartas, las damas chinas, el parkasé. Y la gente se hacinaba en habitaciones que despedían olor a humedad.

¿Y en el D.F.? Ahí sí la lluvia venía a lavar las culpas. A dar un rato de respiro a la tensión. A hacer que la gente se detuviera un momento y se dijera ensoñadoramente: mi vida.

El monótono sonido de los limpiaparabrisas en los autos; el azotar de las gotas contra las ventanas, el recogimiento de la gente en sus prendas de lana. El calorcito amistoso de quienes quedaron atrapados bajo un techito. El abrir la puerta de un café y sentir el vapor amigable adentro. El ir en un camión y saber que falta mucho para la parada.

El polvo se va lavando; los ánimos de la gente también. La lluvia aquieta un rato. Apacigua.

"Me encantan los días así", dice una gran mayoría de gente. "Son ricos", insisten, dejando entrever el romanticismo que anidan en su ser. Esa melancolía que han aprendido sobre todo en el cine o en los novelones. Igual que el romanticismo. Y creo entender que parpadean con más indolencia que de costumbre; que suspiran con más fuerza, seguro.

Ah, esa invitación al recogimiento. Y además la atmósfera se limpia. Los volcanes —que son nuestros, de cada uno de nosotros— se perfilan con una nitidez admirable. Una vaga sensación de algo nos revolotea en la conciencia. Y ese color adentrado de las cosas. Ese como silencio que tiene todo...

Pero la lluvia persiste sorda a los movimientos anímicos de la gente. Y las alcantarillas en las calles comienzan a vomitar un agua revoltosa; las casas de adobe con techo de asbesto gotean, y las colonias de paracaidistas se deslavan; las cosechas se pierden y los viejos mueren de frío. No era así el otoño visto en las películas. No se armaban tantos líos en los periféricos (¿había periféricos en las películas?). Sí, pero de pasada.

Un día lluvioso es ideal para escuchar sonatas de Bach, para escribir poemas, para sentarse y pensar. Y en lo que llegas a tu casa, en el semáforo, alguien con una bolsita de plástico en la cabeza te ofrece una caja de chicles, de kleenex o un tin-larín. O un horrendo muñeco de peluche. O echa una bocanada de fuego, o estira la mano para que le des una moneda. Alguien. Un hombre, una mujer, un niño que no se ponen románticos con la lluvia. Qué gente. Tú aceleras porque no quieres perder ese inicio de sensación de paz, de reconciliación maravillosa con el mundo. Ahí, en Altavista e Insurgentes, le das un rozón al Malibú de enfrente, no tan ligero porque no agarraron los frenos, y el dueño te arma un escándalo para que te detengas.

Llueve más fuerte que nunca.

Bach, tu cuarto, la ventana desde donde se ven los volcanes... la patrulla que se acerca. El tipo del Malibú que te habla agresivo —con su anillote de oro, olor a vetiver. La maldita lluvia.

¿Y quién es ese tú, ese nosotros y ellos que a cada instante aparecen en el texto? ¿Por qué no contar una historia derecha, sin andarle escabullendo el cuerpo? ¿Qué viste, qué oíste, qué sabes? Tú, tú que eres quien te has arrogado el privilegio de ocupar la atención de los lectores. A ver si tienes en serio algo qué decir. Algo distinto que no suene a lo de siempre, porque, eso sí ya entrados en confianza, todos quieren hablar, todos tienen una historia que contar y una manera específica de hacerlo. Y cuántas veces no se exaspera uno ante los desatinos, las vaguedades, las presunciones que salen a flote. Una de las cosas que producen vergüenza ajena, para que veas, ahí tienes. En el calor del momento todos piden el micrófono, y qué barbaridad. Duele a veces. El que se quiere hacer el jocoso, el solemne, el moralista, el amistoso. Tonos elaborados de antemano a los que simplemente se les meten palabras. Ésos son los poseros. Pero están los otros, los que no saben lo que quieren decir, pero no quieren perder la oportunidad de hablar. De llenar su turno. Dejan las frases colgando; las ideas a la mitad. Y no es por falta de práctica, sino de decisión. Hay que aventurarse a indagar qué es lo que tiene uno qué decir y para qué. Pero claro, el micrófono se convierte a veces en la única posibilidad de ser y, ofrecida la palabra, no hay quien se resista a tomarla. Es como todo lo que viene incluido en el boleto de avión. Hay que usarlo para dejar la huella que demuestre que el boleto era de uno. Pedir la palabra porque está ofrecida. Levantar la mano. Desatarse en circunloquios embriagantes hasta sentir que falta el aire, y luego mirar ansiosamente en torno para ver si salió uno airoso. Si no quedó demasiado mal. Si se lució ante los cuates.

El caso de la palabra ofrecida es ése: a ver, compañeros, digan lo que piensan; opinen. Esto es una asamblea y entre todos tenemos que tomar las decisiones. Aquí sólo se hace la voluntad de la asamblea. Nosotros somos sus delegados. Meros transmisores de la voluntad del conjunto. Pero para saber lo que cada uno piensa, cada uno tiene que manifestarse. ¿Compañero? ¿Su intervención va a añadir algo a la discusión o no? Silencio, silencio. Quisiera pedirles, compañeros, que precisaran sus intervenciones. Llevamos más de tres horas y todavía hay quince compañeros que pidieron la palabra, y faltan por hablar, compañeros. Quisiéramos pedirles un poco de orden, compañeros.

Arduo trabajo esto de la democracia, en la que todos tienen derecho a pedir la palabra y ahí es cuando. Te quiero ver. Aunque hay gente con talento para eso del aguante. Cejijuntos, graves, no se impacientan jamás. Nunca he sabido si es más encomiable esa actitud, o la de quien trata de agilizar las asambleas para que se llegue a alguna conclusión concreta.

Todo para decir que ese tú, nosotros, ellos, uno, yo, en fin, no son sino el concierto de voces asambleístas que todos llevamos dentro. Trato, pues, de darle su lugar a cada una, pero claro, no siempre logro mantener el orden, compañeros, por favor, los de atrás, les rogamos que guarden silencio mientras habla la compañera. Compañera, la mesa le ruega que sea más concisa.

La madre, como era de esperarse, cómo chingaos no, empezó a preocuparse: ¿Pero qué es eso, hijo, qué tanto lees? Nada. Cosas. ¿Para qué, tienes exámenes? No, en fin, no importa, son cosas que me entretienen. ¿Química?, pero hijo, vamos... El padre no estaba o no andaba cerca. Ante la insistencia materna habría dicho: Deja, mujer, deja al muchacho en paz. Y Juan, quietamente implacable, habría seguido leyendo. No estando el padre, cerraba el libro y la miraba con tensa cortesía. Sin una palabra. Ella se turbaba un poco: No, si lo que digo es que habiendo tanta cosa... La sonrisa de él se hacía más deliberada y frontal. Más silenciosa. Ella aturullada pero digna, fingía entonces ocuparse en algo, su bordado, la estación de radio, una inexistente partícula de polvo sobre la consola. Comentarios espaciosos sobre los vecinos; sus ires y venires, sus éxitos y fracasos. Monosílabos de Juan, quien ahora hojeaba con palpable aplicación una enciclopedia: POWELL (Cecil Frank) (eso de que el nombre de pila lo pongan con mayúsculas y minúsculas le hace a uno sentir que se lo susurran a uno al oído). Físico inglés (1903). Premio Nobel de 1950 por su método fotográfico empleado por el estudio de los rayos cósmicos.

De perfil en la foto; joven. Muy satisfecho de sí mismo al tiempo que finge humildad. La voz de la madre ronronea por el aire. LA CORDAIRE (Juan Bautista-Enrique). Qué cosas: se le nota: Orador sagrado francés. ¿Cómo dices, madre? Uno de los predicadores más brillantes de su época... El fanatismo de la fe... el placer diabólico de la fe... Perdón, no te escuché. ¿Qué hora es? El sonido del volumen cerrándose con un golpe suave. El arqueo de cejas al incorporarse, y una visión fugaz de la tarde que cae. La melancolía atenazadora. La madre tranquila ya, tejiendo. La voz estentórea en el radio; segura: TODA-VÍA EL GRIS DE LA MADRUGADA NO TENÍA EL BRILLO DEL ACERO. AÚN CONSERVABA LA NOCHE LAS ESQUINAS MÁS NEGRAS DE SU LÍMITE, ERA ESE INSTANTE EN QUE LAS NUBES NIEGAN EL ORIGEN DEL COLOR ROSA Y LAS FLORES SE IMPACIENTAN CON EL ROCÍO...

Apaciguada la madre; apagados los pasos por el departamento, alcanzado el refugio de su cuarto, Juan se deja caer en la cama con una sensación incierta: es un caer de ángeles la hora, un cegar con resina los sentidos... y cierra momentáneamente los ojos. No pasa nada; nunca pasa nada y está pasando todo y para siempre. Atroz, piensa contento. Mañana se encontrará con Francisca en la biblioteca. Se va a reír, piensa.

¿A ti cuál sopa te gusta más? Y tú esperas la respuesta con ansia. ¿O no? De lo que esa otra cara diga va a depender cómo se acomoden en ti sus facciones, sus movimientos, su nuca que, probablemente queda a dos pupitres del tuyo. ¿Aventuro una teoría que por supuesto no puedo fundamentar? ¿Algo que me late que es así? Los amigos que uno hace en la vida son los que le quedan a uno un poco de ladito. No la compañera de pupitre, sino los de los lados, o los de atrás o de adelante. Esa manera que uno tiene de verlo todo cuando está esperando a que transcurra el tiempo: en la escuela, en la oficina.

—La de pasta de letras. Hmm. Algo no funcionó. No cuajó del todo. Como sopa no está mal, pero como respuesta es insípida. Como la sopa misma; sopa de relleno, transparentoide. No sucede nada con esas sopas de pasta. Son necesarias, claro. La vida no puede ser una cadena de emociones fuertes, qué agotador, pero es tan evidente que esa sopa es de cajón que no puede ser la favorita. Grave que uno se detenga en ella. ¿Por qué? La cara de la niña es deslavada. Los pelos lacios, la boca regular. Hay algo que casi sucede en su expresión, pero no. No cuaja. ¿Irá a ser la mejor amiga de alguien más? No la mía. Mil veces mejor alguien a quien le guste la sopa de betabel, que yo detesto. Más entera.

—¿Por qué ésa? —ya se podía hablar. El miedo se había perdido. Daba gusto ser uno mismo. A uno, que le gustaba la de

105

lentejas por sobre todas las cosas. O el gazpacho, ¿qué tal? ¿A poco no es colorido? Cómo la sopa de letras, de veras.

—Me gusta la sensación de las letritas en la lengua. Además puedes jugar.

Próxima vez que hubiera sopa de letras, gran atención. La vida se había enriquecido.

—Come bien esa sopa, ¿qué haces?

—Es que quiero dejar las "es" para el último.

Coscorrón. No lo entienden a uno.

Y claro, todos los días, a la hora del recreo, la niña de la sopa de letras y yo nos la pasábamos hablando del mundo. Era tan distinta. Como ciertos sabores de fruta que no van más allá de sí mismos y por eso son como cerrados y te atrapan. Cuando lo normal es que estallen en mil direcciones distintas. Y la amiga del betabel y la de la lenteja me decían que cómo, si era tan aburrida. Hoy la habrían llamado naca.

El alivio de no sentir una tensión sexual. No era que se lo dijera o que se lo hubiera planteado. Era simplemente sentir ese alivio como caricia confortante. Así era la presencia de Francisca. Su cuerpo, su expresión, su voz. Toda ella una explanada a la que se llegaba sintiéndose ligero y capaz. Su risa era como la mandarina. A lo mejor eran amigos porque las circunstancias los habían colocado cerca uno del otro. La atención de cada cual en otra cosa. Los novios de Francisca. Las pasiones de Juan. Pero eso era allá, en el vivir, en eso que cada cual hacía solitariamente con mayor o menor fortuna. Acá éramos nosotros cómplices, sabiendo cuánto de farsa tenía todo. De farsa inevitable. Para ser uno se tiene uno que violentar. La naturaleza propia tiende al inmovilismo... a la pasividad. ¿A poco no sería rico, Francisca, que los demás hicieran todo? Sí, lo que pasa es que al cabo de un rato uno estaría tratando de imprimir su ritmo, una dirección. Acabaríamos en la dictadura y eso me parece más fatigante todavía.

Sentados en Kikos, con una taza de café americano, un vaso de agua, una conciencia distraída de que por ahí sonaba una musiquita dulzona como la tienda Larín de enfrente. Ahora reinaba el plástico. Gallardo y reluciente. Contarle cosas a Francisca era tomarlas por la punta para examinarlas bien, de cerca y con mucha risa. Era hacer de todo eso que se llama experiencia... no, qué absurdo. De todo eso que nos pasa, algo propio; era verse a uno mismo siendo. Y cuando era ella la que contaba, era ver cómo le hacen los otros para ser.

A Juan se le iba el tiempo. Veía, sin registrarlo del todo, cómo iban cambiando los comensales de Kikos: los del desayuno, los del almuerzo. Sentía cómo se alteraban los ritmos; cómo los olores iban siendo distintos. Francisca y él interminables. Un rato de fuerza; de tregua. Saliendo, cada cual se iría a su destino, solo. Cada cual con sus extrañas cosas propias. Sus gustos. Cada cual con su sexo. Eran tan iguales y tan distintos. Pero iguales. Y distintos. Y era que lo único malo de Francisca era que era Francisca y no Juan. Y Juan igual: no era Francisca. Era lo único que se reprochaban.

La foto del Señor Presidente —Miguel Alemán en este caso— pero la foto del Señor Presidente, mientras Francisca cuenta cómo rompió con su último novio, qué suerte, las mujeres. Ellas escogen, no emprenden. El Señor Presidente sonríe con fervor, pobre diablo. Qué incómodo.

Todo lo que dice Francisca lo sabe él. Cada matiz, cada giro lo ha sentido a su vez. Que la duda, que la inseguridad. De repente, como en paréntesis... ¿no es cierto que...? Y el callado reconocimiento: sí, así pasa. Así es. Así se siente. Y la cara del Señor Presidente en ese Kikos (¿por qué pondrían la foto? ¿Es que en cada restorán hay que tener una foto del presidente, un calendario moctezuma y algo para matar moscas?).

Él a veces le reprochaba: no me estás oyendo.

Ella: Juan, no me estás oyendo.

—Es que me distrae la foto del presidente. ¿Por qué sonríe así? Parece que nos ve crecer y le da gusto.

Lo bonito con Francisca era eso: la risa.

Y así, ya fuertes, luego de cuatro cafés y quién sabe cuántos cigarros: yo te hablo. Nos vemos. Adiós.

¿Quién hubiera dicho por aquel entonces que éramos tercermundistas? Creo que nadie. No se usaba la expresión. No se solía pensar en esos términos. México era un país que por fin nacía en grande, luego de tantas sacudidas. Pero al fin la gente pensante se había hecho cargo del asunto, nos decían.

Quienes conquistaban el derecho a pisar fuerte por la calle: españolizados, argentinizados, europeizados (y en Acapulco agringados), se sentían del otro lado. Más bien encima, ya que por la calle se veía de todo: indios que bajaban del cerro con guajolotes, con atados de leña, con costales de carbón, con lo que fuera para vender, y caminaban esas calles pavimentadas con azoro receloso. Para todos lados miraban, topándose con fachadas adustas que no tenían nada de humano, nada de reconocible. Transitaban con su mercancía buscando sólo el gesto que los llamara. Gesto tras el cual había unas monedas, no un contacto. Ellos, a su vez, no eran más que guajolotes, leña o carbón, a mejor o peor precio. Qué iban a ser este pueblo nuestro, parte de nuestramérica. O la plebe urbana, esa canalla risueña y alborotadora para quienes los catrines no eran sino un montón de amanerados, blandengues y timoratos con sus trajecitos bien planchados, sus manos finas.

El cine mexicano fue el primero en tratar de reconciliarlos, usando a los blanquitos disfrazados de indios, de trabajadores, de pobres. El primero en crear una nacionalidad dizque mexicana, que sobre todo consistía en repetir la palabra México ante los reflectores. Pero el único en lograr una suerte de mestizaje ya que era sólo una imagen que no tenía que ser realidad. Así nos acostumbramos más a que se dicta, pero no se cumple.

Qué quedaría en el recuerdo del albañil que formó parte de las cuadrillas de trabajo que en 1946 construyeron la plaza de toros México. ¿Y en el que, veinte años más tarde, a lo mejor nieto de aquél, formó parte de las que construyeron el Colegio de México?

No, la gente que podía pisar fuerte el pavimento en los años cuarenta ya no se detuvo a indagar qué tanto de cierto tenía aquello de "este país que somos". Aunque sí participó en el juego. El juego que inventó el PRI. Era cómodo sentir que por allá alguien gobernaba. Alguien se ocupaba de ese enojoso asunto. Parecía que uno lo único que tenía que hacer era salir adelante y sacar a los suyos adelante. Sin meterse en líos, por supuesto. Por eso con los demás de lejos. Allá ellos.

"Gente que no tiene oficio ni beneficio", decía mi abuela con un suspiro mientras sus manos varicosas, blancas hasta la transparencia, pero manchadas de pecas, doblaban una servilleta, una envoltura de regalo, un cachito de celofán —qué a mí me daba dentera. Guarda esto en la cajita de los papeles. Porque cuando había que hacer algún regalo: ve a ver si hay algún papel bonito. Todo pasaba así por sus manos: despacito y muy sobado, para ir a parar en aquel clóset con olor a naftalina.

Qué diferencia de las cosas que se veían desde la ventanilla del coche. Cosas que no venían acompañadas de palabras. Que no tenían una dirección y por lo tanto un objetivo. Cosas apenas entrevistas, que uno asimilaba con sobresalto porque casi seguro estarían prohibidas. Otra muestra del ocio. Del tener las manos desocupadas. De no tener oficio ni beneficio.

Así fue como uno empezó a quedarse por acá, disimulando, mientras ellos, allá, parecían llevar a cabo la realidad con quién sabe qué requisitos, qué enorme y sufrida paciencia; qué resignación. Lo natural —que muy pronto dejó de serlo para convertirse en lo prohibido— era no hacer nada para hacer sólo lo que uno quería hacer. Y ahí no había más que solidaridades momentáneas con hermanos y primos. A la hora de la hora descubrías invariablemente que todos eran traidoramente distintos. Fue cuando el silencio comenzó a crecer como coraza, y en la cabeza se le empezó a formar a uno un diálogo muy libre, pero muy secreto.

Fue cuando descubrí con el más absoluto azoro, pero nada más que eso, que la casa de mi abuela no era mi casa. Parece idiota y sin embargo fue un golpe. La gente decía "mi" mamá, "mi" casa. Yo decía "mi" abuela, pero decía "la" casa.

Cuando lo supe, los ruidos del día eran los de siempre y no obstante hasta el piso de mosaico cambió. Pareció alejarse y enfriarse. Lo digo con mucha más inseguridad ahora de la que sentí entonces. No fue bueno ni malo. Era así, y al revés de lo que había pasado con mi madre, cuando oculté hasta el último momento que sabía que estaba muerta, en esta ocasión me parecía urgentísimo decirlo: ésta no es mi casa, no es mi realidad. Es que eso lo cambia toditito. Es que ahora sí ya entendí. No es mi casa, me decía maravillada, y los muebles, los ritos, las personas se desprendían suavemente de mí y quedaban contenidas en sí mismas. Qué magnífica liberación. Ya podía verlas de frente sin temor, sin tener que jadear esforzándome por ser algo que no me salía bien —tener la piel blanca hasta la transparencia, por ejemplo. Apasionarme por las cosas de la iglesia (que eran las estampitas, los rosarios, las indulgencias enmarcadas del papa. No las cosas de la Iglesia). Tampoco tenía que sentirme tan fracasada ante esos ideales que yo debía anhelar. Se desmoronaba todo y la casa en sí, con sus caminitos secretos, su marañón, sus terrazas, adquiría una nueva simpatía para mí.

Estaba contenta pensando en eso mientras escuchaba los murmullos edificantes de siempre entre mi abuela y la tía Vige. Grises eran. Espesos, sólo que ya no me salpicaban. Por eso pedí permiso para ir a visitar una amiga. Nada fuera de este mundo. Era por la tarde; había terminado con esa simulación que ellos llamaban "hacer la tarea". Pero lo pedí con aplomo, porque todo lo que consistiera en jugar, en pasear, en divertirse debía de ser negociado con firmeza. Para ellos, debía venir antecedido por algún arduo sacrificio. Había que ganárselo. O cuando menos rezar un rato antes por la madre nuestra que estaba en los cielos mientras tú aquí eres candil de la calle y oscuridad de tu casa.

—Es que no es mi casa —dije con suma sencillez.

Y por eso a uno se le va formando una historia oculta. Qué hecatombe, qué alarma, qué ira, y todo culminó en un conciliábulo de tías —sin la presencia de mi abuela que se había indispuesto. Yo en medio insistía, tratando de apelar a la más transparente sensatez: pero es que no es mi casa. Mi hermana me miraba desde afuera del corrillo con cara medio llorosa (ya no les digas, no les digas).

Y la larga perorata, entonces, del agradecimiento al que estábamos obligadas. La manera en que mi abuela (tu abuelita, decían), se había ocupado de nosotras. Tu padre no está; no tienen adónde ir. Pero va a venir después ¿no? ¿No va a venir por nosotras?

Qué grandes y temibles se veían, dos, tres tías, hermanas de mi madre. Se le parecían. Eran dulces con nosotras, pero ellas tenían a sus hijos, se iban a sus casas, y con ello subrayaban aún más la ausencia de nuestra madre (no sin antes repetir que había sido una santa).

110

—Algún día entenderá —aseguraban amenazadoramente ambiguas.

Y por la noche con mi hermana, cuando ya mi abuela dormía, en voz muy baja:

—¿Pero para qué fuiste a decirle eso?

—Porque es cierto. Vamos a escaparnos hoy.

Mi hermana, chiquita, en pijama, comenzando a tener sueño.

—¿Cómo? ¿Adónde?

—En la Estrella de oro. Nos vamos a México. De ahí llamamos a mi papá.

No tenía para nada claro cómo se hacía; cómo se llegaba a la Estrella de Oro y peor: cómo se llegaba a México. Para no hablar de que en ese momento no se me ocurría que no teníamos un quinto. Lo importante era convencer a mi hermana de que debíamos irnos. O no. Ni siquiera eso. Lo importante era que *pareciera* que yo me quería ir. No quería perder una nueva fuerza; esa manera nueva de sentir las cosas.

—Pero ya está muy oscuro.

—Vamos a dormir un rato y yo luego te despierto. ¿O te quieres quedar?

Comenzó a llorar.

—Pero shtt, cállate, cállate que nos van a oír.

—Es que yo quiero irme con mi papá, yo quiero a mi papá —lloraba. Qué lío.

—Sí, sí, pero ahora duérmete. Yo te despierto al rato.

Con los hermanos chicos no se puede hacer nada, son una lata.

Contar para poder ver. Para saber qué es lo que uno ve. No es lo mismo saber que uno vio. Hay que contar para redondear. Para poner en marcha una serie de cosas que uno no sabía que había visto. Por eso es tan importante fijarse un punto —a manera de guarida. Como en la roña. Un puntito al cual regresar jadeante y sudoroso para recobrar aliento e inventar nuevas estrategias. Porque si no, se iría uno yendo, yendo interminablemente y jamás se sabría en realidad lo que sucedió. Desde esa guarida —que en este preciso instante no sé si es la crisis o el silencio... o el extraordinario silencio de todos ante la crisis— se logra ir redondeando lo que uno quiere decir. No se sabe a ciencia cierta qué es, de acuerdo; sólo hay una sensación insidiosa de algo que está ahí y que ojalá salga cuando uno esté contando.

Al principio creí que quería platicar, pero no. Quiero contar algo que vi; que veo. Cuando me coloco en la guarida, me doy cuenta de la necesidad de equilibrio que tiene que tener lo que cuento. Porque no se trata de una historia o de la otra. Quiero que se trate de todo. Todo. Enojosa palabra. Todo, en fin, lo que a mí me toca. Están los todos de los demás. Hablo del mío irremediablemente, y en ese entra Juan, de lado, empujando con el hombro, no para llegar a ninguna parte, sino simple y sencillamente de paso, persiguiendo a su propio todo. Por eso cuando lo invité a la novela le aclaré que él no sería el héroe. Sonrió divertido; escéptico: claro. Con esa manía que tiene de desechar con un gesto cualquier importancia que quiera uno atribuirle para cualquier cosa. No que no se valore él; no valora mucho la admiración, más bien.

Lo miraba y trataba de grabarme su escuetez, que podría hacer de él un héroe. Todo un personaje lacónico y enigmático. Misteriosón. Repentinamente transparente, humano, como dice la gente. Y estas cosas a Juan lo fastidian: ¿Por qué no he de ser humano también yo? Me gusta la sopa de papas con poros y todo.

Grave. Esa sopa es de las que no.

Pero lo veía y me decía: podría contar *su* historia. Hacer de eso una novela (así no me lo hubiera permitido. Pero como se lo plantee, sí): la novela no es sobre ti, no es sobre mí (aunque, claro, es mi cuento), ni sobre el D.F., ni sobre Acapulco. Es sobre la crisis y quiero que suene a Lola Beltrán.

El equilibrio, entonces, consistiría en no olvidar eso. Lo malo es que, como dije antes, algo ha cambiado. Hubiera querido platicar con ese mismo desenfado de Lola cuando aparece en público y entre canción y canción hace comentarios, preguntas, o simplemente juega. Del público hace lo que quiere. Es cariñosa. La gente la adora: "Cuando yo empiece a cantar, se mecen de derecha a izquierda todos, ¿así? Órale."

Ya agarraste por tu cuenta la parraaandaa...

—Nononono, así no. Mejor de izquierda a derecha. ¿Ya?

Yagarraste...

Hace lo que quiere porque ellos, la gente, quiere. Y les platica de todo. Ellos la escuchan amorosos.

—Con ese truquito —observó Juan con sorna—, que tiene para enronquecer la voz.

Posiblemente. Aun así, yo quería hacer eso, pero se me fue olvidando por mis ganas de contar algo específico. Algo que vi, que siento en todo, y más ahora con la crisis... aunque en realidad no es con la crisis, que ha estado siempre, sino con el moderno manejo de la crisis.

Hay que equilibrar, pues, lo que cuento, para que no se dispare en una dirección o en otra y distraiga haciendo creer que ésa es la historia. El equilibrio tendría que ser la capacidad de poner todas las cartas sobre la mesa para mostrar qué es lo que está debajo de lo que uno está contando.

Le sorrajo la pregunta a Juan. ¿Sentimiento de pertenencia? ¿Lo dices porque soy hijo de españoles? Evidentemente, pero le aseguro que no. Estoy buscando en realidad saber qué entiendo yo. Por qué lo siento tanto en los demás. Sobre todo en el D.F., en donde todos hablan de su generación de prepa, de universidad; se acuerdan de los tacos que comían en tal o cual esquina; recuerdan al gigantón que se subía al camión en Insurgentes. Cuando el Caballito estaba allá, acá. Cuando había glorietas con árboles. ¿Es eso sentimiento de pertenencia? Se lo pregunto a Juan, que ha caminado la ciudad toda su vida; que sigue haciéndolo. Que nunca, salvo en dos ocasiones, salió del D.F. Pero también quiero saber qué se siente vivir dentro de un mundo que añora otro. No que Juan lo haga, pero en torno suyo. Y en torno mío y de todos un poco ¿no? ¿Qué no es ahora el mundo así a causa de la inmigración laboral, política...? Como que nadie está en su sitio. Como que aquello del sitio de origen va perdiendo realidad.

—La pertenencia es más que nada cómoda, porque si eres un "no perteneciente", los pertenecientes te hostigan. Pero pertenecer sólo se aguanta un rato en la escuela. Ya después no es necesario. Se diluye uno en el anonimato. Se está muy bien. Claro, circunstancialmente y sin que a nadie le importe mucho, perteneces a los que aman esto o aquello; no pasa de ahí.

En Acapulco había los miembros del club de yates, los del

113

club de esquíes, los del club de golf. La colonia española, y algo que a lo mejor se autodenominaba "la colonia internacional", que era gringa, en realidad. La gente común y corriente eran los mexicanos. El lanchero, el mesero, los puesteros, la gente del mercado. Nadie quería pertenecer a ellos. ¿Acapulqueños ante el D.F.? Sólo en la época de vacaciones, cuando llegaban los chilangos con sus remilgos. ¿Y mexicanos ante el periódico que contenía alguna declaración de nuestro presidente en el extranjero? Pensar que nos representa, decían los más atentos.

¿Y la gente? Doña Oti era de Mezcala. Ezequiel de Chilapa. De México no sabían mucho ni les interesaba. La gente era de su momento y de su recuerdo.

—Y sin embargo, soy del D.F. —aclara Juan—, lo que no significa nada.

Pero no es exactamente lo que yo busco definirme. Pondré un ejemplo: el lago de Zirahuén, Michoacán. En torno suyo hay varios pueblitos, uno de ellos es Zirahuén. (¿Verdad que cuando uno habla de Michoacán la gente de inmediato hace gestos apreciativos y dice: El estado más bonito de la República? No falla.) En fin, decíamos: los pueblitos están en torno al lago. Cuando cae el amanecer, pareciera que el reposado lago les guardara sus sueños con gran discreción. Es su cómplice.

Desde mi ventana lo veo un tanto incómoda: no soy de aquí. Claro que a nadie le es negado contemplar y conmoverse con la belleza de un paisaje, pero ese paisaje le pertenece siempre a alguien. Pienso en la gente de los pueblitos que respiran, exudan, son el lago. Pertenecer es eso, ¿qué no? Aunque, como dice Juan, da igual. Sí, para todo efecto práctico, da igual... y no. Como que hay un eje, un peso. A lo mejor una certeza que hace que los movimientos propios tengan una cierta congruencia.

Veo a Juan sonreír levemente burlón. Lo hace con frecuencia ante las cosas que digo. Las que hago. Este libro, por ejemplo. Y me gusta saber que hay un lado absurdo en lo que yo me tomo tan en serio. Abre un resquicio de esperanza, de posibilidad de risa liberadora. Esa tentación tan fuerte ante los solemnes (y dolidos) sermones de mi abuela; de mis tías. "Ustedes", empezaban siempre, sin permitirnos olvidar ni un solo instante que padecíamos la ignominia de ser huérfanas. "Ustedes tienen que darle gracias a Dios por todo lo que su abuelita hace por ustedes." Fascinada u horrorizada, pero en todo caso atrapada, veía la repetición de las palabras: ustedes, dios, gracias. Veía las bocas formarlas. Las manos redondearlas y suavemente todo se volvía una caricatura. "Ustedes" era una palabra muresca. Esos muros que por lo general tapian terrenos baldíos. Muros grises, largos, inútiles. "Ustedes." Con un codazo imperceptible, mi hermana y yo traducíamos: nosotras. ¿Por qué era tan necesario colocarnos ante la evidencia de que la vida nos la estaban regalando? Ah, el derecho a no querer desde entonces lo defiendo. A lo mejor por eso no pertenezco. ¿O qué, Juan? ¿Tú qué piensas? A ver, háblame, por ejemplo, de la inseguridad.

—Es un sentimiento espantoso, pero no por la fragilidad de la vida humana y esas cosas. Se aprende a vivir con eso y no afecta mayormente. La inseguridad gacha es de otro orden. Por lo general te la transmite alguien; resulta del miedo de otra persona (el que casi siempre es incomprensible). La primera vez que la sentí yo tendría 13, 14 años. Se trataba de mi madre, a la que le dio por angustiarse excesivamente ante los retrasos de mi padre. Éste siempre regresaba a una hora fija, con unos minutos más o menos de retraso. Mi madre decidió que su hora de llegada tenía que ser a las 7.30 de la noche, y a esa hora comenzaba a asomarse por la ventana de mi cuarto que daba a la calle de Artes, donde él se bajaba del tranvía. Si a los cinco minutos de ventana mi padre no aparecía a lo lejos, empezaba en mi madre un desasosiego mayúsculo, aterrador para mí.

"El peligro era la ciudad: accidentes, asaltos... En lo que respecta a mí estaba consciente y sabía que me cuidaría. Pero esa angustia de mi madre era tan compulsiva que lograba contagiármela."

Estamos sentados uno frente al otro en una oficina. Es la hora del café y se siente a la gente revolotear tonta, liberadamente un rato. El día se despeña suavemente en esa su mitad prometedora. Sólo un tramo más para la hora de salida. Quizá por eso hay un regodeo, un placentero detenerse en los detalles, una manera de mirar particularmente atenta lo que se cuenta. Sobre la mesa que nos separa hay los objetos usuales de una

oficina: una agenda, una engrapadora, lápices y plumas... los
veo de golpe bañados de crepúsculo angustioso. De espera. Parecen entonces agazaparse y mirarme como si hubieran sido
testigos de toda mi vida. Como si supieran. Poco a poco esa
luz crepuscular me invade por completo, mientras Juan relata
las dos o tres ocasiones en que su padre sí se retrasó, y me veo
sentada en el jardín en Acapulco con mi abuela, la tía Vige,
mi hermana, doña Oti —no se sentaba, qué esperanza. Sólo en
la cocina. Ella, pues, de pie, caderona y muy limpia, retorcien-
do el delantal, alisándolo luego... Se discute lo que se hará de
comer al día siguiente. Mi hermana juguetea con uno de sus
huaraches. Lo columpia. La tía Vige dormita. Dentro de poco
los árboles no serán sino densidades en la oscuridad. Comienzan
a aparecer las lucecitas de los pescadores. Al rato mi abue le
pedirá a Ezequiel, que anda por ahí —siempre anda por ahí—
que encienda las luces de la terraza. Comenzarán los preparati-
vos de la merienda. Serán cerradas las puertas de la terraza.
Esperaremos a oír los coches de mis tíos, sus cláxones, los ladridos del perro. Hay una cerrada infelicidad que me acosa, que
me aprieta el corazón, que me hace quedarme en silencio ro-
ciada por esas voces quietas, cálidas y cobijadoras. Como cuando
tienes gripa y te metes en la cama y los sonidos del día con sus
vaivenes te mecen la conciencia. Rico. Sé que me quedo quieta
como los escarabajos que se fingen muertos, porque no quiero
desatar el cúmulo de imágenes que siempre me acecha: mi padre ensangrentado en la carretera; mi hermana ahogándose; mis
hermanos perdidos en la ciudad de México. Y ver nuevamente
ese azoro en la cara de los adultos al mismo tiempo que mur-
muran: ¿Pero cómo puede ser posible? ¿Cómo puede ser posible? O peor: percibir un sollozo ahogado; disimulado. Y sentir
entonces ese algo que a lo mejor se llama inseguridad. Espe-
luznante.

Cuando por fin se hacía el silencio —no que hubiera tanto ruido, pero sí zozobra por angas o por mangas, y ya hasta la ciudad
dormía— sólo allá lejos un ladrido insistente, un motor desbala-
gado, Juan despertaba de pronto y se incorporaba en la cama.
Espiaba. Su puerta, naturalmente, estaba abierta. Siempre ven-
cía su madre. Espiaba. Dormían. El gato por ahí ronroneaba. Al

116

fin la calma antes del nuevo día. Juan volvía a estirarse en la cama y con los ojos semicerrados, en un estado de casi perfecta felicidad, comprobaba por centésima vez que algo se esperaba de él. O su madre esperaba de él. Pero no sólo. Bastaba con ponerse en la calle para que se le desatara esa sensación de desfasamiento. Lo que parecía y lo que era. No le importaba mayormente a él. Lo explicaría, si por él fuera, pero a quién y cómo. Su madre, que sería la más indicada por ser la más intransigente, no lo iba a escuchar. Y de no ser ella, ¿a quién le interesaría?

Casi le daba risa. No era él el desfasado, en realidad, eran los otros. Cuando entraba, por ejemplo, al recinto del Laboratorio de Investigación Química, y recordaba aquella primera emoción al verlos a todos con sus batas blancas, su aire absorto, ocupado... le daba risa. Una risa levemente amarga; vagamente dolida, o rabiosa por lo nervioso que se había sentido la primera vez.

Lo recibieron cordialmente. Le mostraron las instalaciones; fue presentado a todo el mundo. Iba de practicante, de voluntario, de amante de la química. No tardó mucho en darse cuenta de que ahí se cocían unas habas que no eran de ese perol: no era la química propiamente lo que importaba en el Laboratorio. Era el poder. A punto de alzar los hombros con indiferencia, descubrió que sólo se permitía que se cocieran esas habas. Ninguna otra. O sea, el pequeño problema de siempre: sólo tronaban los chicharrones de una persona y no en interés, precisamente, de la investigación científica. Atisbando con curiosidad, con persistencia, era posible percatarse de que aquello era grilla llana y simplemente. En el mundo de la química, sí, pero no para la química. Saber, entonces, era singularmente inútil, cuando no francamente mal visto.

Podría levantarse, cerrar suavemente la puerta, encender la luz, seguir con la lectura sobre Debussy... con los ojos cerrados imaginaba cada paso. Imaginaba cómo, al cabo de una hora cuando mucho, aparecería la cara somnolienta de la madre tras unos tímidos toquidos que no esperarían respuesta: es muy tarde, hijo, te vas a acabar los ojos. Con los ojos cerrados, sí, muy quieto, suspiró. A la universidad no había ido más de dos veces, aunque sus padres creían que asistía a diario. Se iba a la

Benjamín Franklin, en donde recibían todas las revistas de química que a uno podría interesarle leer. ¿Llegaría el momento de aclarar malentendidos (no, mamá, no voy a ser ningún genio, no me interesa)? Probablemente no.

Una risa ancha, espasmódica, incómoda a ratos, se iba disolviendo lentamente para dar paso a la quietud, el sueño...

Bueno, y pues la confianza también es algo que no se debe dejar de lado. Es inagotable este asunto de la confianza. Creer, nada menos. Creer, háganme el serenado favor. En Dios Padre, en la Santísima Trinidad, en Cristo Nuestro Señor. Por ahí empieza la cosa. Luego, tu papá que te dice: no te preocupes, todo se va a arreglar, créeme. El coscorrón que te propina tu abuela es por tu bien, créeme, a mí me duele mucho más que a ti. En la escuela te aseguran que te están formando. En el primer trabajo, esa mirada inquisitiva, dura, porque ahí, de pronto, las cosas se invierten: ¿Vale la pena creer en ti? Los amigos: si no puedo creer en ti, entonces en quién. Los amantes: tienes que creer en mí, ¿o es que no me quieres? Y lo último, lo más duro: ante tus proyectos rotos, fracasados, desgastados, el juicio certero y filosamente inútil: lo malo es que no crees en ti mismo.

Qué agotador, la verdad. Eso que no mencioné al gobierno, a las transnacionales, a los líderes, a los médicos y a los que leen la fortuna.

Es quizá nada más por eso que se le debe tener un poquito más de compasión a los humanos que a los animales.

A uno de niño le sonaba a cosa casi mágica. Si apretabas los ojos fuerte y repetías como loca: tengo confianza, tengo confianza, los abrirías y ya. Ahí tendría que estar lo que querías. Pero no estaba. Era que lo habías hecho mal. En la iglesia veía cómo, a la hora del santosanto, todos se arrodillaban y apretaban los ojos. También yo, pero no lograba concentrarme por estar espiando a los demás y ver si hacían algo más; algo que a mí me faltaba.

Pero además todo lo que uno escuchaba en torno al acto de creer. No creer era sinónimo de mala suerte. No ser digno de confianza era igual a ser matón. Cuando la gente hablaba de algún amigo que "le merecía plena confianza", invariablemente imaginaba a uno de esos actores gringos, de cara muy cuadrada, muy rasurada, que cuando sonreía gritaba con toda su expresión: ¡Soy el bueno! Me daban una flojera atroz. Y en efecto, las gentes merecedoras de "plena confianza", eran opacas, de hablar pastoso, y por lo general con mal aliento.

Para mi abuela, mi hermana y yo no éramos dignas de confianza. Nos faltaba mucho por aprender. Nos faltaba hacerle más caso. Obedecerla mejor. Que se nos ocurriera a nosotras ser como ella quería que fuéramos. Nosotros no nos deteníamos mucho a averiguar cómo quería. Uno no vive tratando de ser "bueno". Vive tratando de ser y peleándose con todo lo que lo impide.

Pero por lo visto el mundo sí estaba lleno de esa gente ideal que a mi abuela le hacía entrecerrar los ojos conmovida. O cuando perdía la mesura, de plano todos eran buenos menos nosotras.

Se nos distorsionaron, pues, los conceptos de bondad y de confianza. Nos volvimos... o nos hicimos, ya que antes no éramos ni una cosa ni otra sino a lo mejor ambas, recelosas, sumamente desconfiadas y pobre de quien pretendiera creer de antemano en nosotras porque lo desengañábamos rapidito.

La cosa es que con el tiempo uno va descubriendo que no es tan importante: creer, no creer, A veces sí, a veces no, pero lo que sí resulta de una estupidez extrema es la búsqueda de la incondicionalidad. El "para siempre"; la "plena confianza".

Escuchaba esas conversaciones que mi abuela disfrutaba tanto: los méritos y defectos de la gente. No sabía entonces cuánto juicio moralista y obtuso las teñían. Sólo veía palabras y tonos y poco a poco me sentía asfixiar. O hartar hasta el empacho. Comencé a asociar actitudes con sabores de alimentos. La actitud betabel, la actitud pescado, la actitud mandarina.

Esas conversaciones vespertinas de mi abuela comenzaron a ser idénticas al tiempo de sobremesa. Angustiosas, repetitivas y carcelarias.

Cada cual vive sus propias estrecheces y éstas siempre son totales. La comparación no ayuda. Juan podía, si quería, fijarse en el indio mecapalero y sentirse afortunado. Y ni siquiera. ¿Por qué no fijarse en otros ayudantes del laboratorio? En los mozos de la editorial para la cual había comenzado a leer pruebas (de un libro de química, por suerte). En los choferes de camión o hasta en el portero de la biblioteca. Pero no. Ellos no querían lo que él quería. Y además sí se fijaba en ellos. No hacía más que fijarse en los hombres, buscándoles la decisión, ese paso apenas perceptible de ser como uno es y de golpe ser de otra manera. Dejar atrás esa intolerable angustia. Entrar por fin, en suma, en el anhelado mundo del sexo. A las mujeres era a quienes no había que ver. No por ahora. Hasta que estuviera del otro lado. El filo de la navaja del que todos hablaban con tanta ligereza para referirse a cualquier cosa era así entonces: sumamente incómodo. Haberlo imaginado tantas veces. Haber decidido esa tarde hacerlo. Los amigos. Pues sí, ¿de qué otra manera? Uno no llega solo a estas cosas... Los amigos tienen siempre amigos que. Una ligera aprensión: ¿si ella no me gusta? No lograba imaginarla. Quienes habían ya pasado por la prueba de fuego jamás se referían a ella. ¿Se reía? ¿Te miraba? Tendía a imaginarla igual a una compañera de secundaria que tenía la piel color durazno. Cuánto soñó con acariciarla. Cuánto se masturbó. Y cómo, cada vez que se la encontraba en el patio algo en él se petrificaba. Escuchaba su voz, la sentía pasar a su lado. Una vez ella lo tomó por el hombro. ¿Se daba cuenta de lo que él sentía? Con los amigos había llegado a la conclusión de que las mujeres no sentían. Es decir, no sentían así. Ellas tenían ilusiones. Querían flores. ¿A poco crees que nos ven y tratan de imaginarse nuestro pene igual que nosotros sus senos?, había dicho el amigo. No sienten deseo, dictaminó otro.

Y ahora, que por primera vez se dirigían juntos a un prostíbulo, la palabra repiqueteaba: deseo. Tantas tardes calenturientas. Tantos ridículos experimentados por tener que hacer cosas indignas con tal de estar junto a alguna muchacha que le gustaba. Como aquella excursión tan idiota. Caminaba junto a sus amigos con sed de venganza. Ir con una prostituta era en cierta forma una humillación a esta sociedad estúpida... pero ¿deseo? Y a su mente venían los riesgos de enfermedades terribles, de vidas destrozadas. Tuvo apenas una fugaz visión de su madre viéndolo morir horrorizada. En silencio caminaban, quién lo creería. Habían hablado tanto de esto. De esta primera vez.

¿Y cómo se llamaría? Con desesperación veía circular los coches. Veía a la gente esperar el alto para cruzar la calle con aire absorto.

Ante el hotelito avanzaron los tres decididos. Ninguno iba a confesar que estaba aterrado.

Y cuando media hora después regresaban por el mismo camino, tampoco hablaban mucho, aunque había algo nuevo. Un como vigor. Una risita en la piel. Juan hubiera querido separarse, pero habría sido desleal. Al poco rato notó que entre ellos comentaban algo. No quiso saber, como si se subiera el cuello del abrigo en un día de mucho frío, volvió a concentrarse en el recuerdo de la cara de la muchacha. Como de la edad de ellos, morena, cansada, no fea. Cuando Juan le dijo que nunca había hecho el amor, con un gesto para que se acercara murmuró seria: ya sé. Y a lo mejor por eso a Juan no le costó trabajo desvestirse, montarla, penetrarla y sentir de inmediato el espasmo del orgasmo. No hubo tiempo para más, en realidad. El cuarto oscuro y húmedo. Sí percibió la ciudad allá afuera. Su rumor concentrado mientras él volvía a fajarse y dejaba el dinero en una mesita. No sabía mucho más ahora que antes. Quizá sólo una cosa: los prostíbulos no le gustaban.

Con las amigas te dabas un codazo malicioso; te echabas una miradita rápida: le gustas, se comentaban. ¿Ya viste cómo te ve? Y si el muchacho llegaba a rozarte el brazo o algo, todo tu cuerpo se enchinaba. En el estómago se producían oleajes. Sólo que las palabras se detenían como en un balcón. No iban jamás más allá, aunque las conocieras. Siempre las encuentra uno en los libros. Los libros están ahí invariablemente. No es de extrañar. Pero, es cierto, las estrecheces propias son las peores. Mira que mirar al mar, nada menos que al mar, su movimiento, su color, su volumen. Escuchar su mugido, su bramido, su bocanada de fuerza, su furia y luego su suave desinflarse, su aquietamiento, su paz. Día con día, mientras te sepultan con instrucciones en las que destila, muy en el fondo, un asco: no te sientes así; las niñas no hacen eso; una mujer debe... Se debe... Ése era el más pomposo: una mujer que no se dé a respetar. Te das a respetar. Pero al fin y al cabo te das ¿o qué?

O te das para que te guarden en un estuche. Para que te tengan, pero no te usen. El horror que subyacía en las palabras de mi abuela cada vez que las circunstancias la obligaban a dejar entrar el sexo a la casa. El horror. Qué aureola negra cobraban las cosas, semejante a la que adquieren con la proximidad de la muerte. Quizá peor. Con la muerte se producía un vacío desnudo; helado. Con el sexo era una cosa negra, enmarañada y turbulenta. Crecerán, se irán de aquí, pero jamás serán libres porque son mujeres, parecían decirnos todas ellas, doña Oti, la tía Vige, la gorda Chole. Ustedes no son más que contenedoras de hijos, qué es eso de reír, de gozar, de tener iniciativas. Todas ellas, las tres que no tenían hijos.

Y el mar se hinchaba orondo. Los tambores en el aire redoblaban su fuerza. Las lociones de mis tíos picaban más la nariz, y de la cocina venía el sonido del cuchillo contra la tabla de picar. En la jardinera de arriba, bajo una piedra redonda, en una bolsa de plástico, escondía unos cigarros y una carterita de cerillos. No sabía dar el golpe. Sin embargo era delicioso el temblor de las manos cuando encendía el cigarro. Me parecía tener al mundo arrinconado, vencido en el otro extremo de la terraza.

Escuchas hoy la brisa entre los árboles, igual que hace años en Acapulco. La brisa como un susurro premonitorio de que algo incontrolable se va a desencadenar. Esa brisa que parece arrullo, pero que tiene algo de amenazante. Tal vez porque es tan temprano en la mañana. Parece que faltan años para que salga el sol, y como siempre, estás convencida de que con el sol brillando nada puede ser demasiado grave. Lo que no es para nada cierto. Las mismas cosas pueden ocurrir con sol o sin él. El mismo brazo fracturado, el paro cardiaco, el balazo o la puñalada. Pero hay esa cosa del sol que lo hace sentir a uno acompañado; a los demás menos temibles y a las normas más comprensibles. Por eso este vientecillo tempranero resulta medio traidor. Tiene golpes de fuerza que indican que algo o alguien está sumamente disgustado y a punto de manifestarlo.

Se levanta la vida en una mañana cualquiera en Acapulco, en uno de los diez años cincuenta y ahí se verá, poco a poco, quién tiene las cuentas claras y quién no. Sin duda no faltará la cabeza brumosa de la cruda. Esa particular presión en las sienes y la acuciosidad que empaña la visión. El cuerpo adolorido y poco amigable con uno, cuya pesadez será el primer síntoma de una lucha que habrá de durar varias horas. Ni a dormir accede. Todo es incomodidad, exasperación, torpeza. El otro lado, justamente, de lo que anoche era ligereza y gracia.

Pongamos que fuera un jueves, de esos tantos que hay. Muy en el medio de la semana. Un jueves de esos en los que sientes que como buey jalas para adelante con una cierta pesadumbre por lo absurdo del esfuerzo. Pero no sabes hacer otra cosa más que seguir viviendo.

Habrá quien, obcecado, a lo mejor alcanzó su momento de verdad, que es, claro, fugaz y fulgurante. Habrá llevado a cabo el acto de su vida; el máximo de su libertad y su destino y ahora, en esa mañana de ese jueves de alguno de los diez años cincuenta en Acapulco, mirará atontado en torno a sí los pedazos opacos de su vida diaria hasta ese momento. A lo mejor un lanchero, un peón, un campesino, un hombre enardecido que por fin dijo no. Dijo un no, pongamos, y mató a alguien en una cantina, un callejón, una trastienda, no importa.

Habrá una viejita que llegue a la iglesia a la hora de siempre y sienta que suavemente encaja en ese olor a viejo, a repetido y ajado que tienen las iglesias.

Y una mujer que abra una cocina para dar cauce al rito diario, al encendido de la estufa, al crepitar de la cebolla en el aceite, al borbotear de la leche.

Y un joven fornido, de aspecto pintoresco, que levantará la cortina de su tienda, y un mesero todavía sin uniforme que lavará el piso del café.

Y un turista que empaca sus ceniceros de concha nácar, y la corrida de las siete del pullman Estrella de Oro que arranca.

El olor a ocote en el fogón de una choza, y el cadáver del hombre, apuñalado en la madrugada.

En Acapulco las calles se enfangan con extrema facilidad. Comenzará una limpieza que nunca vence a la carrera de la suciedad. Pero el mercado se erguirá colorido, y las nuevas cáscaras de plátano, el bagazo de la caña, un cacho de elote o de coco irán nuevamente a poblar los charcos.

Los camiones anaranjados de los colegios, los jeeps color de rosa de los hoteles comenzarán a surcar las calles airosos, y todos estarán convencidos de que la vida es así, normal. Con esa mezcla de desproporción, esa vociferante indiferencia de unos hacia otros. Deambulando todos tenaces en torno a lo suyo, cada cual en su momento y en su incapacidad de percibir que al mismo tiempo están sucediendo los demás.

Es evidente que las costas son las primeras en abrirse al extranjero. Las primeras en prostituirse por una casi natural necesidad. Ahí llegan los invasores; los comerciantes; los turistas. Por ahí se echa a los traidores o se escapan solitos. Es normal que haya en ellas esa mescolanza de pieles, de lenguas, de actitudes ante el mundo. Que haya una baratijería dispuesta a satisfacer el sentimentalismo fácil, la despedida pronta. Que, por todo esto, las cosas parezcan suceder muy rápido y como sin germinar en ninguna parte.

Pero ahí van, ese jueves de algún año de la década de los cincuenta, a pleno sol de mediodía, ahí van desfilando los niñitos, los adolescentes vestidos de blanco. Es la Independencia que celebran, claro. Más o menos lo saben todos, aunque sin saberlo en realidad. Hay en ellos una pequeña emoción. Después de todo no hubo clases. Cada uno aprieta un limón en la mano. Los profesores de gimnasia que revisan las filas presurosos han advertido: para que no se deshidraten. Qué importante y grave sonó eso.

La escolta de la bandera, los tambores. Cada uno espera ser visto por los suyos y tener un minúsculo momento de gloria. Y no dejemos de lado la rivalidad siempre presente con otras escuelas. La particular con la estatal. La de blancos con la de morenos (por más que haya de todo en ambas).

Los pobres niños de todos los países en todos los tiempos han desfilado en los días patrios. Si uno fuera un turista que llegara ese jueves a Acapulco, con una reservación en el Club de Pesca, Las Hamacas o el Casablanca, no dejaría de pensar que qué lata, aunque tampoco dejaría de mirar con una cierta simpatía por la ventanilla mientras el taxi logra salirse del embotellamiento. Qué calor, pobres niños. Están acostumbrados al clima, señorita. Pero sus caritas sonrosadas, sudorosas, desmienten la afirmación del chofer. Que se desmayó uno de cuarto. ¿Quién?

124

No sé, parece que el hijo de los de la ferretería. Qué suerte, estamos a la vuelta de su casa.

El templete de las autoridades. Las expresiones adustas, ensombrecidas de disimulo de los funcionarios municipales. La extraordinaria impudicia del gobernador. Mexicanos al grito de guerra.

Por el malecón, un grupo de marineros filipinos se detienen a mirar. Ríen, agitan la mano saludando. A lo mejor en el siguiente puerto les toca lo mismo. Y a la puerta de aquel bar de moda, que bien podría llamarse Los Cocos, los meseros con sus guayaberas blancas, las mujeres de manos enrojecidas, lavan, limpian, se preparan para abrir a las doce en punto. Ya está ahí el cliente consuetudinario, ese inglés que lleva como veintitantos años en México y jamás consideró siquiera la posibilidad de aprender español. Y lo habla, imagínese usted; entiende todito. Pero pareciera que lo pronuncia mal a propósito. Como que no quiere olvidar que es extranjero. Cuando ya anda muy borracho, porque viene a diario, imagínese, no sé de dónde sacará el dinero, pero todititos los días está aquí desde esta hora... ah, le decía, cuando ya se le suben mucho las copas canta unas cosas en inglés. Que dizque militares son.

Apoyado en el quicio de la puerta, apergaminado, vagamente riente, el inglés, que no tendría por qué no llamarse Billy, por ejemplo, entrecierra los ojos y quizá se acuerde de Eton, vaya uno a saber.

Hay también turistas chilangos que, aprovechando las fiestas nacionales han estado llegando desde el miércoles por la tarde. Lo primero que hacen siempre es meterse en las tiendas. Luego, como ese jueves 16 de septiembre, se pasean con sus ropas de baño demasiado nuevas, organizando orgullosos su parafernalia acuática: lanchas, esquíes, tablas. El desfile lo contemplan con sorprendente paciencia. Están muy conscientes de estar de vacaciones. Se quieren fijar en todo.

Qué marcial se siente la mañana. Hasta las palmeras parecen rebosar patriotismo. Por fin Acapulco deja de lado un rato su frivolidad y luce los colores nacionales. Qué elusivos los hoteles agringados. Como si supieran que una vez al año, cuando menos, tienen que volverse mustios.

La gente más sencilla del pueblo: las mulatas con una tina

de aluminio en la cabeza, cargada de vaya a saber qué mariscos entre hielos; las indígenas, envueltas en los textiles que irán a vender a las playas; los hombres de pantalones arremangados que ofrecerán servicios de lancha, todos, se asoman un rato al desfile porque al menos un hijo, un hermano marchan entre esas juventudes gallardas, esperanza de la patria.

Como que en el aire se vuelve a sentir el brío de este estado que, muy turístico, muy vendido, sí, pero no deja de ser el más bravo de la República. ¿No de aquí era Vicente Guerrero? Y ahí está La Laja, allá, ese cerro con casuchas que no parece nada, pero ni los soldados se atreven a entrar. La Laja. Cortante; directa. Codo a codo con lo más manicurado del país.

Las cornetas desafinan y los tambores no llevan el paso con la precisión deseable, pero aun así dejan atónitos a los niños que no cupieron en ninguna parte; a los perros flaquísimos que se meten entre las piernas. Con su cajita de paletas heladas olvidada en las manos, con su tabla de cocadas, sus collares de concha, los niños se quedan mirando absortos el magnífico desfile. Ellos y los perros que ¡íralo. Sáquese de aquí oravaver!, pese a las constantes patadas, pedradas, gritos, están siempre en cualquier fandango. Ellos, los vencidos de antemano, que te bucean un veinte, te mueven la panza, te meroliquean la historia del Fuerte de San Diego.

No cupieron tampoco en el inflamado discurso del gobernador, para quien sólo cuenta la niñez que se educa, la población que trabaja, la sociedad que progresa. Los demás, ya verán, ya verán cómo los han de meter en cintura.

Pero no, no, tampoco. No se trata de ponerse en ese plan. Las cosas son como son y no de otra manera. Aquí estamos y nunca hemos estado en ninguna otra parte. Viajando, sí. Visto cómo los demás hacían y pertenecían y defendían y se vanagloriaban, pero en el fondo, no nos hagamos tontos, también eran indiferentes. En el fondo fondo, cuando ya los desfiles han pasado y cada cual recoge a sus hijos; de regreso al hogar en donde estarán cristalizados en mayor o menor medida los sueños propios, el florerito panzón con el que tropieza la mirada y se alivia un segundo, el cuadro con los abuelos muy serios y seguros, el título de ingeniero muy bien enmarcado. También, naturalmente, el asiento raído del sofá floreado que no ha podido ser retapizado, el barniz que se descarapela en todas las puertas; el cuarto de los niños que habría que remodelar... han crecido. Pero está todo tan caro... Así, justo a la entrada, se viene encima toda la vida, lo que se ha podido hacer, lo que no. La permanente angustia de que algo falta siempre. ¿Quién anda con su francesidad, su españolidad, su mexicanidad permanentemente encima? Nadie. Los niños en sus escuelas oyen sus respectivas historias y pocas veces se sienten aludidos. La nuestra es particularmente hecatómbica, aunque uno lo viene a descubrir mucho tiempo después.

Por eso no es tan grave comprobar una y otra vez la corrupción, la impotencia, la violencia, ya que en última instancia no es más que eso. Pero lo sorprendente, lo inexplicable es que a pesar de eso, uno de pronto mueva apenas los ojos, distraído, persiguiendo alguna idea probablemente trivial y vea al llamado género humano viviendo. Cosa de segundos, digo, porque de inmediato la imagen pierde sentido y resulta una mancha amorfa y turbulenta, y la dificultad de la historia propia vuelve a surgir. Algo relampagueante que de la misma manera que se ilumina se apaga. Casi parecería que nos burla.

Ese tipo de visión tiene Juan, cuando, haciendo caso omiso de sus declaraciones de indiferencia hacia la mayor parte de las aspiraciones humanas, señala con toda naturalidad que le inspiramos piedad.

—Compasión, más bien. La palabra piedad es demasiado cristiana y complicada. Además, ¿por qué dices caso omiso? No me desdigo de esas afirmaciones. Añadiría más bien *todas* las aspiraciones humanas, no la mayor parte.

—¿Por qué? ¿No es normal que la gente quiera creer en un futuro, en un éxito?

—Totalmente normal. Digo que me da igual.

Suena, en medio de esa oficina donde a diario charlamos a la hora del café, rasante. Soberbio. Más a la hora del café. Todo el mundo sabe lo que pasa en una oficina mexicana a la hora del café: las fritangas más o menos simuladas; la pequeña conmoción que siempre produce la idea de fritangas. La maravillosa manera en que el escritorio se convierte en mesa de fonda. El olor apapachador de la tortilla.

—Compasión, justamente.

Lo dice seco, sin pestañear. Se ve soberbio mientras los demás se afanan en sus ires y venires. Sinfín de topergüeres de todos los colores y tamaños. La manera en que cada cual se prepara su café con leche, su torta. Ahora se desatan en mil conversaciones diminutas, todas meticulosas y atentas. Juan no mira; está de espaldas a ellos. No es de ellos que habla. No es de nadie sino de sí mismo. Con ellos, con la gran mayoría se lleva bien, y de esas cosas chiquitas, cotidianas es de las que mejor sabe hablar. Lo hace dulce, apaciblemente.

—Pero ¿a poco tú nunca soñaste con ser un gran músico, un gran químico?

Se encoge de hombros; el desprendimiento del mundanal ruido. Mi reino no es de este mundo.

—Mi madre jamás lo habría permitido.

—Cómo, ¿no que ella quería que fueras un gran hombre?

—Únicamente a su manera. Todo lo que yo concibiera por mi cuenta, lo que se salía de las manos ya no le interesaba. Lo tomaba como algo en contra suya. Por eso le empecé a ocultar todo. A dejarla que creyera en lo que la hacía feliz. Todavía ahora está convencida de que tiene la razón.

Esa manera que tiene de hablar de su madre es sencillamente despiadada. Lo contrario de lo que le inspira la gente, según dice. Incluso su expresión, por lo general imperturbable, equilibrada, se vuelve dura. Se afila. Casi diría uno que grita su violencia. La expresión nada más. Los gestos de Juan son perfectamente simétricos a la mesura de sus palabras. Ningún movimiento traiciona lo que siente. Al igual que ninguna entonación. Es sólo cuando habla de su madre; el encono lo salpica.

—¿La odias?

—No, no odio absolutamente a nadie más allá de un rato. La encuentro insufrible, eso sí.

Veinte o treinta años más joven que el padre. Tres realidades cuando menos más distante. ¿No piensan los hombres cuando se casan con una mujer mucho más joven lo que va a pasarles a los hijos? Evidentemente no. Del padre, Juan sólo habla de lejos y con aprecio; con simpatía; con respeto. Pero es siempre como si hablara de una ausencia. Aun cuando a veces lo llevaba al parque de la mano. Veo al padre sumido en sus pensamientos

128

y al niño callado, caminando con pasito rápido, fijándose en todo. Con la madre no sucedía así. Ella no dejaba de hablar; decía todo lo que se le pasaba por la cabeza. Vivía, como tanta gente, en un mundo de lugares comunes que creía personalísimo.

—¿Para qué discutirle? —asevera Juan indiferente—, nadie la va a convencer de nada.

Y ahora, ya adultos, los veo metidos en una habitación seguramente recargada de cosas, recuerdos, fotos, gatos, mesitas con lámparas, carpetitas de crochet, alfombras, cortinajes pesados. Dos seres adultos hablando cara a cara en dos lenguas distintas.

¿Y el día que dije que no veía por qué tendría uno que querer más a los parientes, a la gente que tiene "sangre de uno"? Qué lío. Ahora tengo la impresión de que no lo dije así como así. Primero hice un sondeo, igual que como averiguas cómo son tus compañeros de clase: ¿Tú qué harías en este caso? ¿Si te dijeran tal o cual cosa, qué responderías?

Y es que entre los muchos primos que venían de México, había dos, niño y niña, que me sulfuraban. A veces se quedaban las vacaciones escolares íntegras. Dos meses y medio, algo así. Pero bueno, eso era lo de menos. Con su presencia pasaba como con todo: la novedad los hacía brillantes, misteriosos, envidiables. El transcurrir de los días los iba colocando en su justa personalidad. La costumbre te permitía verlos como a cualquier otra persona o cosa en la casa: a ratos bien, a ratos mal.

Había ese asunto que en la vida de un niño es fundamental: el juego. Con los primos de Acapulco las reglas eran clarísimas y las tardes de juego, por el cumpleaños de alguno, la Navidad o quizá algún casamiento, resultaban francamente inolvidables. Todos compartíamos una como ferocidad: acá, de nuestro lado, no se valía papá, mamá ni nada de esas cosas (se exceptuaban los casos de accidentes serios, que de todas maneras interrumpían el juego). O sea, no se valía estar entrando y saliendo. Detestables los niños que necesitaban todo el tiempo confirmar la presencia de la mamá. Que se metían un rato a la casa y lo desequilibraban todo. Casi siempre regresaban comiendo algo, muy besuqueados, y como si en el juego no estuviera pasando nada.

Por eso siempre quise más a mis primos de Acapulco que a los de México.

Empieza el juego (el que sea), y, o le pones atención y te entregas, o más vale que no te metas. Cuando corrías para esconderte y por allá veías a uno de los acapulqueños, sabías que se estaba jugando la vida. Que era un contrincante peligroso o un aliado seguro. Si era de los de México, te resultaba blandengue y sospechoso. Se distraían con mucha facilidad. Lo malo de los primos de la ciudad era su actitud hacia lo que éramos todos: niños. Ellos se vendían para no parecerlo.

Estos dos primos eran así: traidorcitos. Ella era un año mayor que él. Lo dominaba por completo —cosa inaceptable entre nosotros: un hermano no es nunca mejor que el otro. Son todos distintos. Pueden hasta no quererse, pero que uno sea el esclavito del otro, jamás. Él la obedecía con los ojos cerrados. En todo. El sistema de ella era hacer unos berrinchitos agudos —era muy flaquita y tenías la impresión de que todo lo que decía terminaba en í. Daba una patada; lloriqueaba, pero en pleno juego, hazme favor. Si le pegaban la roña, pon tú, si perdía en lo que fuera, llamaba a su hermano aunque éste estuviera en el bando contrario, y le anunciaba: nosotros ya no vamos a jugar. Y él se ponía todo compungido, veía como poco a poco todos nos acercábamos para ver qué. Lo mirábamos esperando que la metiera en razón o que la dejara a ella salirse del juego. Eran instantes dramáticos. Todos los barandales de la casa parecían pendientes. Los árboles, serios. Se daban cuenta de que algo grave ocurría. Débilmente la trataba de convencer: es que es el juego. Ella estallaba en sollozos estridentes: a mí no me importa, tú eres mi hermano y tienes que estar conmigo. Y por acá todos: uuuh, que se salga. Mariquita. Déjala que no juegue. Ni aguanta nada. Y él entonces se enardecía: Pero es mi hermana. Y qué y qué y qué, explotábamos exasperados: nadie te la está quitando; es más: *nadie* la quiere como hermana. Estamos *jugando.* Pero es mi hermana, repetía sordo, cerrado.

Pues qué chiste que vengan los primos de México para que luego luego los tengamos que sacar del juego.

Después, ya ven ustedes cómo pasan las cosas en la vida, que vienen los papás y las mamás, niños a merendar, a bañarse, a acostarse. Los primos de Acapulco se iban a sus casas, y mi hermana y yo nos quedábamos con estos dos. Ahí se producía una solidaridad semejante a la que sienten los latinoamericanos cuando andan fuera de Latinoamérica: todos hermanos. En los países respectivos ni soñarlo. Igual nosotros. Ante los adultos éramos un bloque cerrado. Risitas, disimulos, chistes. Conversaciones en la oscuridad. Promesas. ¿Ya van a jugar bien, en serio? ¿No se van a andar saliendo a cada rato? Aseguraban que sí, tan tranquilos, tan sin ninguna responsabilidad de nada. Y si quieren, propuse, pues pónganse siempre en el mismo bando. Pero aunque estemos en bandos contrarios somos hermanos. Yo miré a la mía. Era mi hermana y jamás en la vida había necesitado decir que lo era. Era chiquita todavía, pero ya entendía todo. Por lo menos ya no tartamudeaba. Los miraba seria. No sé lo que pensaría, pero imitándolos dijo: tú eres mi hermana. Y nos carcajeamos tanto que todo el día siguiente los primos no nos hablaron. Con estas cosas yo extrañaba la escuela, en donde había amigos de verdad, no primos a los que tienes que aguantar porque son tus primos.

Las diez premisas que sostienen esto: libro, narración, plática... no digo novela, ya que es una de las premisas, se cimbran. Un 19 de septiembre de 1985, temprano en la mañana, se ven inesperadamente sacudidas. Esta vez no es una advertencia parcial, sino un hecho general que a todos nos alude y nos hace percatarnos abruptamente de nuestra vulnerabilidad. Ha pegado un terremoto. Ha alterado una cotidianeidad que por caótica que fuera era la única. Todos y cada uno hubiéramos preferido vivir con otra calidad de vida. La gente a lo mejor soñaba en eso; a lo mejor luchaba por eso, pero entre tanto se acostaban por la noche, apagaban la luz y se arropaban con sus cobijas. En un tercer piso, departamento 301, en un quinto, a lo mejor recién pintado. En un edificio viejo que no habían dejado de reportar. En uno miserable, pero la única vivienda de la que disponían.

Los edificios nuevos, ostentosos y fieros de varias dependencias del gobierno, de estos gobiernos que tanto aseguran, que tanto prometen, también se desplomaron, como aburridos con tanta faramalla. Y hoteles que atesoraban caudales de exotismo, y oficinas alfombradas, y tiendas de lujo, de no lujo. Y tantos hospitales. Se vinieron abajo, sobre la gente.

131

Qué chiquitas las palabras junto a las pilas de escombros. Qué absurdas las autoridades que ni así, y pese a su nerviosismo, saben dejar los tonos ampulosos. Qué a la vista quedó el desapego cuando vimos las entrañas de tanto edificio.

Esta ciudad de México, tan usada, tan necesitada por tantos. Esta ciudad de historia vertiginosa y cambiante. De faz cruel y adolorida por el poco cariño que ha recibido; por los miles y miles de vidas que se ha cobrado. Este Distrito Federal que sepulta a nuestros fantasmas, para convertirnos con ellos en los fantasmas del mañana. En la Juana que grita: ¡Ay, ay, mis hijos! Esta ciudad que cada cual siente suya; que cada gobierno mancilla, deshace, rehace, parece haber protestado al fin: no supieron, nos dice. Desde ese millón de muertos que costó la revolución, no han sabido ser leales, ¡ay, mis hijos!, sepultados ahora por piedra y concreto. Apachurrados; desfigurados. No supieron, suspira la ciudad estragada por tanta corrupción y mirando desganada las manos de miles y miles de seres anhelantes que quieren arrancarle vidas a estas nuevas ruinas.

El aire engorda de angustia. Las gentes se llaman a voces, enloquecidas por el pánico. La familia Verdún a Aguascalientes, la familia Durán a San Luis Potosí, la familia Sánchez a Tamaulipas, que todos están bien. La familia Guzmán a Uruapan, Michoacán... urge su presencia en la ciudad de México.

Sombríos matices nos recorren el cuerpo. Las viejas zonas porfiristas desaparecen de nuestra vida, y ni siquiera sus casas, sino aquellas ya hechas dentro del seno de la revolución por la que murió tanta gente para acabar con el porfirismo. Vergüenza, vergüenza tus hijos, Juana. Mueren como moscas y matan como perros.

El resto de la República mira atónita hacia acá. Todos tienen un vínculo, un trozo de mínimo pasado grabado en los muros que ahora yacen silenciosos y terribles, abrazando ávidamente los cuerpos que pudieron atrapar. Se cimbra la vida y se cuartea con tronidos alarmantes. La vida de este país que nos resistimos a ser. Este país que somos. Las diez premisas de este libro sueltan yeso. La gente pulula por la calle tratando de acercarse, de ver, de no olvidar jamás.

Que no pase como con el 68, con San Juanico, con el templete de Chiapas. Que no se nos desgaste la indignación, el horror, la necesidad de ser nosotros mismos quienes hagamos las cosas. Que no permitamos que se disipe nunca ese nerviosismo de las autoridades, que no olvidemos lo poco que tenemos para ayudarnos unos a otros e impidamos que cada individuo que llega al poder se sienta autorizado para saquearnos.

Estamos de luto y queremos que por favor el presidente, el regente, el licenciado o el comandante se callen. Que no expliquen. Que no prometan y sobre todo que no justifiquen. Y no culpen. No están ellos bajo los escombros. Solamente que sepan que la gente nos vigila. Que otra vez ya no. Ya no más.

Y por lo que respecta a nosotros, a todos los que no morimos, más vale que no se nos olvide nunca y vayamos a creer otra vez que lo que pasa afuera de nuestra puerta no tiene nada que ver con "la familia Juárez, la familia Millán, la familia Mendoza". Todo culpable tiene su cómplice: la víctima.

Una novela es algo que se desarrolla mientras la vida transcurre desmintiéndonos a cada paso. Una fuerza de voluntad ciega y sorda por mucho que la atemorice lo que pasa en torno. Algo que si no se propusiera decirse hasta el final, sería un bonito ejercicio de bordado del tiempo. Lo que también tiene su chiste. Obcecada, trémula, la novela avanza sin detenerse pese a los estremecimientos circundantes. Este puntito lejano al cual se quiere llegar, se ve a veces envuelto en brumas, inalcanzable. Dan ganas de esperar que todo pase y se restablezca la calma. Pero no se puede. Una novela es uno temporalmente, y para recobrarse, para recuperar la calma hay que llegar a ese puntito. Desentrañarlo. Sacudirse entonces las manos y quedar libre. Volver la cara al mundo nuevamente, y seguir la búsqueda, que al fin y al cabo todo tiene que ver con todo. Por eso recreo ahora esa colonia San Rafael, que a mí siempre me pareció color sepia, con sus mil capas de vida, sus calles angostadas, sus arboledas perdidas, los muros gruesos y soberbios de la época porfirista cada vez más arrinconados, vencidos por esos edificios altitos y delgados, *prácticos*, funcionales, que llegaron con la visión miguelalemanista, modernista a lo tonto, de los años cincuenta. Mucho metal; grandes ventanales, un espacio distribuido de otra manera. Un tanto aboliendo el feudalismo en las relaciones afectivas, para dar lugar a una mayor horizontalidad. Una supuesta democracia, claro. El espacio concebido en otras sociedades lo único que hizo fue adaptarse a las formas afectivas de ésta, y se produjo entonces tal enmarañadero de convivencia, que lo único que quedaba para ocultar la confusión era mirar por los ventanales y, desde un quinto o sexto piso, sentir que algo, alguito del poder le tocaba a uno.

Qué vistas. Los volcanes, las azoteas, el porfirismo achaparrado. La gente abajo en la calle, como hormiguitas. Qué le podían hacer, decir a uno. Se era el dueño del mundo. Se era único; especial. Que se quedaran allá las casas chatas y obtusas, con sus enormes habitacionzotas, sus lúgubres comedores, sus interminables patios. Eso era el pasado, y feudal, además. ¿Quién iba a perder el tiempo o el dinero en limpiar casas así? Había que mirar hacia arriba, al progreso y al futuro. El plástico era un material higiénico.

Y así, como siempre sucede en la ciudad, comenzó a nacer otra faz que, aunque, aunque no ocultaba las otras, se sentía predominar sobre ellas. Sucede con todo lo nuevo.

¡Cuidado, niña, no te vayas a caer! La advertencia quedaba atrás y el veloz movimiento de tu carrera te infundía seguridad. El espacio y los objetos que lo poblaban, constantemente aparecían ante tus ojos como un desafío. Una visión fulminante: el paso estrechísimo entre el croto y la escalera de la jardinera (para eso había andadores por todo el jardín. De loseta. Perfectamente trazados, de manera que tu abuela, en su diario recorrido pudiera verlo todo). Pero ese huequito que quedaba entre el croto y la escalera era ideal si brincabas de allá.

Treparse por la piedra. Las bardas tienen siempre salientes y los pies descalzos son elásticos. Rico caminar por la canaleta en la jardinera. Fresco, cuando el sol hacía arder la piedra. E imaginabas que un día podrías llegar a lo alto de la barda (altísima) de un costado de la casa para ver la propiedad de junto. ¡Bájate de ahí, pareces changuito!

Volvías a desaparecer aunque tus caminos se cruzaran inadvertidamente con la visión de doña Oti cuando querías llegar al piso de arriba. Ese bordecito de metal de la ventila de la cocina en el que se apoyaba tan bien el dedo gordo del pie. ¡Ya les dije que por ahí no se suban. Se van a caer un día! Sólo un instante de vacío. El estirón del cuerpo para que la mano se afianzara de uno de los barrotes del barandal. Con eso ya. No podía pasar nada. Pero era lo bonito de los caminos. Tenían todos un momento como quien dice en blanco. Ése, el del estirón. El del cálculo perfecto. Caerse, lo que se dice caerse, no era fácil. Habría que tener la mala suerte del primo de la mala suerte. El que pisaba el clavo oxidado, la yerba venenosa, el pedazo de vidrio. El único que los pisaba cuando ya todos habían pasado por ahí. Por eso: no caerse y descalabrarse (¡Te vayas a descalabrar, diosmío, bájate de ahí!), eso, casi nunca pasaba. Pero sí que se te resbalara el pie y te hicieras un raspón de los que arden y te acompañan todo el día. Un machucón. Un sentón. Un pisotón. Esas cosas chicas que son las que de veras fastidian. No esas hecatombes que ellos anuncian cuando te ven pasar corriendo: ¡Te vas a romper un brazo! Sabíamos cuáles eran los peligros. Los conocíamos a la perfección y claro que nos cuidábamos. A quién le va a gustar lastimarse. Pero mientras más peligros vencieras, más fuerte, más invulnerable eras.

Por ejemplo: los pasos de la planta baja al piso de arriba eran muchos en ambos extremos de la casa. Yo sólo tenía conquistado uno. El fácil. Al otro lo contemplaba largamente y me parecía imposible. Para mí, pues, porque requería no de agilidad sino de fuerza. Perfectamente sabía que todo lo que fuera columpiarse para luego subir un pie, me estaba vedado. Mil veces lo ensayé en el marañón. Mis fuerzas no daban. Pero cuando estudiaba las posibilidades, no era eso lo que me detenía. Era que parecía que no había otra manera. Ningún huequito por donde meter el pie; nada de salientes. Esa columna había quedado particularmente lisa. Pensé una vez romperle un cacho con un martillo. Me detuvieron de inmediato (era en la esquina del cuarto de Chole). Me dijeron que debía estar loca. Me miraron feo. Ahora va y se lo dice a mi abue que seguro va a creer que quiero destruir la casa. Un pasito es todo lo que quiero. Porque cuando mi hermano venía de vacaciones lo primero que preguntaba era: ¿Ya te puedes subir por allá? No. Ven, te voy a enseñar otra vez, es re fácil... Fácil si hacías el columpiado que a mí me daba miedo.

No conquistar esas cosas era como quedarse en un agujero. Por eso había que buscar todo el tiempo. ¡Ya estate quieta! ¿Qué no te puedes sentar a coser como una niña en lugar de andar trepándote por todos lados? Además te vas a lastimar.

Mi hermana pasaba arrastrando una caja de zapatos que había convertido en cama para sus muñecas. La jalaba de un mecate. Hablaba sola todo el tiempo. A veces alzaba los ojos y me descubría en alguna rama. No la impresionaba en lo más mínimo. Quería impresionarla a ella y al mundo por lo altísimo que me podía subir, pero el mundo no estaba y para ella los árboles sólo servían para que le colgara su cajita de zapatos y así poder mecer a sus muñecas.

Caras estragadas, opacas por el cansancio, en el límite del control. Cuerpos vencidos, encorvados en actitud de defensa, tiesos por la histeria. Manos de dedos temblorosos, de venas saltadas, nudillos blanqueados por la presión. Piernas chuecas, que se arrastran sin fuerza, que se mueven espasmódicamente.

Los ve uno por la calle transitando en silencio, ariscos, enconados. En los únicos trayectos que les ha sido dado conocer: del rincón en que se guardan, al exterior en donde buscan la vida que les va a permitir volver a recogerse. Son pobres, son ricos, son medianamente acomodados. Mendigan, buscan empleo, reciben un salario quincenal o hacen negocios sucios o limpios.

Coinciden en el asfalto, presos todos de la misma incomodidad que nadie califica. Por las mañanas simplemente se suman al rito, algunos con más palabrería que otros.

No se miran ni se les ocurriría hablarse; no tienen nada que decirse por más que es evidente que lo tienen todo. Hay algo de lo que son víctimas por igual. Hay una sola trampa que los mantiene en su sitio convencidos de que los jodidos son otros.

A mediodía el sol parece reírse de ellos. No con malevolencia, hasta eso. Le da risa el candor que muestran; la seguridad ilusoria que construyen a diario; los chanchullos que hacen para no tener que darse cuenta.

No tiene nada contra ellos el sol. Simplemente se ríe igual que uno no puede evitar cierta risita cuando ve a las hormigas en su obcecado ir y venir. No, sí, claro, qué trabajadoras. Qué extraordinarias. Pero qué brutas, la verdad.

Ahora, uno siempre se está quejando como si conociera algo infinitamente mejor que esto ¿no es cierto? Siempre está uno encontrando culpables, ineficiencias, cobardías. Hablamos siempre de individuos, rara vez de formas de organización. (Ah, pero es que éstas fallan porque el ser humano es como es.)

La hilaridad del sol aumenta cuando presta atención a las discusiones.

Pero ¿a poco no? Como si hubiera algo mejor que esto. Pongamos que no mejor, sino distinto. Tal vez lo hemos soñado y por eso. O quizá de niños, cuando nos empezaban a explicar qué era la patria y la bandera, los héroes y el ejército, la policía y los bancos, imaginamos todo distinto. "Tu ciudad", decían. "Tu calle." Luego levantabas la palabra, y como cuando levantas una piedra grande de la tierra: enloquecidos salen miles de bichitos que no saben lo que les ha pasado. Se les destruye su mundo, su vida diaria, igual que a nosotros con el terremoto. Y a lo mejor por eso todos traemos una visión distinta que quisiéramos hacer realidad. Una visión de dibujo infantil: el sol (sonriente, pero no como ahora), cachetón, asomándose entre dos nubes gordas. Pajaritos. El cielo azul. Un árbol frondoso. Una casita con chimenea, de la que sale humo. Las tejas rojas. En el ático una ventanita redonda. En el costado una ventana amplia con cortinas recogidas. Un caminito en la tierra bordeado con flores de mil colores. El papá, la mamá y los niños. Si uno era hábil para dibujar, ponía un perro y un gato.

Así era la vida. Raro que se dibujara una ciudad con altos edificios, con calles y semáforos y muchos autos y mucha gente tratando de circular en un mismo espacio. Raro que aparezca el enmarañadero de cables que están sobre nuestras cabezas. Antenas de televisión, y ahora esas medias circunferencias que dan tal aire de prepotencia a las casas. Raro también que alguien dibuje a los multifacéticos vendedores de los semáforos; a los tragafuegos, a los indios que bailan. Mucho más raro que nadie dibujara las ciudades perdidas o las colinas en las afueras de la ciudad en donde proliferan casuchas como mordiscos rabiosos. Aun si entre los dibujos hay unos bien urbanos, con esos camiones redonditos y chicos; con esos autos chatitos que juguetean entre sí. Las tiendas tan simpáticas.

Esa ciudad que todos llevamos dentro y en la que hay de todo y para todos; ciudad a escala humana, ¿qué no?

A lo mejor es eso de lo que hablamos cuando criticamos tanto, para nada, además, porque luego cada cual se va para su casa reconfortado por tanta idea constructiva, y las autoridades se dedican a sus cosas ya que no pueden con tanta responsabilidad.

Por eso a lo mejor se nos rompen los sueños, se nos acaba la ilusión. Se nos desgasta el ánimo, y el recuerdo de aquellos primeros dibujos —que vemos repetir a nuestros hijos, a nuestros nietos— deja de ser nuestro. Es de ellos.

De las generaciones futuras. Del mundo del mañana.

Que no existe.

Y así aceptamos vivir en la más atroz incomodidad. Víctimas de nosotros mismos. Reconfortados con la idea de que el mundo de nuestros hijos será justo y mejor.

Como cuando se acaba el día. La luz, digo, no el día, que no se acaba sino hasta muy entrada la noche. La luz, que se va apagando lentamente, por más que no sea paulatino sino en tajos. No bruscos. Nos asustaríamos. Pero sí definitivos. Como pasos de guardia. De repente ya no hay luminosidad. Las cosas aparecen perfectamente delineadas, aunque sin brillo. Momentos más tarde, las líneas resultan borrosas. Ahí, pienso, es cuando se producen pequeños estallidos de sensación; movimientos liberatorios. ¿Porque no nos ven? ¿Porque el sol por fin se ha cerrado? Quizá. Pero también, a lo mejor, porque desaparece la imagen propia. Esa que los demás nos proyectan todo el tiempo y que está hecha de sueños y de ilusiones. De todo lo que quisiéramos ser y no somos. A lo mejor porque entonces, al acabarse el día, digo, la luz, pues, sí comenzamos a ser lo que en realidad somos y eso es lo absurdo. Ni peores ni mejores, pero sin esas exigencias que nos autoimponemos. Debe ser algo así. Ese alivio chiquito que se siente —semejante al del momento en que por fin la maestra deja de mirar en tu dirección. Dan ganas de estirar los brazos y piernas; de sacudir el cuerpo; de correr contra el aire hasta que el cansancio nos venza. Qué chistoso. Y todo por no atreverse. Porque no es tan terrible ni imposible, y sobre todo, no es extraño. Nadie se daría cuenta. Hágase la prueba cuando menos dos minutos: el procedimiento más sencillo es respirar hondo, con fuerza, y al mismo tiempo que uno se dice: ya llegué, acomodarse bien; relajarse, y mirar luego para afuera. Hay, cierto, una capa de condicionamiento que traemos encima para no andarnos atropellando unos a otros. Un como reglamento de tránsito. No tiene por qué ir más allá de lo elemental. Pero obedece a un mero instinto de conservación. Es casi espontáneo en uno. El problema empieza con lo otro. Algunos lo llaman "educación", otros "cultura", otros más, "manera de ser". Lo que sea invariablemente es una coraza incómoda. Adentro se está forjando esa historia oculta que sólo sabremos escupir (sí, escupir) en momentos de inadvertencia, y dejar salir cuando nos quedamos solos.

Ésa es la interesante; la que vale la pena contar o contarse, aunque no sea más que para cobrar conciencia de ella. Es curioso que siempre está bordeada de placer. Digo bordeada, pero más bien está contenida en el placer. No que la historia contenga placer; nace del placer. El placer (que es una palabra bonita, admitámoslo), está en todas partes y es natural. Con el tiempo lo llegamos a convertir en una risita nerviosa, pero eso ya es otra cosa.

En esa historia oculta no se es héroe o heroína, lo que es absurdo y agotador. Se es con una llaneza extraordinaria que tiene un equilibrio admirable. Nada de que: me gustaría ser más diligente o tener los ojos verdes. En esa historia oculta se es todas y cada una de las partecitas que la conforman. No hay señas particulares, rasgos acusados, manías o tics. Otra cosa: en esa historia oculta no hay desenlace porque no hay trama. Esto podría desanimar a muchos. A aquellos que lo primero que le hacen al libro es buscarle los monitos o, ya de perdida, los diálogos. Pues sí. Ni modo. No hay trama y aunque resulte osado decirlo, tiene todas las tramas posibles. No parte ni llega, pero está siempre haciéndose. Por donde quiera que uno la tome. No se repite ni se desvía. Es siempre distinta a sí misma y es únicamente ésa. No podría ser otra.

Es bonita la historia oculta porque es entera y mansa a tal punto que puede contener todas las posibilidades: emoción, suspenso, risa, tragedia...

Es, en realidad, la que quisiéramos darnos en ese afán que llaman "de comunicación". A veces, en las madrugadas muy cerradas, cuando no hay luna llena, se la puede percibir de reojo y es siempre deslumbrante. Singularmente íntegra. Tiene todos los destellos del mundo circundante y, vuelvo otra vez, tiene placer. ¿Quién puede decir que vive en el constante placer? En la historia oculta se percibe a causa de ese alivio que da el saber que las cosas son como son. Qué libertad, entonces; se puede uno dedicar a vivir. Y este asunto de vivir, palabra, no es nada desagradable.

Cerca de la hora de salida, los empleados revolotean en torno a sus tareas con una incontenible euforia. Esto se repite a diario. Quizá lo que les espera allá afuera no sea nada apasionante. Incluso, en muchos casos, será otro trabajo más, otro horario parecido. En todo caso, obligaciones, estudios, actividades que impiden que se dejen estar un rato en sí mismos. Pero aun así, esa euforia eléctrica que se produce poco antes de la salida hace que los muebles, el espacio que hay entre ellos, los objetos sobre los escritorios parezcan entrar asimismo en sus horas de descanso y se estiren desperezándose luego de sus posturas adustas.

Es justo el momento en el que Juan se queda muy quieto ante su escritorio. Por su ventana mira el trajín de los demás, quienes queman los últimos minutos con inusitadas diligencias. Mira como desde un estado de ensoñación; de irrealidad. No con la indiferencia que muestra cuando se encoge de hombros. Se diría que mira con un cierto cariño imposible de entender. Con un cariño a secas.

—¿Y la responsabilidad? —le pregunto machacando hasta el último minuto; señalándole a algún joven oficinista que parece ignorar todo el alboroto en torno suyo y sigue inclinado sobre sus papeles como si ahí estuviera contenido el enigma de su vida. Juan lo observa y sin mayor expresión aparta la vista. En su escritorio hay un orden impecable. Lo hecho; lo por hacer, en una quietud armónica. No existe el tiempo dentro del horario de trabajo. No existe lo terminado; lo urgente. Hay sólo ese proceso de hacer, que se corta al final del día y se retoma al siguiente. Desapasionadamente.

—En mi trabajo comencé siendo (sin adoctrinamiento especial) absolutamente responsable (plazos, calidad de labor, dinero —todo). Insensiblemente me fui adaptando a la realidad y desde hace siglos no me siento responsable de nada en este terreno. Lo que pudiera pasar por responsabilidad no es tal, lo dicta lo que yo considero mi conveniencia.

No es que suene un silbato ni nada parecido. Es el simple mirar de todos sus relojes, y en tropel enfilar por el pasillo. Igual que Juan ahora, que con un lacónico gesto de despedida, se les incorpora y con su paso mesurado, su figura alta y rígida, se aleja por la calle en dirección al metro. Estas conversaciones tampoco tienen linderos ni ritmo. Fluyen en los momentos que fluyen y de igual manera se interrumpen.

—Si hiciera algo que valiese la pena —me había dicho antes—, asumiría todas las responsabilidades del caso; como se trata de una hipótesis, no tiene objeto abundar.

En su infancia, en su juventud, quizá llegó a sentirse emparedado entre el tono de su madre y el de, por ejemplo, el locutor que desde el radio vocalizaba con abundoso acento castizo: TODAVÍA EL GRIS DE LA MADRUGADA NO TENÍA EL BRILLO DEL ACERO, AÚN CONSERVABA LA NOCHE LAS ESQUINAS MÁS NEGRAS DE SU LÍMITE, ERA EL INSTANTE EN QUE LAS NUBES NIEGAN EL ORIGEN DEL COLOR DE ROSA Y LAS FLORES SE IMPACIENTAN CON EL ROCÍO...

En la semipenumbra del callado apartamento, la voz estentórea y salpicante vibra con sonoridad de justicia. El aliento contenido de su madre. Las manos han dejado el tejido inmóvil sobre el regazo, la ausencia a punto de llegar a su fin, del padre, quizá emparedan a Juan en una realidad que todavía no ha entendido por qué se debería tomar en serio.

Afuera las calles estarán repletas de banderas tricolores y fotos del candidato presidencial en turno. ¿Quién quieren que sea? Adolfo López Mateos, si les parece. Su foto se multiplica hasta la saciedad. Anuncia bienaventuranzas igual que los productos comerciales anuncian beneficios indecibles. La realidad toda que repite: se dicta, pero no se cumple. Nadie le dijo a Juan, nadie le explicó nada. Todos pasaron a su lado o se detuvieron junto a él, suponiendo que él sabía. "Se hace uno." "Se hace como si." Aunque te digan no te hagas, "se hace uno".

Por eso Juan leía sus libros como si estuviera cursando su tercer año universitario; leía sin cesar y concentradamente, y sin la menor disposición a rendir cuentas a nadie.

El locutor hispano lo aburría profundamente: ALTA Y PROFUNDA, COMO LOS ÁRBOLES QUE CRECEN A CIELO ABIERTO Y EN

141

TIERRA HONDA, PERO QUE SON TRANSPARENTES COMO SI TUVIESEN
TRONCO Y HOJAS DE CRISTAL, ASÍ DEBE SER LA AMISTAD... Igual
que le aburría la seriedad funcionaril del laboratorio de química, o la seriedad pomposa de los maestros que había visto en
la universidad. Mil veces preferible en todo momento la dili-
gencia eficiente de la miscelánea de abajo, con su proliferación
de productos y sus respectivas publicidades. ¿Le dejo estos car-
tones de publicidad? Póngalos ahí, si quiere. Ahí están bien. Le
daba lo mismo, exactamente lo mismo. A veces el cartón caía
bajo una caja de refrescos de alguna compañía competidora, o el
mismo dueño lo tomaba para anotar una cuenta, y ahí se eter-
nizaba el cartón, bocabajo, ensuciándose con el mil pasar de
manos.

Y eso es bonito, pensaba Juan al pasar por ahí. Sí que es
bonito.

Se portan bien. Nos vemos por la noche. A lo mejor no le gustaba salir, o no le gustaba salir por esas cosas. Ir a dar un pé-
same. Para qué llevo a las niñas, nomás se van a poner tristes.
La verdad era que sucedía muy rara vez que, acabando de comer, en lugar de subir a su recámara para dormir la siesta, se
acicalara y se dispusiera a salir. En estos casos Ezequiel se iba
a buscar un taxi. Todos los choferes la conocían. Esos taxis eran
unos plymouth muy amplios. Se hundía uno en el asiento.

Pero a lo mejor de veras no le gustaba salir ya, a esas alturas.
Luego de una vida de trabajo, de sacar adelante a tanto hijo,
de ayudarlos después con tanta cosa. Ahora que tenía la casa
merecida. El jardín, la terraza, la puesta de sol. Y Acapulco, ya
ves, le decía a la tía Vige, no es lo que era. La tía Vige también
iba en esa ocasión. Chole daba lo mismo. No era figura de
autoridad. Estaba o no estaba. Estaba de buenas o no. Se portan
bien. Obedecen a doña Oti. Mirábamos a doña Oti, y era pura
risa. Pura malicia.

O a lo mejor no salía más porque estábamos nosotras. Éramos
chicas.

Se ponía un perfume como antiguo. Nunca lo he vuelto a encontrar. El olor encajaba bien en sus mejillas ajadas; en su
aspecto de abuelita; en su pelito ralo.

Mi hermana y yo, descalzas, con pantalones cortos, apoyándonos en su tocador mientras ella se ponía colorete en las mejillas, se pintaba los labios con un rojo muy sobrio, muy de señora digna. La mirábamos sintiendo la novedad.

—¿Y podemos ir a nadar? (A la alberca de un vecino, a donde íbamos casi todas las tardes. Con doña Oti. A veces nos llevaba Ezequiel. Nunca solas.) Pero se portan bien y cuando doña Oti diga ya la obedecen. Sonaba el claxon del taxi. El perro ladraba. Los gritos de Ezequiel, el caminar dificultoso de mi abuela. El motor que se alejaba.

Aunque, repito, sucedía pocas veces.

El silencio de cada cual. Doña Oti en la cocina, Ezequiel en el jardín, los cuartos todos vacíos. Me fascinaba entrar en ellos y ver las ausencias. ¿Qué hacía mi hermana en momentos así? A lo mejor hablaba interminablemente con sus muñecas que, ora eran sus hijas, ora sus hermanas, ora sus mamases.

Se portan bien... La frase me resultaba como un portazo de esos que se repiten monótonamente cuando hay viento fuerte hasta que alguien exclama: ¡Pónganle algo a esa puerta que se está azotando! Puerta de mosquitero, ligera, que casi nunca cierra bien. O se hincha por la humedad, o se le oxidan las bisagras, o le falta algún tornillo. Y sin embargo es el sonido que acompaña la infancia, el recuerdo. Pórtense bien. Pórtense bien. Tac, tac, tac, caminaba yo por la terraza vacía de obligaciones, oyendo el silencio, espiando: ¿qué sería portarse mal? ¿Volver a decir en voz alta: ésta no es mi casa?, le preguntaba al mar, tac, tac, tac, y murmuraba en voz muy queda: ésta no es mi casa. Y no pasaba nada. Más fuerte: Ésta No Es Mi Casa. Nada. Más fuerte: ¡ÉSTA NO ES MI CASA! Y surgía la cara de doña Oti abajo, secándose las manos en el delantal, diciendo: Sí, ya al rato nos vamos. Espérenme a que acabe aquí. El corazón me latía como loco. ¿Adónde? ¿Pues qué no querían ir a nadar? ¡Sí, sí, sí!, se interponía la euforia de mi hermana, quien aparecía quién sabe de dónde corriendo como loquita. Ahorita, pues, ayúdame para acabar pronto.

Yo retrocedía un poco, alejándome del barandal, sumergiéndome nuevamente en mi ser invisible que me permitía volar y ser grandiosa y admirada por todos. Tac, tac, tac. ¿Me estaba portando bien? Tenía la impresión de que portarse bien hubiera sido ir a cortar florecitas para ponérselas en el buró a mi abue.

Hacer un pastel en lugar de ir a nadar. Coser mucho y mostrarle: Mira, todo lo que hice ayer. Pero eso definitivamente no. Era justo lo que me daba flojera. Ahora, mal, lo que se dice mal, a todas luces mal: romper algo, salirme de la casa sin permiso, comerme los turrones que guardaban para Navidad, revolverles sus cuartos a mis tíos, tampoco me interesaba porque eran cosas que acarreaban demasiada atención sobre uno. Procuraba, pues, transitar por una fina línea que separaba ambas cosas. Apoyaba la espalda contra la pared, mirando desafiante al mar y repitiendo en voz muy baja: ésta no es mi casa, ésta no es mi casa, tac, tac, tac.

Como haber estado bajo el agua mucho rato, olvidada de todo lo de "acá afuera". Salir, porque no se tiene más remedio. Uno pertenece a esto. Hay que respirar. Volver sin intenciones preconcebidas; sin proyectos claros, sino única y exclusivamente porque no se sabe hacer más que seguir viviendo. Regresar al barullo de lo inmediato con expresión norteada y encontrarse con Juan que implacable ahora él, pregunta: ¿Y la responsabilidad?

En medio de todos los días; en el pasillo de siempre de todas las oficinas del mundo, en esos momentos que existen en todas las oficinas del mundo, cuando el primer café de todas las oficinas del mundo te regala el primer y más delicioso relajamiento. ¿Y la responsabilidad? Pues sí, en eso estábamos, ¿verdad? Eso era lo que intentábamos definir, además de tantas otras cosas, para saber quiénes somos. En dónde estamos.

—Yo no. Tú.

Y en torno nuestro, los ruidos, los movimientos se acomodan en esa minúscula y dura pertenencia que es el trabajo asalariado. Chistoso ver la misma palabra en dos polos opuestos: el final y el comienzo. Porque ahora no hay nada de euforia en estas risas, nada de eléctrico. Ahora este espacio resulta acogedor, pero sin promesas. Un te lo dije ¿ya ves? Yo ya sabía. Tiene uno la impresión de que la gente, todos nosotros, y muy a pesar nuestro, volvemos a recuperar la compostura.

Hay quien lo hace con un triste agradecimiento, pero otros no ocultan su desgano, su ser interrumpidos día a día. Y otros más, muy jóvenes, que creen que la tal compostura es parte de todo, y siguen en la fiesta. Y quienes saben, como el propio Juan, el significado escueto de la palabra "asalariado". Trabajo asalariado. Por eso insiste con sorna:

—Entonces, ¿la responsabilidad?...

Ahí en pleno pasillo, lo confieso, no soy capaz de pensar. Creo que tengo una expresión de horror, no sé. Pido una tregua, un rato, ni siquiera he llegado a mi escritorio.

Es como si me hubieran dejado caer desde muy alto y le hubieran atinado a la silla de chiripa. Qué rollo bárbaro esto de la vida, palabra. ¿Te imaginas? ¿Y encima ser responsable? Ni que uno fuera qué. A Juan lo veo de lejos escuchar igual que siempre las conversaciones matutinas de siempre. Juegos, gestos, luchas desesperadas por matar el aburrimiento de un tiempo que no es suyo (pero que te permite vivir). Sí, claro, sí, pero...

La responsabilidad... bueno. No sé si era la tarea escolar o los calcetines por zurcir. O que ambas cosas eran la cuota para pertenecer. No lo sé. La tarea por lo general se hacía rápido, en un tiempo tan breve que uno quedaba desconcertado ya que inevitablemente despertabas suspicacia: ¿Toda? ¿La hiciste ya toda? Y asegurabas que sí, pero te habían metido la espinita de la duda: ¿Qué más se esperaba de mí? Y luego esa cosa ambigua: Bueno, pues estudia un rato. Hazme el serenado favor. Estudia. Revisaba mis libros, les buscaba algo que nunca encontré. Estudia. Nunca entendí plenamente qué querían decir con eso. Yo llegaría a la escuela al día siguiente. Sería objeto de una suerte de "cacheo", y saldría bien. Qué más.

Lo de los calcetines era más complejo. Era interminable. Era una actitud, ya que calcetines para zurcir había siempre siempre. No se trataba de que zurcieras uno o mil, sino de que *estuvieras* zurciendo. Como un rito. Igual, entonces, que con el estudio o el rezo del rosario. Había que sufrir esas enojosas ceremonias antes de ser dejada en libertad.

Pero la responsabilidad en serio, en serio serio. No nada más cuando te dicen: ahora que tu mamá ha muerto, tú tienes la responsabilidad de tu hermana menor. Ah, ¿yo por qué? Bueno, la tienen ambas, una de la otra. Se tienen que ayudar. No fue difícil y no volví a escuchar la palabra sino mucho después. Escucharla de manera que me fijara en ella, digo, porque todo el mundo la usa todo el tiempo. Que si tú el responsable de esta área; que si el responsable del personal; que si los responsables de la imagen que proyectamos al exterior. Que si la responsable de que esta tarea se lleve a cabo con el mayor rendimiento posible. Lenguaje de formularios. Manera burócrata de poner charreteras y asignar poder. Y tener poder, justamente, significa lo opuesto. Liberarse de responsabilidades, claro. Aunque la verdad es que si lo pienso ahora, lo que vi fue su desdoblamiento, y me pareció natural: los responsables y la responsabilidad. Ésa resultaba no ser nunca de los responsables. Por lo menos, de los responsables del momento. Era siempre de algún ex responsable. Y ahí tiene usted, por eso ya *no* es responsable. Fascinante el habilísimo juego de "en dónde quedó la bolita". Rapidísimo. Agilísimo. Y la vida se le va llenando a uno de responsables.

Porque es que son pocos los momentos en que surge en serio la palabra escueta: responsabilidad. ¿Quién va a responder por esto? Como un enfrenón en seco: ¿De quién es la responsabilidad? ¿Quién era el locuaz responsable que afirmaba tan categóricamente que...? El que aseguraba con profusión de gestos, etcetereando y moviendo vigorosamente las manos, que. El que supo en su momento poner una expresión seria (de responsabilidad) y decir con voz categórica: Faltaba más, ustedes no se preocupen.

Juan dice que cuando comprendió la manera en que funcionaba la realidad, dejó de ser responsable.

Yo nada más le perdí respeto a la palabrita.

Y sin embargo en la realidad de golpe se presenta la necesidad de alguien que tenga sentido de responsabilidad, e igual se siente la inutilidad de tener designados a tantos responsables.

—Te estás haciendo bolas —apunta Juan.

Lo miro, y en el momento de mirarlo, justo en el instante de alzar los ojos para mirarlo, estalla la idea como pompa de jabón y sólo quedan charquitos junto a su leve impaciencia al esperar que yo diga algo claro.

—¿Si alguien te dijera, Juan, que de ahora en adelante serás el responsable de que todos aquí se sienten derechos, no coman con la boca abierta o sean felices, lo que quieras?

—No aceptaría —está de pie, apoyando la espalda contra la

pared. Sabe que sé que estos juegos no tienen caso. Que los practico para ganar tiempo.

—Pero tú sí serías un responsable responsable. Tú sí lo harías bien, Juan. Serías un ejemplo, un islote de probidad, de/

—No aceptaría.

—No pues, Juan, entonces, ¿cómo vamos a cambiar nunca nada?

—No me interesa cambiar nada.

—La corrupción, la irresponsabilidad, el/

—Nada.

Cuando se pone así de inabordable lo odio. Le da igual. Todo le da igual. Nada qué hacer. Dice: las cosas son así, ¿qué puedes hacer? La gente es como es; si no encaja en las organizaciones sociales es por que éstas no son lo suficientemente realistas.

Y se encoge de hombros, se retrae y poco a poco se acomoda en su intocable silencio. Dígase lo que se diga en su presencia. Qué difícil.

Yo digo que hay que dejarnos ir hasta donde las palabras nos lleven. Para ver. Experimentalmente. A lo mejor uno llega a algo nuevo. Pero él no. Sólo quiere cosas concretas. Con las palabras nada.

—Ya te lo dije más de una vez: llegas a cualquier cosa y a su total opuesto. No me interesa.

—Entonces, ¿qué es lo que te interesa, a ver?

—Uh, infinidad de cosas. Todo, prácticamente, el amor, el arte, la ciencia... —se anima.

Reconozcamos que, por desfavorables que hayan podido ser nuestras circunstancias, sí hay una etapa —fines de la adolescencia, inicios de la juventud— en que se vive sabroso. Y sabroso es la palabra. Todo sabe. Los ojos brillan porque las cosas brillan. Por donde quiera que miramos nuestra curiosidad queda prendada. Además, uno cree que así es el mundo. Que así están todos puestos en él. Es uno el que va llegando (tarde, por eso hay que apurarse). Pero además, quizá es el único momento en que se percibe con calma la presencia de los demás. De reojo o de rebote de las cosas en las que uno se está fijando. El único momento, a lo mejor, en el que no se siente competencia. La

147

curiosidad que uno siente es tan fresca y total que no hay tiempo para más.

En eso Juan no era ninguna excepción, faltaba más. Algunas cosas, como la música y la poesía las compartía con sus amigos. Juntos descubrían una sinfonía, una lectura, un poeta, y largamente hablaban sobre ello, no tanto para intercambiar opiniones como para formular en voz alta lo que sentían. Quién sabe unos a otros qué tanto se escuchaban. A lo mejor no había necesidad. Las amistades en esta etapa de la vida son cosa certera, total. El amigo se confunde con uno. Son los compañeros de una carrera de relevos. Pero luego cada cual, de la misma manera que unos tienen el pelo lacio y otros ensortijado, o los ojos café o grises, va dejando salir su especificidad. Su atracción espontánea en una u otra dirección. Atracción y no curiosidad. Como descubrir una prolongación de la manera propia de ser... o algo que le da coherencia. Siempre son lenguajes, forma de expresión.

Y la de Juan era la química.

Si labraba tal especificidad en silencio era porque no encontró con quien compartirla.

—La gente habla de las fuentes de la ciencia, de sus metas últimas, de su inserción en el contexto social, de sus influencias o aplicaciones bonitas o feas, y eso no me interesa.

Se pone inclemente:

—Investigar la sustancia que da color azul a una flor de Mozambique es química pura. Investigar aleaciones, plásticos, medicamentos, venenos para rociarlos en Vietnam, es química aplicada. Resistiendo la tentación fatal de abundar en mil direcciones posibles, me concentraré en un hecho que tiene sus consecuencias: para la química aplicada, en bloque, *no* hay una palabra tan relativamente clara como "medicina" o "ingeniería". Si bien —no carraspea, no titubea, no se distrae— hay cierto número de personas que comprenden bastante que la biología, así a secas, se interesa en los seres vivos, al margen de tantas aplicaciones posibles, a esas mismas personas les suele ser difícil comprender que exista una inmensa, una colosal química pura al margen de los metales industriales, las pastas dentales, las bombas no nucleares, los callicidas, los analgésicos. Sin embargo así es. Alguna rama de la química aplicada tiene

148

nombre sonoro: "metalurgia" y... casi ninguna más. Todo es "química farmacéutica", "química industrial", "ingeniería química", dando una impresión de homogeneidad muy falsa entre el aspecto puro y el aplicado.

Imagínenselo caminando por la calle de Miguel Schultz, muy derecho, muy sin ver a nadie y pensando furioso que aquello que en la universidad pomposamente llamaban Química a secas, no era sino Química Industrial, lo que conllevaba estudiar cosas como Higiene industrial, Materias primas, Análisis clínicos. Furioso y resignado porque, se consolaba, ni en Oxford el aspirante a químico puro se veía del todo exento de bromas de éstas. Es como si para ser botánico tuvieras que estudiar Pediatría, Oftalmología, Cardiología. Todo por uno de esos detalles del lenguaje. Si la química pura hubiese adquirido, por azares del destino, un nombre especial, prestigioso y popular: Megalquímica, por ejemplo, tendría su lugar desde hace décadas en la Facultad de Ciencias.

Por Miguel Schultz, por Serapio Rendón, por Antonio Caso, por la calle que ustedes quieran, viendo sin fijarse crecer la ciudad para arriba. Recibiendo en la cara sin sentirlo la caricaturización de las sonrisas en los anuncios, una estridencia nueva en los colores, un ritmo distinto, insistente, en la música.

Y no era que esas calles fueran testigos de una gran decisión que marcaría su vida. Las calles estaban ahí, cambiando nombre según los caprichos sexenales, recibiendo o expulsando estatuas, dejándose crecer edificios y perdiendo árboles, y Juan las caminaba sin otra conciencia que la de seguir leyendo por su cuenta.

—Un número sacado al azar de la revista más prestigiada de química pura en el mundo. Vamos a ver cuántos artículos trae que no incluyan experimentación. Total de artículos: 64; teóricos, 3 (y los tres son de fisicoquímica, claro). Salvo la física, gracias a su adelanto y lenguaje matemático que se prestan a fecundo cultivo de la teoría, la ciencia es experimental (u observacional) en mayor o menor grado. En mi terreno precisamente delimitado, la química orgánica pura, los contados artículos teóricos —eso sí, a menudo sublimes— que tuve que leer en mi vida eran obra de investigadores experimentales, siempre, quienes entre su incesante trabajo de laboratorio y su incesante lectura (ésta es ineludible) del trabajo, también experimental, de otros

149

alcanzaban una generalización suculenta que en ocasiones les ganaba un premio Nobel. No algo que se dé en maceta pues: dedicación total al asunto, recursos bibliográficos ilimitados, inmensa práctica previa de laboratorio y —una chispa de genio.

Por su cuenta leía, y todo lo que pudiera, ya que el mundo se iba abriendo, iluminando lejos de esas aulas universitarias tan magras. ¿Hablar de eso con quién y para qué? De cualquier otra cosa, sí, pero de eso no había siquiera necesidad, y a lo mejor ni tiempo.

Porque no es este asunto de que nuestra vida es fugaz y se pasa como un suspiro. Lo hemos escuchado y lo hemos dicho tantas veces casi sin darnos cuenta. O aquello de que no somos nada. También. Digo, no es nada más el espinoso asunto del tiempo que se nos va y se nos va y se nos va. En medio de esa conciencia y de la otra, la que nos hace sentirnos únicos e inmortales, hay una como vaga sospecha de inutilidad. Apenas un rozoncito de sospecha. Una nadita. Cuando a los adultos se les descubre la indiferencia, por ejemplo; siempre por accidente. ¿Es cuando están cansados? ¿Cuando necesitan recuperarse un rato del tinglado social en el que están metidos hasta el cuello? Cuando están confusos, a lo mejor, y necesitan un espacio, un momento para entender lo que está pasando. Los pobres adultos, tan dedicados a hacer su vida y viene el destino y de un plumazo se las deshace. Los pobres adultos, palabra, que tienen que vivir como si de veras ellos decidieran cosas. Para un niño es siempre muy impresionante descubrirles la vulnerabilidad. (Lo oyes en la cocina, por ejemplo, quejándose con un tono que no utiliza jamás en tu presencia. Un tono que no sabías que existía y que te produce escalofríos. Un tono que no estaba destinado a que lo escucharas tú. No todavía, cuando menos. Luego descubres que se llama dolor y que hay mil cosas que lo producen. Es cuando se te estremece el mundo enterito y te queda ya para siempre esa sospecha que vas a tratar de olvidar.)

Es, tal vez, una primera pérdida de inocencia: descubrir que los adultos son iguales que tú, qué feo se siente, porque entonces quién te cuida, quién te dice lo que hay que hacer, quién te asegura que lo que te piden es justo. Una sospechita, insisto, que ya se viene contigo para siempre, por más que le metas ruido y más ruido para que se te olvide. Más o menos lo logras, aunque lo enloquecedor es no saber nunca en qué momento la vas a sentir otra vez. Puede ser en pleno recreo, en plena carrera, o mordida de torta (o rebanada de jícama con chile piquín y limón, eso es muy de recreo). O en medio de una regañada grave, o, lo peor, de golpe en la noche, cuando todos ya están durmiendo, está todo oscuro y sólo se oye el viento, las cigarras, el ronquido de la abuela. A tus tíos los has oído llegar. Uno primero, otro bastante más tarde. No sabías que estabas despierta, o no lo estabas, te despertaste cada vez, pero ahora ya sabes, incluso te has sentado en la cama y escuchas, espías. Los coches guardados, el perro dormido. La noche parece que empujara lenta, lentamente en busca de esa grietita por donde entrará la luz. Cada cual en su cama, en su cuarto, hasta los pajaritos de la tía Vige, con sus jaulas cubiertas. Ahora recuerdas el mundo en, por ejemplo, el recreo de ayer. Cómo los de secundaria se sentaban bajo el enorme laurel del centro del patio, muchachas y muchachos hablando quietos con muchas sonrisas. Más allá, al fondo, algunas maestras se apoyan en la ventana platicando. El director cruza de una parte del edificio a la otra. Uno de los choferes de los camiones entra con una caja repleta de rollos de papel del baño. Miles de niños corren en todas direcciones y hay gritos y risitas en el aire. Lo recuerdas como si estuviera sucediendo y no fueras una de las niñas que corren, sino que estuvieras en tu cama, como ahorita, flotando encima; viendo. ¿Sabes como qué? Como esos libros que al abrirlos muestran una escena de papel que se levanta y queda como un teatrito. Todo de pie, cada cual en su sitio. Cuando cierras el libro las figuras y los objetos se doblan sobre sí mismos calladitos y se guardan. Igual ahora: cierras los ojos y todo se guarda, el recreo, las respiraciones de los que duermen y sólo tu corazón late como loco.

Pero como en todo, en toditito, había momentos de solaz. Solaz, palabra bocanada, abierta y cálida. Solaz. No todo habría de ser búsqueda, sopesamiento, juicio y selección. Pese a eso uno va viviendo. Los jueves suceden a los miércoles y los viernes a los jueves. El adolescente paulatinamente se va incorporando a una vida social que refuerza su personalidad, su imagen, sus maneras de ser. De aquello que apenas unos años antes parecía una mancha amorfa e inabordable; aquello, que con los amigos a la salida de la escuela merodeaban sin atreverse a acercarse, Juan ya podía hablar con algo de conocimiento. Fiestecitas de muchachas y muchachos no. Ni habría sabido qué hacer; no las disfrutaría, estaba seguro. Nada tan inaguantable como los jóvenes siendo jóvenes. Llegaba a ir cuando andaba metido en la persecución de alguna muchacha de largas piernas. Igual que a los picnics: llegar y ponerse a esperar pacientemente a que ella distinguiera su presencia. Cómo no, incluso bailaba uno que otro mambo. Con tal de que ella... Pero no, sus momentos sociales no eran de esa índole. Eran, podría decirse, más serios; más intelectualoides. Más, cómo se podrían definir, ¿sobrios? Maestros, poetas, artistas. Una suerte de salón al estilo europeo. Los organizaba una española, profesora universitaria, mujer independiente, libre, inteligente y generosa. A él le había dado clases de historia en la prepa. Había seguido con interés sus estudios. Había comprendido sin mayores explicaciones su huida de la universidad. No preguntaba en exceso. Le daba gusto que Juan llegara a las reuniones.

Eran curiosas esas reuniones, siempre con gente diferente, pero idénticas en atmósfera. Una como disposición abierta de todos para conocerse, para intercambiar opiniones, para estar de acuerdo con algo que parecía flotar en el ambiente: la situación política nacional e internacional. Aunque directamente no se hablara de eso. Juan habría salido huyendo sin titubeos. Eso de "la situación mundial" le erizaba el cuero cabelludo tanto como "la humanidad" o "el Hombre".

Quizá por lo que regresaba semana a semana era por un cierto pudor; un recato que todos parecían compartir —al menos en esa casa, en esas reuniones, ya que Juan se daba cuenta de que a veces asistía algún líder político izquierdista, algún sacerdote progresista, algún anarquista español, y no se hablaba excesivamente de eso.

Recato. Un consenso de que ahí, durante la reunión, no era necesario aterrizar en la vehemencia. Todos sabían. Estaban de acuerdo todos. Se trataba de ponerse juntos un rato a la semana, nada más. Sin otra pretensión que apreciarse un poco.

Justamente por eso a Juan le gustaban esas reuniones: no eran

152

trascendentales y tenían algo de inteligente con naturalidad, casi con descuido. Y no, le había respondido seco a su padre, no eran de refugiados españoles. Su madre había quedado atónita, no tanto por la sequedad de Juan, como por el hecho de que Juan no buscara la compañía de los refugiados españoles. Los intelectuales, vamos. La gente como uno. Y afortunadamente no había abundado en esa dirección al ver el mutismo en el que se sumían padre e hijo.

Y Juan no fue más explícito ni su padre más curioso. La madre con el tiempo olvidó. Para ella cada salida nocturna de Juan era lo mismo: el peligro de la disolución. Aparte del riesgo de los asaltos. Por supuesto que no se dormía hasta que él llegaba.

Cuando todos estaban ahí, como olvidados de sí mismos, haciendo cada cual lo suyo, Ezequiel cerrando las puertas de las terrazas, doña Oti friendo los sopes para la merienda, mi abue en su cuarto peinándose para bajar. Quizá alguno de los tíos ya estuviera abajo oyendo discos, tranquilo porque esa noche no pensaba salir. No estaría en pijama, no, pero sí con una "ropa cómoda". Dos jóvenes grandotes que habían estudiado en el D.F., y que al terminar se habían regresado a Acapulco, a vivir en la casa materna. Ahí comían y cenaban a diario. Luego cada uno a su vida. A veces traían sus novias a la casa a comer; hacían fiestas, eso.

Mi hermana se estaría acabando de bañar y de poner la pijama. La tía Vige y Chole estarían sentadas a la puerta de sus cuartos, contemplando la noche, escuchando el mar.

Quizá sentada en algún ángulo que quedara a oscuras de la escalera, yo estaría viendo el comedor, oyendo la música y los ruidos de la casa un tanto sorprendida. Distraída un rato de mi eterna espera. El Moro daría coletazos contra el mosaico para espantar las palomillas. Se levantaba a veces con una pereza infinita, hacía dos o tres giros sobre un mismo punto, y se echaba idéntico.

No lo sabía, pero aquello era un hogar, el único que tenía. Un tinglado de lazos afectivos, de reglas, de pequeños gozos en el cual estaba inserta. Un mundo conocido al revés y al derecho, que me permitía saber quién era yo.

No era nada, por supuesto. Ni especialmente lista, ni dotada para nada en particular, y sin embargo tenía esa identidad chiquita y segura que dan las familias: yo era yo. Y soñaba con ser algo magnífico que a todos hiciera enmudecer de asombro. Que los hiciera observarme con atención intrigada. Que los hiciera sentirse orgullosos de mí. Que los impulsara, en suma, a quererme.

Los que compartían todo, los que ayudaban y daban ánimos, los que permitían imaginar, los amigos, eran siempre dos. No los mismos, pero invariablemente dos, como si con el trío se produjera algún equilibrio misterioso. Y podía haber un par por un lado; otro por otro, pero lo que resultó siempre imposible fue hacerlos intercambiables. Estos pares eran como barrios, como zonas, por donde Juan transitaba sin mayor efusividad. El par de la música y las lecturas y el par de la revista para la que había empezado a trabajar (habiéndose terminado la revisión de galeras del libro de química). La revista era de música, pero el par de la revista hablaba del trabajo, no de música. El par de la prepa, por ejemplo, ya se había desbandado. Los años escolares comenzaban a quedar lejos. Esa sensación de comienzo, de buscar el momento de entrarle, tan clara de repente, se había perdido sin saber ni cómo. De golpe uno ya era un peatón, un empleado, un suscriptor de una revista, un asiduo visitante de la biblioteca, un joven alto y delgado que la gente miraba pasar con la impresión de que: un joven con libros, un intelectual, un ratón de biblioteca, un serio, un indiferente a Elvis, a los desenlaces en la sierra cubana, a los avatares de la situación mundial, muy probablemente porque Juan avanzaba por el mundo con aire de concentrada distracción hacia lo que le quedaba a los lados. Avanzaba siguiendo a su nariz y a sus ideas; escuchando a Debussy con el fondo de su conciencia, mientras que con la parte superior seguía curioso el descubrimiento del antineutrón, tema tratado profusamente en las últimas revistas leídas.

Lo que en realidad no impedía que por debajo de sus anteojos, de su expresión hermética y su postura rígida, descubriera una cintura fina, unas piernas largas, una piel recia y morena que lo hacía estallar de gozo.

Así, en tales circunstancias y con semejantes características hizo un primer viaje fuera de la ciudad de México en compañía de uno de los pares y pese a la aprensión de su madre.

Se irían de la estación de Buenavista, muy probablemente, y por la noche, ya que era viajecito de fin de semana. Un sitio como Pátzcuaro es por demás factible desde siempre, con su Casa de Once Patios, su Janitzio enfrente, sus Estribos grande y chico para contemplar el lago, sus añales de historia. Los tres muchachos intensos y deliberadamente taciturnos, ya que cualquier cosa menos el explayamiento ruidoso. Cada uno con su comprensión del mundo firmemente enarbolada en la conciencia y esa maravillosa libertad, independencia, que cada cual estrenaba.

La intimidad del tren con sus distantes sonidos domésticos. La soledad tan dulcemente acompañada por la campanilla del pórter anunciando la cena; el traqueteo en la vía, los pasos susurrantes. Y la increíble euforia de salirse un rato de lo conocido, que le permite a uno sentirse tan completo, tan uno.

No veo por qué no haya podido haber sido uno de los momentos de felicidad más completa para Juan. Leer y ver el mundo circundante al mismo tiempo. Luego acostarse cada cual en su litera, luego, digo, de haber hablado incansablemente, brillantemente de todo. ¿De qué se quedará uno sin hablar en tales ocasiones?

Los ojos muy abiertos, la respiración muy acompasada, sintiendo cómo la distancia entre lo que uno era y lo que es crece desmesuradamente.

Deliciosos, la verdad, esos primeros viajes, o esos viajes a veces, en los que uno se lleva enterito. Juan no precisaba: Pátzcuaro. Días de descanso. Alejamiento. No abundaba. Se dejaba estar igual que lo hubiera hecho con la lectura de algún libro.

Por eso a la llegada, en el andén de la estación de Pátzcuaro, a cielo abierto, bajo los viejos árboles, rodeados por rebozos y camisas de manta, por caras indígenas, por burros, mecapaleros y perros hambrientos, resultaban como recién desembarcados de Marte. Ahí sí, silenciosos, caminaban los tres por la calzada que lleva al centro, con su escaso equipaje de mano. Nótese que las mochilas, los tenis, los blue jeans no estaban aún de moda. Que el plástico, las marcas, las camisas vaqueras, no proliferaban como ahora. De manera que hasta visualmente resultaban bien distintos, aunque la gente de Pátzcuaro ha visto desde siempre tanto turista, que tres más no debe haber significado nada.

El color por la mañana en Pátzcuaro es sólo idéntico al color de la tarde: húmedo y adentrado. Recogido en una quietud intrigante. Las callecitas se encaraman por las colinas y se quiebran en mil direcciones; las fachadas parecen siempre cerradas por la oración o, en todo caso, por una suerte de rendimiento de cuentas —quizá no se trate más que del patrón con el caporal— mientras la iglesia con sus campanadas va dictando la textura del día.

Curiosa la manera en que se ve a lo español y a lo indígena coexistir, entreverarse visualmente, pero jamás mezclarse. Y quizá sea uno de los sitios en donde más se siente que no son dos mundos tan diferentes. Pueblo español, pueblo indio. Mientras se esté lejos de la capital...

¿Qué veían esos tres muchachos curiosos y serios? Muy probablemente apenas la espalda de la vida de Pátzcuaro. Una forma huidiza y tímida que a Juan, al menos, es en quien me fijo, cautivó de inmediato. Una forma como de muchacha dulce, que quiere pasar desapercibida. Que difícilmente alza la vista. Que oculta su contento que sólo sale cuando se encuentra a solas.

Así los visillos de las ventanas cuando uno posaba los ojos en ellas. Así las esquinas de las calles, así el movimiento del mercado, en donde hambrientos decidieron detenerse.

Se sentaron en una banca entumidos por el friecito de la mañana. Del comal les llegó el vaho de calor. Café. Unos tacos, y por un momento se dejaron estar ante las manos rojizas de la mujer que volteaba las tortillas. Se dejaron estar sin ver, sabiéndose parte y sintiendo que habían llegado.

"Acapulquito", dice la gente a veces, entornando los ojos. Y se rascan la panza. Una manera de decir la despreocupación, la juerga. Distinto a decir: me voy de vacaciones. Y no es decir: me voy al mar. "Acapulquito", y más con el diminutivo, salpica borrachera y sexo —con gringas, naturalmente. Significa un toquecito de corrupción para alguien a quien ésta no le es habitual, por lo que sí resulta permisible un rato. Claro que no

156

está bien; que no es para familias, como algunos salones de baile y restoranes. Que no es cosa de platicar en detalle cómo le fue a uno. Nada más jactarse: "Acapulquito."

En todo caso a nosotras, en la época de vacacionistas, nos dejaban salir aún menos. Hay mucho turista, nos decían, de la misma manera en que se advierte: "hay mucho mosco".

Eran esas cosas dobles y ambiguas, ya que los primos de México eran turistas, ¿o no? No, caía la respuesta de inmediato. Son parientes. Vienen a visitarnos. También ellos han nacido aquí.

Y pese a que prácticamente toda la familia vivía del comercio o del turismo, y en temporada se producía una alteración de la vida doméstica "porque ahorita hay trabajo", los turistas, en principio, eran deshonrosos. ¿Qué veía yo aparte de las parejitas que a veces fajaban a la puerta del hotel de enfrente?

A eso de las once de la mañana: ¿Podemos ir a nadar? ¿Adónde? Al Club de Pesca. Variantes: a casa de los tal, al Club de esquíes, a Playa Honda. Un grupo de primos solos hasta ahí. Para mayores distancias se necesitaba algún tío visitante con coche. Por eso: al Club de Pesca. Ahorita hay mucho turista. No importa, nos regresamos temprano. Ya saben que no me gusta/ Ándale, un ratito nada más. Pero si ayer se pasaron toda la tarde en Hornos. Es que no es lo mismo, ándale. Todos, una prima de Acapulco, dos de México, nosotras: Abue, ándale.

Triunfo. Nos íbamos por los caminos conquistados con el tiempo. Esas veredas que hace la gente en el monte y que te llevan al camino principal ya casi para llegar a la avenida. Por esos caminos casi siempre se ven las espaldas de las casas, que es como verlas desvistiéndose. Caminos de jardineros, de lavanderas y veladores. La primera parada, una miscelánea. Refrescos. Luego la avenida con el tráfico. Un rato de caminar por este lado de la avenida, por aquel, por donde asoman los árboles de mangos y siempre se pueden cortar algunos, y después, la barda del Club de Pesca. Larga, con unas letrotas enormes, hasta llegar a la entrada. Compostura. No hay que parecer demasiado salvajes. La cosa es que te confunden todo el tiempo con niños del pueblo y no te dejan entrar. A veces se necesitaba una llamada previa: Van a ir mis sobrinos a nadar. Allá van mis nietos, déles permiso de nadar. Ante la administración, un tanto aturullados. Musiquita, gente que va y viene. ¿Podemos nadar? Pásenle. Sin más cuando no había problemas. A veces: No, niños, hoy no, hay mucha gente en el hotel.

Entramos. En torno a la alberca, sillas, parasoles, toallas de vivos colores. Pieles color durazno, barrigas cubiertas de vello rubio; anteojos oscuros, sombreros que cubren la mitad de la cara. Nadie nos pela. El gran enemigo siempre es el salvavidas.

Nos poníamos casi siempre del lado de los trampolines. Las toallas hechas un montoncito; los huaraches. Y rápido el primer clavado, bajar hasta el fondo, tocarlo y subir a la superficie de un empujón. Qué familiares las caras mojadas de todos. Las gotas en las pestañas, los ojos enrojecidos. Luego luego los juegos, las competencias. Supongo que hacíamos ruido, que salpicábamos, que molestábamos. Quien estaba leyendo el *Time* bajaba la revista y nos miraba. Quien dormitaba, se incorporaba un tanto y nos miraba. Quien se untaba aceite, se quedaba con el frasco abierto en una mano y nos miraba.

Nosotros nos lucíamos: clavados, carreras, risas.

Pero al cabo de un rato éramos parte de esa mañana y ese sol. De esa indolencia y ese esfuerzo por aguantar otro rato más porque el color todavía no había sazonado lo suficiente. Ellos, que al principio nos habían parecido puestos ahí por mientras, también comenzaban a arraigar. Del grupo aquel, las risas se hacían más sonoras. Y la pareja aquella, que cada tanto se metía al agua con sumo cuidado. O la mujer del *Time*, que lo tomaba, lo dejaba, lo volvía a tomar.

El desfile de meseros era incesante y a nuestros ojos mágico. Los colores de las bebidas, las limonadas heladas, los platos de fruta. Cómo brillaba todo. Igual que las cabelleras rubias, que las camisetas y los trajes de baño. De ellos. Lo nuestro era demasiado conocido y por eso resultaba un tanto opaco. Por más que a mediodía nos esperara una mesa alegre y repleta de sabores, de tonalidades y formas, los veíamos sorber sus bebidas con envidia. Ser turista era eso. ¿Qué exactamente? No el lujo, pues no sabíamos de esas cosas salvo en nuestra medida, comparando los útiles escolares, por ejemplo. Y tampoco la indolencia, cómo íbamos a saber. No, era otra cosa.

En esas mañanas a veces se producían momentos estáticos. Momentos en los que nadie salvo nosotros ocupábamos la alberca. Con la inconsciencia propia de los niños ocupábamos más y más

espacio. Y también gritábamos más. Ellos, asimismo inconscientemente, quizá, se iban replegando y haciendo sentir su disgusto.
Algunos, a estas alturas, ya daban la espalda a la alberca. No
que nosotros estuviéramos pendientes. Se nos olvidaban. Pero
sé que algo se había electrificado en la atmósfera. Algo de lo
que nunca se habló entre nosotros. De todas maneras, ¿qué eran?
¿Por qué al llegar a la casa uno los recordaba con tanta claridad
y envidia? Allá en la alberca éramos claramente "ellos" y "nosotros". En la casa dejaba de haber divisiones. Nada más existía
el obedecer y el no obedecer. Era, repito, cuando hasta una rebanada de sandía se volvía opaca. Y cuando mi abuela volvía a:
"Hay demasiados turistas", a mí me invadía una curiosidad
malsana.

Veía llegar a mis tíos agotados. Uf, cuánto trabajo. Oía decir que el tráfico estaba imposible. Que los de Sitio cobraban
lo que querían. Óigame, contaba la vía Vige que le había dicho
a uno, pero si estoy cansada de tomar aquí el libre para que
me lleve a la calle del Patal. ¿Por qué de pronto me quiere
cobrar el doble? ¿Qué no me conoce? No, sí, señorita, claro, pero
es que es temporada. ¿Y a nosotros los de aquí qué? ¿Estamos de
vacaciones, nos volvimos ricos de la noche a la mañana o qué?
No, sí, señorita, pero es que ya ve cómo aumenta el trabajo.
Pues gracias habían de darle a Dios, en lugar de estar robándole
a la gente. A los gringos cóbrenles lo que quieran, para eso vienen, pero a nosotros. A ver, traiga acá ese billete que le di.
Y así, chiquita, refunfuñona y mal encarada, le daba la cuota
exacta y a poco no le daba también un coscorrón. Ni parecen
cristianos ustedes, caramba. Y el chofer, aturdido, se disculpaba
y murmuraba quién sabe qué cosas.

Pero a mí se me iba formando un odio hacia los turistas y
otro hacia los que preparaban cosas para los turistas. Y una
envidia. ¿Qué quería decir turista, entonces? ¿Tener dinero?
¿Ser rubio? ¿No hablar español?

Ese sonido ríspido del inglés, como arañita.

No sólo en la escuela nos daban clases de inglés, sino que la
escuela misma era medio gringa. Había profesoras norteamericanas, pero era tan evidente que no eran turistas, que hasta las
despreciábamos un poquito. Hablaban un español blandengue e

incómodo. Llegaban a la misma hora que los demás profesores. Hasta se confundían con ellos.

Había también los gringos que cada familia había incorporado a sus relaciones sociales y que lucían como trofeos. Gringos de esos que se vienen a vivir al país. Unos mejores y otros peores, evidentemente, pero una cosa tenían en común: ninguno hablaba bien el español. No tenían necesidad. Los acapulqueños se precipitaban al inglés igual que siglos antes los españoles al oro.

Me caían bien los tíos que no tenían nada que ver con el turismo. Que tenían oficinas llenas de papeles y planos o consultorios médicos. Me parecían más recios e inteligentes. Como sabios a punto de descubrir algo que los haría famosos. Claro que eran los feos, o cuando menos los común y corrientes. Los que sí engordaban y se ponían ropa y zapatos tradicionales. Los otros tenían siempre un aire más joven y colorido y eran más rientes. Venían o iban a fiestas. Andaban en yates y hacían comidas salpicadas de sabores dulces.

Y todos llegaban a casa de mi abuela, menos los turistas.

Hubiera tenido que conocer uno de cerca, que me hablara y verlo hablar en mi mundo para saber quiénes eran. Para desentrañar esa cosa rara que me inspiraban.

Pero no, cualquier día sucedía que los tíos llegaban más temprano a la casa que de costumbre, y que en el curso de la merienda se oyera decir: Uf, qué bueno que ya se acabó la temporada. Están vacíos los hoteles. No se paró nadie en la tienda hoy. Los primos regresaban a México, nosotros a la escuela, el tráfico a su ritmo normal. Lentamente los grandes acontecimientos volvían a ser dictados por la Iglesia, por las fiestas patrias. Y entonces a lo mejor yo pensaba: ser turista es poder irse

"Quiero contar mi historia", decía la canción de Leonard Cohen. Tal vez personificando a un soldado de tantos que se había cansado de ser un número, un uniforme más. Y en la gimoteadora voz de Leonard Cohen decía: "Quiero contar mi historia", y era tal su soledad, su necesidad de atención, de saberse específico, que me convenció. A todos nos ha pasado lo mismo: vivir, amar, sufrir, perder. Lo mismo. Pero cada cual tiene su necesidad de ponerlo en palabras; de formularlo; de organizarlo de manera tal que quede un diseño propio. Una historia que sea un reflejo auténtico, una fotografía de eso que uno siente que es uno. Las palabras, el trazo que va delineando el perfil del existir propio; la manera particular en que se yergue la nariz sobre el rostro, o se distienden los labios en una mueca. Esa extraordinaria individualidad de cada cual. Ese increíble azar que hace de cada uno una alquimia indiferente.

Contarla de golpe o a pedacitos para irla armando de manera que se llegue a entender. Cada libro un acercamiento, un ángulo, una manera de decirla incluso. Cada intento una vuelta más a la tuerca. Cada vez una pequeña muerte que nos acerca a la gran y definitiva y total muerte para siempre.

Una novela, decimos. Estoy escribiendo una novela en la que un país se cuartea, se derrumba y se sume en la crisis. Una novela que quisiera hacer oír lo que quedó bajo los escombros. Pero ¿una novela en un país en el que nadie lee? ¿En el que la gran mayoría no puede comprar un libro? ¿Una novela en un país en donde la gente no tiene voz ni voto? ¿Ni tiempo ni espacio porque debe estarse ganando la vida? ¿Por qué una novela? ¿Por qué no una revolución o una fuente de trabajo? ¿Un alojamiento, cuando menos?

¿Un libro? ¿Y sin monitos? Ah, bendita clase media tan irreal, tan colonizada. Tan bien informada de lo que pasa en el mundo. Tan deseosa de ser universal. De pertenecer a ese mundo que se ha conocido en los libros y, con suerte, en uno de esos viajes relampagueantes que visitan diecisiete ciudades en una semana. Qué bien sabe inyectar una inflexión especialísima en la voz cuando habla de Europa. Qué manera elegantita de pronunciar de pasada un nombre en inglés. Qué forma de vestir, de adornar su casa, de ver su realidad circundante y de constituir una nacionalidad.

Admirable, la clase media mexicana. No creo, de veras, que haya nada igual en el mundo. Ahora resulta que quiere escribir novelas. ¿No te digo? Es la maldición del criollismo, seguro. Esos europeos sin patria que se quieren inventar una. Esos híbridos que quieren disfrazarse para olvidar algo; esos jóvenes que abrazan protestas ajenas. ¿No te digo? Dales un cacho de tierra y se tomarán todas las tradiciones del mundo. ¿No hasta cubren los pinos de una supuesta nieve en Navidad? Si en México hubiera nieve de verdad se darían cuenta de que no es ningún chiste, pero sueñan, como niños embobados con imágenes que han visto en libros. Con tanto empeño, eso sí, que hasta dan lástima.

Magnífica clase media, tan irreal, tan colonizada, ahora en crisis.

Y a lo mejor por eso. Porque por primera vez esa pobreza ancestral del país nos toca, nos llega, nos cambia, a lo mejor por eso. Te suben la renta al triple y te das cuenta de que no puedes. O sí puedes, "fingiendo". Te descubres viviendo para pagar la renta, clase media, y te descubres pobre, como esos a los que siempre has odiado: pobres. Peor: te descubres trabajando sin cesar y sabiendo que no sirve de nada; ni construyes un país que sea tu apoyo, ni conquistas una comodidad.

Por un lado están quienes conforman la "mexicanidad", los burócratas al servicio del Estado. Los que saben los tejes y manejes para obtener casas, viajes y vacaciones. Esos que en teoría tendrían que servirte a ti, ciudadano. Y por el otro están los pobres. Los que manotean por todos lados tratando de vivir.

Clase media, a ti te han engañado por incauta y te lo mereces. Por colonizada. Por querer vivir en una idea de país y no en un país.

Volvamos por un momento a la escuetez. Ah, pocas pero certeras palabras. Las palabras esquivas pero contundentes. Los comportamientos íntegros. Volvamos a la escuetez como si estuviéramos en guerra. Sobre todo cuando nos damos cuenta, con desánimo, que nos han engañado. Todos.

Pobrecitos seres humanos. De veras. Cuán fáciles presas de la ilusión. Dan ganas de llorar y si no lo hace uno es por rabia.

La escuetez, por lo tanto, es una amarga lección que nos enfría las lágrimas. La escuetez —que Juan abrazó desde temprano— nos la debemos. Sería irresponsable no entenderlo así. Tumbar los pronombres personales. Podarlos sin miramientos. Practicar una belleza discreta, sobria, mesurada. Dejar suavemente el enamoramiento con uno mismo.

Aparte de las amistades que se hacían en la escuela, había otras, medio accidentales que a uno le crecían sorpresivamente al lado, casi como parte de uno. Amistades que se volvían casi parentesco. Se confundían con los primos, pero con una diferencia fundamental: eran escogidas. El acercamiento había sido paulatino y sin planear, aunque todo había salido muy bien. Mi abuelita le decía cada vez a Ingrid: saludos a tu mamá. Ella, muy correcta, contestaba: ella también la mandó saludar, señora. Y todos sentíamos que qué bien.

Aunque a decir verdad, fue por la escuela que nos conocimos. Esperábamos el camión anaranjado en la misma esquina. Ahí empezamos, parapetados detrás de las mochilas, protegiéndonos con nuestros respectivos hermanos. Ellos eran tres. Nosotros dos, pero con la ventaja de haber llegado al colegio varios años antes. Ser nuevo en una escuela tiene algo de mancillante. De ellos, dos eran rubios. Ingrid no, y además tenía una narizota, pero era firme, insólitamente firme. Rebeldosa. Y sus hermanos, güeritos, la querían. Un niño como de la edad de mi hermana y una niña más chiquita.

Nos miramos desafiantes la primera vez. Mi hermana y yo creíamos que eran gringos de pasada. Cuando los vimos subir al camión, cuando vi a Ingrid en mi salón de clase y luego supe que el niño estaba con mi hermana, la cosa empezó a cambiar.

No era justo. La escuela estaba repleta de primos míos. Todos los maestros conocían a mi abuelita. La familia de Ingrid recién se instalaba en Acapulco. Mitad fuereños (por el lado materno eran de Puebla), mitad extranjeros (el papá era gringo).

No conocía a nadie. Eso me resultó interesantísimo. Lo único que podía darle a cambio que se comparara era mi orfandad. La frase: mi mamá se murió. Y así quedaron unidas nuestras soledades. A mí me saludaban los primos en el camión de la escuela; ellos tenían mamá, pero ahora yo tenía una amiga. Una amiga mía, y mi hermana iba sentada con el hermano de mi amiga (de las muñecas pasó a los novios sin pestañear siquiera). Además cuidaban a la chiquita que, por cierto, nunca dejé de asociar con un muñeco de peluche.

Cuando recién los conocimos vivían al pie de la cuesta, esa que mi hermana y yo teníamos que subir a diario, fuera por la avenida o por los atajos. Muy al principio fue eso. Vivían en una de esas casas que abundan en Acapulco con aire tropicalón, mucho mosaico y paredes gruesas. Casa vieja y amplia, con patio de tierra repleto de árboles frutales. Nada que ver con la arquitectura moderna que se comenzaba a perfilar en esos años y de la que la casa de mi abuela era una muestra sobria. La casa de Ingrid correspondía al apelativo de "Quinta". Tenía tanque para nadar. Literalmente. De esos que luego se llamaron albercas y fueron distintos, agringados. Pero era tanque. Creo que el fondo era de cemento. Angustiaba un poco meterse al agua. No que estuviera sucia, pero como que pertenecía a un orden de cosas antiguas, un tanto desconocidas. Los árboles se trenzaban sobre ella. De las ramas, de las ventanas, de la casa había magníficas oportunidades para echarse al agua.

De todas maneras no duró mucho porque pronto se mudaron de ahí a una casa que quedaba más arriba de la cuesta que la nuestra.

Eso de que el papá fuera gringo tenía todo el asunto de algo especial. Le daba a la casa una estructura especial, distinta, aunque muy imperceptible. Quizá lo que pesaba más para que en la casa de Ingrid todo fuera distinto a las casas que yo conocía era el hecho de que su mamá era de Puebla. Puebla, Guadalajara, Querétaro no significaban nada para mí en esa época. Nada nada, salvo colores en el juego del Turista. Pero a casa de Ingrid llegaron familiares de visita. Y la manera en que se apretujaban unos contra otros, como queriendo protegerse del sol, y lo sonrosado de sus mejillas, y su timidez, su azoro pese a ser gente grande. No tenían nada que ver con la gente del D.F. Yo veía a Ingrid y ni parecían sus tíos, sino gente venida de muy lejos.

Por eso Ingrid y sus hermanos eran nuestros amigos más cercanos, pero fuera de las casas. En la calle, en esa subida llamada entonces Gran Vía Tropical por la que avanzábamos con mil distracciones. En los recreos, en el camión del colegio o en las tardes que pedíamos permiso para jugar en la avenida o bajar a la playita que quedaba frente a la casa de mi abuela. O para ir al cine. Los cinco siempre andábamos. Entrábamos a una casa o a otra. En la nuestra siempre había que pasar por delante de mi abuela, más o menos decirle en qué estábamos, pedirle permiso para tomar tal o cual cosa de la cocina. En la de Ingrid el papá no estaba casi nunca y la mamá estaba en sus cosas, que no eran como las de mi abuela, no. La mamá era una mujer joven. A veces se estaba arreglando para ir a algún lado, y la encontrábamos llena de crema; entraba, salía, era una presencia de otra manera y la casa se sentía sola, distinta.

Se puede decir que Ingrid fue mi primera relación social. Hasta ese momento todo había sido familia. O sea, mi primer encuentro con el mundo. Con esa cosa ancha y ajena que es el mundo. Estábamos siempre juntas; teníamos cada cual otras amigas, pero definitivamente éramos primero ella y yo. Esa eterna comparación que se establece. Esa perpetua verificación. La primera y más angustiante, definitivamente, era la casa. Se traducía en una cosa: ella tenía mamá. La segunda, no angustiante, pero que sí me intrigaba mucho, era la letra. Su letra era igual a ella. Su manera de ponerle el trazo a la t, el punto a la i. Tenía una chuecura justa. Un como gesto. La veía escribir y escribía yo. ¿Por qué se veía más sabroso cuando ella lo hacía? Probaba a usar su pluma, a imitar su letra. Nada. En ella los trazos se deslizaban con una soltura fantástica. La postura de la mano se veía cómoda. Quería encontrar esas mismas características en la mía, pero no sabía verla. La tercera comparación era nuestras maneras de ser, con todo, desde con los hermanos, hasta con la gente en la calle. Ella tenía una agresividad siempre desenvainada. Estaba como en guardia. Me hacía sentir que sabía algo que yo no sabía. Para todo decía: no te dejes. No hay que dejarse. Y yo no entendía por qué. Pero así subíamos por la Gran Vía Tropical, y bajábamos siempre con el mar en el fondo de los ojos, con el sol en la cabeza. Hablando, hablando, hablando. Interrumpiendo a veces para ir a cortar una almendra o un mango, cargando nuestros libros, enojándonos, comenzando a fijarnos en los muchachos. En la tardecita, cada cual para su casa y hasta el día siguiente. La vida era así entonces.

El viejo recurso de buscar en el diccionario la definición de la palabra: NOVELA. Obra literaria en que se narra una acción real o imaginaria, con el fin de interesar y conmover al lector. Y de ahí uno teje en el vacío. Pero no. Quiero ver, más bien, cómo, dando los tumbos del caso, va a caer el libro en ese espacio definido por la cultura en la que nace. Así, he leído, es como la literatura se convierte en el alma de la sociedad, en su conciencia, en su memoria. Con ella se nutre la identidad nacional, parece. Se crea una "idiosincrasia, una manera de ser". Con la litetura toda. He leído esas cosas de otras sociedades. Incluso lo he leído de esta sociedad, pero dándome cuenta de que quien así escribe ha aprendido a hacerlo de la escritura de otros con respecto a su sociedad. Es decir: ha imitado la relación del escritor con su sociedad. No ha creado una suya.

Una épica formidable sería la narración de quien se ve forzado a dejar su sitio natal para tratar de encontrar trabajo en el D.F., o en Estados Unidos. Otra, la de la jovencita que se viene a servir a alguna casa rica en la ciudad.

Todas están ya escritas, pero aun así no forman una literatura nacional. Esa que se va constituyendo en el alma de esta sociedad específica (que casi todos entienden por Distrito Federal), y de este país.

¿Habrá sido lo mismo en otras culturas? ¿Este transitar por una tierra de nadie, cuya geografía es la retórica del poder? ¿Será una mera etapa de desarrollo? ¿Tendrán razón los románticos cuando se preocupan por la imagen que sus biógrafos proyectarán? A lo mejor sí habría que confiar en que todo será como lo hemos leído en los libros sobre otros países. Y así como nos hemos conmovido al ver nacer a Francia, a la Gran Bretaña, a Estados Unidos, otros, algún día, se conmoverán por la manera en que nació México. Uno como que muy bien no puede. Uno como que sospecha que México no ha nacido. Uno, viendo a la sociedad, como que siente que no hay país en torno a ella. Está como solita, dejada de la mano de Dios.

Aunque también podría ser que hubiera que aprender a ver las cosas de otro modo. País de otro modo. Sociedad, literatura... de otro modo. ¿Por qué habría que seguir los cauces occidentales, que de todas maneras se andan medio desmoronando, qué no?

Novela de otro modo.

Una experiencia inusitada, ni siquiera demasiado ruidosa, puede ser suficiente a veces para eso que llamamos nuestra visión del mundo se abra un poquito más. Para que de repente broten nuevas presencias, nuevas maneras de acercarse a las cosas. Algo ha pasado, aunque ese algo no se llegue a precisar y se pierda de la memoria. Como puede haber sido el viaje a Pátzcuaro, podría haber sido cualquier otra cosa: una conversación, algo escuchado en el tren o el descubrimiento de alguna diferencia en alguno de los amigos. Algo, no obstante, que hizo que el lenguaje sonara diferente. Que dijera más de lo que hasta ese momento había dicho. Juan súbitamente se sintió cercado por mucha palabrería. Muchas, muchísimas frases que plasmaban actitudes, que asentaban afirmaciones, que dejaban fuera variantes. Miles de palabras que, castillos de barajas, se erguían con aire de eternidad. Y uno que las dejaba ahí. Que se movía con cuidado entre ellas. Que prefería lastimarse antes que rozarlas siquiera.

—Además petulantes, pagadas de sí.

—¿Las palabras?

—Las novelas. No sé cómo pude leer tantas. Cómo no me di cuenta antes. Afortunadamente lo comprendí antes de tener que terminar el *Dr. Faustus*, de Thomas Mann.

—Pues no sé por qué, la verdad. Una novela te gusta o no te gusta y ya.

—Puede ser. A mí no me interesan en lo absoluto. Fue, vio, vino, quiso, reflexionó. ¿Y?

—Qué ¿y?

—Sí, ¿y? Ya te dije, se puede decir exactamente lo que se quiera; elucubrar sobre cualquier cosa y sobre exactamente lo contrario, como en la sociología, en el psicoanálisis, en la economía, en todo. Bonitos pasatiempos para quien guste de divagar. No me interesa.

Como siempre que se pone así de contundente lo miro ahora sí que "cara a cara". Ese tono absolutista. Esa indiferencia total a la reacción que pueda suscitar en su interlocutor, porque suena petulante, ¿o no?

—Y ¿entonces por qué aceptar ser parte de una novela?

—Eso es asunto muy tuyo. Eres tú quien la escribes, no yo.

—Pero, respetando las condiciones que me pusiste, puedo hacer de ti lo que quiera. Ponerte a leer novelas, por ejemplo.

—No te preocupes, mientras no tenga que ser yo quien las lea...

—No, pues, Juan, seamos serios. Admitirás que una que otra sí valen la pena. No te digo que la novelística mexicana actual, si quieres, pero los clásicos, los/

—No me interesa, ya te dije. Poesía sí, aunque los poetas que releo no pasan de seis o siete.

No le voy a preguntar cuáles son, da lo mismo. Da lo mismo, de veras. Ahí sí que podrían ser esos seis u otros. Lo que me inquieta es la seguridad con que lo dice.

—¿Por qué no, si lo sé? Tantas cosas se prestan a hipótesis por lo general trilladas. Y no sé si te has fijado: la gente tiende a explicarse a los demás de manera tal que no tengan que incomodarse en lo más mínimo. Me parece natural. Por mi parte es algo que evito hacer porque es seguro que me equivocaré. Por eso, si sé algo de mí, me adelanto a decirlo.

Le envidio esa manera que tiene de conocerse. Una idea de sí mismo bastante aproximada a la realidad, hasta donde puedo ver, y si entiendo bien, me lo ha contado todo. Que puede haber malentendidos; que puedo, dice a veces con un dejo de rabia, escoger lo que a mí me conviene para armar mi personaje.

—Sería válido. Tú aceptaste.

—En fin —suspira resignado y, como siempre, yo lo miro desde la más total incomprensión: ¿que se sentirá ser Juan? Dizque por eso dejó de leer novelas. Odia la idea de que alguien pretenda interpretarlo. ¿Quién puede saber lo que pasa en cabeza ajena? No, pues, es que no se trata de eso. No quiero acertar, quiero construir algo verosímil. Ya se sabe: todo parecido con la realidad es mera coincidencia. Es, sólo que al revés, como la historia oculta que no se deja trazar, pero que asoma la cara todo el tiempo.

Se podría decir que la mía comenzó cuando conocí la belleza y me di cuenta de lo inhumana que era. Cruel. Egoísta. En una persona o en un paisaje. Esa belleza que no ofrece discusión alguna; que no tiene ángulos ni momentos. Es entera y el que cambia a veces es uno, que en ocasiones es parte de ella y en otras se queda afuera. Mi historia oculta comenzó a desarrollarse en la soledad en que me confinaba la belleza de las tardes en Acapulco, o la de una pareja de gringos sanotes, con su pelo rubio, sus narices rectas y esa ropa que no se arruga jamás. O la de la niña bonita del salón, o la de la actriz a la que te quieres parecer. La de la vegetación o, simplemente, para qué ir más lejos, la de una flor. En qué momento exacto la percibí, no sé.

168

Pero ahí se inició mi doble vida. Percibiéndola y fingiendo ignorarla. La del lago de Zirahuén, por ejemplo.

¿Por qué oculta? ¿Y, de veras, todos tendremos una? He ahí las cosas que a Juan no le gusta que uno suponga. Él diría (encogiéndose de hombros): a mí qué. Yo me atengo a la manifiesta. A lo que la gente dice. Los porqués, los cómos no me interesan.

El lago es ahora violeta, acallado por el incipiente anochecer. Lo que digo es que este pinche lago es siempre bello. Siempre siempre. Los colores del cielo parecen una cursi tarjeta postal. Y la historia oculta se me agazapa, acostumbrada a escabullirse a la menor oportunidad.

En el silencio frente al mar, los raros momentos libres de la estructura familiar, cuando no tenía nombre ni edad, ni patria ni obligaciones, algo delicioso se me desataba. Una como euforia loca. Apenas de pasada. No podía durar mucho supongo. Las cosas no se llamaban de ninguna manera; no tenían líneas que determinaran esto es un barandal, allá los árboles y luego el mar con su cielo y sus nubes. Su sol. Y atrás de mí lo difícil: el tinglado de relaciones. Que si el tío, que si la abuela, que si la hermana.

Como entrar en otro orden de cosas, o salirse de uno para ya no estar en ninguno. Era, en todo caso, un pasito flaco por el que había que escurrirse muy rápido (con riesgo de machucarse si no era uno ágil). Era chistoso y sumamente solitario porque con qué palabras contárselo a nadie. ¿A quién? Se me olvidaba hasta que volvía a toparme con el momento, pero entremedio, dios santito. La puesta del sol, las idas a los viveros a comprar "plantitas", los recorridos por el jardín para ver si había "coditos" que plantar. Qué angustia. Toda esa exuberancia, ese colorido, esa magnificencia se burlaban de mí, me daban la espalda y me dejaban a mi suerte. Gacho, diría Juan. ¿Lo diría? Ni siquiera sé. No me atrevo a ponerlo en presente, para que él vea que mínimamente respeto sus fobias.

Era así: un domingo por la tarde —y cuán desnudas saben ser las tardes en Acapulco— alguno de los tíos, cumpliendo con el deber para con su cabecita blanca, nos trepaba a las tres en su coche y nos llevaba a unos viveros que quedaban vaya a saber dónde. Lejos. Mi hermana y yo íbamos calladitas en el asiento de atrás. Al final iríamos a comprar pan dulce a Icacos. Pequeña ilusión. Pero antes los viveros. Naranjales, limoneros, plantas, plantas, plantas. Senderitos que se perdían en una soledad atroz. Largas conversaciones de los adultos. Nada qué hacer para uno. Perderse un rato por los caminitos, no sin cierta aprensión. Qué horrible. En mi recuerdo hay espinas por todos lados y un gran, enorme, canibalístico cielo azul. Tremendo, de veras.

En el tío una tolerancia tan parecida a la impaciencia... pero ahí estaba: era la tarde dedicada a su madre. Yo la quería en esos momentos. Tan viejita; tan poquitas cosas ya y tan escatimadas. Me gustaba tomar su mano huesudita.

Al tío lo admiraba sin límites. Era tan guapo, tan erguido, tan misterioso en su ser adulto y hombre. Tomaba decisiones, eso me deslumbraba. Cambiaba de actitud. Eso también. No se me hubiera ocurrido jamás que era un niño consentido.

Qué cosas, ¿no? La vida de uno. Imágenes que llegaban de todos lados y nos rozaban o nos pegaban igual que las palomitas de San Juan a una lámpara en épocas de lluvia. El regadero de alas, de cuerpitos chamuscados.

La compra del pan tenía alborozo, y el regreso a la casa siempre era medio tristón. De domingo que se acaba. Ya oscurece. El tío tiene que bañarse porque va a salir. Su abuelita en domingo se ajetrea porque no hay doña Oti, niñas, así que hay que ayudar. Una merienda rica. Apagar las luces. Cerrar la terraza. No hay tampoco Ezequiel. Y luego, ya las tres en la recámara, un poquito de juego, de risas, de, ora sí que sí, carantoñas. A dormir.

No, no piensa que las mujeres son seres irracionales, para nada. Incomprensibles sí, como todo el mundo. Habla de las que conoció, no generaliza. Su madre es un caso aparte.

—Pero para que veas, uno o dos detalles sí me parecen curiosos. Silencios equivalentes a elocuencias, o al revés. Me gustaría saber por qué esa necesidad de misterio.

—A lo mejor simplemente era miedo; a comprometerse, a no comprometerse. En general yo creo que cuando parece misterio, una cosa inexplicable de esas, es porque la otra persona no quiere lastimar.

—Y lastiman peor.

—Sin querer.

Pues Juan estaba metido de lleno en su primer noviazgo. En su vida se sucedían los trabajos y las curiosidades se multiplicaban al mismo tiempo que se iban afinando. Para su madre ya definitivamente era un marciano, y todo por contrariarla, estaba segura. Con el padre Juan mantenía una suave amistad, lacónica, pero llena de aprecio. También los dúos de amigos cambiaban y cada vez más se discutía menos el mundo y más cosas precisas. No. Ya no se discutía; se empezaba a compartir. Con ella, la novia, también, envueltos en una grácil cotidianeidad que fluía sin tropiezos salvo por esos detalles curiosos. Súbitas reticencias —y no estamos hablando de si me das un beso o no. Si nos acostamos o no. Las reticencias eran en otro nivel. Como ir caminando juntos y que ella vuelva pesado su paso, o congele la sonrisa, abrevie la efusividad, mire, como se dice, para otro lado. No como un entusiasmo que se fuera desgastando, sino en momentos imprevistos, como si de golpe se acordara de algo y se rectificara. Sin decir ni agua va.

Un comportamiento inexplicable, porque luego de los primeros: ¿Qué tienes? ¿Te molestaste con algo? No, no pasa nada, de veras, no me pasa nada. Luego de eso, digo, el desánimo.

Un día anunció que se iba a casar con un licenciado.

Juan traducía, leía, escuchaba música, se quitaba de encima estorbosas preconcepciones del mundo, daba algo de dinero en su casa y perseguía sus curiosidades que, como hemos dicho, se encauzaban por derroteros más sutiles.

—¿Para qué? —se exasperaba la madre— si ni siquiera vas a ser famoso.

Y tampoco licenciado, se dijo melancólico viéndola irse, no la madre, qué esperanzas, *ella*.

Pasando junto a la miscelánea de siempre, aunque a una hora más temprana, por lo que estaba abierta y pudo confirmar su respeto por esa gente, se dijo Juan: ajajá, he aquí el espinoso asuntito de la realidad.

Lo incomprensible, lo misterioso fue que ella, meses después, volvió, y otros tantos meses después se fue de nuevo.

Detengámonos un momento:

El licenciado pudo resultar un "mal hombre", de ésos, se sabe.

171

Ella, ¿tendría su casita en Satélite? ¿Un departamentito en la del Valle, algo montado con toda la ilusión del mundo para hacer realidad el sueño que a toda mujercita se le inculca? La foto del matrimonio; los padres de él; los de ella, y juntando el dinero tan preciado para la casa de a deveras, la propia. Y quizá entonces se dio cuenta de lo fútil del asunto, y al lado de ese niñote malhumorado y mandón no pudo.

Juan mejor, con su camaradería, su vida sin muros concebidos por otros. Sólo los suyos y siempre cambiantes, o cuando menos tolerables. Pero tampoco pudo.

Es más bien trágico.

Aunque no lo sabemos de cierto. No hay que olvidar que esto es una novela.

Sin embargo, Juan quedó removido y como sin querer, sin demasiadas ganas, anduvo buscando la manera de ir haciendo la carrera de química. Como él la entendía, se comprende. Y hasta se hizo amigo de una pareja matrimoniada por todas las de la ley.

En el hogar paterno su escuetismo debe haber sido extremo, seco y solitario.

La madre le pidió que ya se pusiera a trabajar. Fijo. Si no iba a ser universitario, por lo menos un buen empleo permanente.

De noche en su cuarto, cansado, con la puerta firmemente cerrada, Juan lee rabioso:

Porque el tambor rotundo
y las ricas bengalas que los címbalos
tremolan en la altura de los cantos,
se anegan, ay, en un sabor de tierra amarga,
cuando el hombre descubre en sus silencios
que su hermoso lenguaje se le agosta,
se le quema —confuso— en la garganta,
exhausto de sentido;
ay, su aéreo lenguaje de colores,
que así se jacta del matiz estricto
en el humo aterrado de sus sienes
o en el sol de sus tibios bermellones;
él, que discurre en la ansiedad del labio
como una lenta rosa enamorada;
él, que cincela sus celos de paloma
y modula sus látigos feroces;

que salta en sus caídas
con un ruidoso síncope de espumas;
que prolonga el insomnio de su brasa
en las mustias cenizas del oído;
que oscuramente repta
e hinca enfurecido la palabra
de hiel, la tuerta frase de ponzoña;
él, que labra el amor del sacrificio
en columnas de ritmos espirales,
sí, todo él, lenguaje audaz del hombre,
se le ahoga —confuso— en la garganta
y de su gracia original no queda
sino el horror de un pozo desecado
que sostiene su mueca de agonía.

Rabioso y decidido: seré yo. Si ella puede, que sea ella. Y a su mente llegó absurda la canción: *Estamos en las mismas condiciones*...

Extraordinaria la manera en que los hijos sienten que la atención de la madre es sólo para ellos. No cabe la menor duda. Están los otros hermanos, pero sólo para distraerla. Existe el deseo de la madre de que uno se haga "grupo". De que para ella seamos grupo de manera que no tenga tanto qué hacer. A lo mejor eso es portarse bien. Y a ratos uno lo hace para tenerla contenta, pero luego no hay más remedio que ser uno, no grupo, y le exigimos esa atención individualizada. No fragmentada. No un pedacito. Toda.

Mi abuela quería cuidarnos. Éramos, como quien dice, su presente inmediato. Pero estaba su montón de hijos y su titipuchal de otros nietos. Por eso pasábamos a la condición de muebles o jardín. Suyos, eso sí. Suyos. Algo más propio que hijos o nietos, pero sin vida propia. Cuando sus hijos (los tíos) estaban en la casa, teníamos que estar "quietecitas".

Bonito, ¿no? Así le dice el poder a la sociedad: quietecita, no pasa nada. Todo se va a arreglar.

Como la aparición súbita de un turista en un mercado. En esa mancha de colores y movimiento que es un mercado; esa maraña de gritos acostumbrados; ese despiadado trato amistoso que es un mercado; esa olla de grillos en donde vence el más fuerte que es un mercado. Ese cúmulo de tradiciones; ese puñado de

173

recelos que es un mercado. Dando vuelta a la esquina, con algo colgándole del hombro, un bolso, una mochila, una cámara fotográfica. Enfundado en una ropa vieja y quieta, calculadamente deforme, con una cierta suciedad de paso, a largos trancos, avanza firmemente el turista para detenerse a fisgonear el centro mismo de nuestra intimidad (sin preocuparse por entenderla). A mirar, mirar, mirar, pero sin lograrlo, porque viene guarecido en su propia realidad y en el fondo lo único que busca es algo posible de comprar. Algo al alcance de sus posibilidades porque, pese a todo, es un pobre. Ya por la otra esquina, en tropel, aparece el "grupo de turistas". Inevitable. Con su alboroto especial es con lo que se escudan ellos de esa cosa distinta, ya por ellos vista mil veces, que es "otro país". Se arremolinan ante un puesto, se consultan, se fingen conocedores… ¿de qué? No se sabe. El guía actúa como sacerdote implacable. Hay siempre en esos grupos mujeres solas y soñadoras, en busca del romance anhelado, y hombres de rostro endurecido que sólo en grupo saben mostrar su amor por la soledad. Su, como quien dice, independencia.

Momentáneamente pueblan el mercado haciendo al paisaje sobrecogerse con una extrañeza especial: hay blancos en torno. Se mueven de otra manera. Hablan, sonríen, pagan de otra manera. Crean una pequeña, imperceptible tensión. Resultan como fisuras, como resquebrajamientos del todo.

Así los espacios en esta narración.

Y en este país enorme, cuya riqueza azota el rostro de la misma manera en que lo hace una brisa marina; en este país caótico que pareciera tierra de nadie; en este país en el que nadie sabe a ciencia cierta lo que pasa y en el que todos creemos saber lo que debiera pasar, también se producen esos espacios.

Porque se ha querido organizarlo con una constitución, y se ha querido reorganizarlo con enmiendas a esa constitución, y vivirlo con violaciones a la constitución, y salvarlo con denuncias de afrentas a la constitución.

La constitución se comporta como una diosa hermética e impasible a la que rendimos culto con poca fe y mucho temor a ratos, pero por lo general con indiferencia, convencidos de que son los otros los que no la respetan.

Puede provocar histerias colectivas, igual que la Virgen de Guadalupe o Tláloc o Coatlicue, pero en el fondo fondo nadie cree en ella. Y por eso, de la misma manera con que la gente, distraída, cae en lugares comunes como ah, la vida en el campo, qué calma. No, la ciudad ya está imposible. El estado de Michoacán es el más bello de la República. Acapulco está horrendo. Qué vegetación la de Chiapas. Cancún, qué maravilla. Tijuana es fea. Se dice todo el tiempo: lo que México necesita es organización.

—Ahí la tienes, Juan, otra palabrita.

—Seré breve. Sólo he tenido que organizar mi vida cuando vivía. Lo hacía muy bien, sin sentir, con sólo dedicarle al asunto unos instantes de reflexión. Ahí está el chiste: cuanto menos haya de ser impuesta la organización, mejor; debe surgir lo más posible sola, a partir de lo dado, de las circunstancias, de lo que se busca, al ser considerado todo esto con lucidez. La organización es hermosa en su flexibilidad funcional; como fin en sí, es grotesca. La diferencia entre la reacción de la gente ante el terremoto, y el Plan DN III, digamos.

La diferencia entre encontrar el tiempo para traducir en sus ratos libres, y encontrar la manera de llegar al final de la jornada en una oficina, porque ya tenía —para consuelo de su madre— un empleo fijo. Una hora para entrar, un largo tiempo alquilado, y una hora de salida a partir de la cual dedicarse ferozmente a defender lo suyo.

Y entonces sí, ¿empieza lo serio o se acaba? Una vida organizada al ritmo de la sociedad, como Dios manda. México por fin en las Naciones Unidas. Sede de tal o cual evento. Primer lugar en ciclismo. Por fin, por fin, México país todo él. Y Juan, hombre de bien.

Para que sean algo en la vida, tienen que aprender a ser organizadas, decía mi abuela, casi siempre a la hora de la costura, una o dos horas antes de la hora de la puesta del sol, unas cuatro horas antes de la merienda, y unas seis antes de que la casa yaciera silenciosa en la oscuridad. Bien hechecitas. Modosas. Cosía ella, sentada tranquila en su silla favorita. Eran de lona, iguales todas, pero como con todo en este mundo, había una ésa, la única que la acomodaba. Y concentrada en lo que estaba cosiendo, su voz se iba desenrollando tibia, casi impersonal, pero ocupando todo el espacio, los árboles, los pájaros que pasaban, el mar que se mecía plácido.

SEGUNDA PARTE

Niñas, niñas, ya levántense. Esa mañana nos mandaban a México. De regreso con mi padre.

Por fin, por fin.

Ya levántense, niñas. Pues si casi no habíamos dormido en toda la noche; si casi habíamos creído que el día siguiente no existía. Si habíamos pensado que la noche era un interminable desierto que había que cruzar a pie, venciendo toda clase de temores, de presagios.

Ya doña Oti nos había dicho que mi abue estaba muy triste. El consabido codazo entre mi hermana y yo. Se va a sentir muy sola, decía doña Oti con pesadumbre, y nosotras mudas, impacientes, viendo la casa que dejaríamos al día siguiente para irnos a México.

—Pero vamos a venir en las vacaciones —dije. Se me hacían remotísimas.

—No es lo mismo. Se va a quedar muy solita. Ya se había acostumbrado a que estuvieran aquí.

La sombra incómoda de la culpa. El temor a que alguien dictaminara: esto no puede ser. Casi conteníamos la respiración; entrecerrábamos los ojos. Nos quedábamos muy quietas.

—A bañarse porque a las diez viene tu tío para que las llevemos al aeropuerto.

Yo quería brincar, correr, abrazar a todo el mundo. Pero la expresión seria de mi abuela me detenía. No quería verla; no era justo. Tanto haber esperado; tanto haber llamado a mi padre en silencio. Por lo menos tenía que ir a ver.

Fue terrible la despedida, muy torpe, muy brusca, pero sobre todo muy breve. Los niños sólo viven un tiempo, aunque éste es muy global. No saben nada de simultaneidades, de equivalencias. Todo es parte del mismo cuento y éste, no sé por qué, es redondo. Simpre a la vista. Para mí, la tristeza de mi abuela no era sino una más de sus características: siempre queriendo cosas que se tropezaban con las que queríamos nosotras. Sólo que esa vez, además, estaba triste, por eso era torpe y brusca, y no pude decirle todo lo que había planeado con mi hermana que le diríamos: que le estábamos agradecidas; que siempre la íbamos a querer y a extrañar. Que vendríamos en todas las vacaciones y que le escribiríamos. Así, bien, para que viera que no nada más éramos dos niñas que se la pasan jugando y desobedeciendo (como nos decía siempre), sino que entendíamos perfectamente bien todo, y que aunque ella todo el tiempo estuviera ensalzando y admirando a otras niñas, nosotras no éramos nada mal, ya vería.

Pero en lugar de este florido discurso, que pretendía hacer mientras el tío se afanaba de arriba abajo con los boletos y las mil cosas, ahí nos quedamos las tres arrinconadas en silencio (en momentos graves, mi hermana, que como digo, siempre fue minúscula, ponía una cara tan pero tan seria que casi parecía a punto de llorar y a mí me daba risa. Nerviosa), y yo sin saber cómo comenzar. Todas las frases me sonaban a mentira: Mira abue... Abue, te prometemos que... Quisiéramos decirte, abue, que... Mal, mal, sonaba falso. Las palabras y mi estómago quedaban como separados y en la cara me sentía un gesto forzado. Por eso cuando el tío regresó todo de prisa: ya, niñas, despídanse de su abuelita. Sólo un beso, como el de hasta mañana, abue, como si nos estuviéramos yendo a dormir como siempre y no, nos estaban mandando a México y esa noche nuestras camas en su cuarto estarían vacías y ella sola. Y ahí me solté llorando.

No, que mira, que tú eres la más grande y tienes que cuidar a tu hermanita. Allá en México va a estar tu papá esperándolas (ahora la expresión de mi hermana era de azoro, de atención, seria, seria); ya les tiene un departamento muy bonito y por fin van a estar todos juntos. Y qué alivio que reconociera que sí teníamos razón de estar felices y sentir mucha ilusión. Pero en el momento justo: Bueno, abue, muchas gracias por/ Ya, ya, acompañen a su tío hasta la puerta. Un beso rápido, ya.

¿La ciudad estará consciente de cómo llega la gente a sus aeropuertos, terminales, estaciones? ¿Se dará cuenta de cómo corta de tajo las relaciones con el afuera? ¿De la forma en que *no* están quienes no viven en ella? ¿Sabrá la ciudad todo lo que la gente le ha dado, junto con todo lo que le ha hecho? Ahí nos vamos ¿no? Parejos. Diente por diente. Pero ¿sabrá ella lo que

180

nosotros estamos empezando a saber? ¿Y se reconciliará por fin con nosotros?

Qué difícil recordar esa primera ciudad que uno creía propia, con la que enfrentamos el presente, que estuvo creciendo al mismo tiempo que nosotros; que vimos cambiar, poblarse, alargarse, sin darnos por aludidos. Cosas que pasan en la calle. Hombres trabajando. Obras públicas. A ti qué. Si acaso tener que modificar la rutina habitual. A lo mejor un pequeño estallido: qué lata. Pero apenas si queda nada en la conciencia. Nada que ver con tu día, con tus relaciones y tus ambiciones. Allá los andamios que se elevan al cielo, acá el camellón que se angosta, el taxista que dice contento: Uh, por el viaducto llegamos en dos minutos. Cerrarás la puerta de tu casa, de tu oficina, de tu coche, de tu tienda, o simplemente los ojos en la peluquería, y todo eso desaparece.

Pero cuántas veces no sentimos la tarascada rabiosa. Ese súbito volver el rostro de una ciudad malherida y cada vez más contrahecha. Pelando los dientes; amenazante. Un gesto apenas intimidatorio al inicio, y luego cada vez más intenso. Nos sobrecogía un instante, un rato. Pero era tal la bestia, que ni pensar en ella podíamos. Abrumaba. Y nos hacíamos a un ladito, en silencio. Sí, era notoria la impaciencia cada vez más estentórea. Pero como si nos hubiéramos dicho: si ha aguantado tanto, no veo por qué no ha de aguantar un poco más. Sería demasiada mala suerte que a *mí* me tocara su rebelión, y encima de todo *hoy*.

Porque así es ¿no? Todo puede suceder en cualquier momento menos hoy.

Y sin embargo en los embotellamientos, en las colas para el camión, en los apretujones del metro, en las inundaciones a causa de los aguaceros, en el ruido, en la contaminación, en el tiempo que se nos va, en la tensión que nos consume, en la rabia que nos aflora, en la amargura que nos desinfla, ante el espejo, cada cual ha sabido siempre, de una manera recóndita, chiquita, que no era posible seguir así.

La ciudad, contemplada de lejos, yace como un gran galápago resoplante y pesado. Inquietante.

Y cuando llegas a otras ciudades del país: BIENVENIDOS A SAN LUIS POTOSÍ, a GUANAJUATO, a CIUDAD OBREGÓN, a MORELIA, a la que sea, los ojos recorren anhelantes su aspecto, buscando claves: su zócalo, su oficina principal de correos, su tránsito. Su gente que se apresura por las banquetas como si no existiera más que eso. Con tus códigos defeños tratas de desentrañarla: Esta avenida vendría a ser una especie de Reforma. Las Lomas serían toda esta parte. ¿Cuál será la zona palpitante y decadente y rabiosa y juguetona que toda ciudad tiene? Lo que en el D.F. fue la Zona Rosa y ahora es Coyoacán. Miras y miras y te preguntas: ¿Qué es lo que hará la gente aquí, dios mío, en este pueblote? Los edificios coloniales, las suntuosas catedrales, el jirón de historia patria que le toca, la propaganda del candidato en turno, la casa de artesanías. Agh. ¿No sientes que ya has visto todo hasta la náusea? ¿En todas partes? ¿Que la mascarada es la misma en todos lados? Miras y miras, apartando los ojos rápido de esas claves engañosas. Esas que nos hacen ser México a los ojos del mundo y nos multiplican en mil coloridos folletos que yacen en cajones de Estocolmo, Dinamarca, La Haya, Munich...

Los escolares con sus uniformes y sus abultadas mochilas. Las señoritas bien que invariablemente bajan de algún gran auto con gritonas carreritas a recoger el vestido que lucirán en el baile de la noche. Los mil bufetes, notarías públicas, dentistas, y los millones de campesinos que circulan por todo el país con su bolsita de plástico y su expresión/Su expresión.

Se me olvidaba: las ferreterías. Invaluables en provincia, ante cuyos escaparates sueñan un sinfín de hombres.

Tú vas en tu coche siguiendo la flecha que indica: A MÉXICO, y cruzas por todo esto no rápido, pero sí por fuera. Aunque te detengas un rato para ver el museo y comprar algunos recuerdos, o comer a lo mejor en algún restorán en donde pides el platillo típico, o te quedes, incluso, a dormir una noche para seguir viaje al día siguiente. La salida la verás como probablemente viste la entrada: un México como no hay dos. Un México de una sola faz en donde no hay Defes, ni provincia ni límites estatales; una misma ciudad que nunca acaba de empezar, atiborrada de vulcanizadoras, ricas tortas, terminales de autobuses y se reparan mofles.

Otra cosa será si algo, alguien te permite entrar en la cotidianeidad como fuereño invitado. Fuereño no dejarás de serlo en muchísimo tiempo. Pero ser invitado es realmente un honor.

El "ésta es su casa" se apega tanto a la verdad que resulta desarmante. Pásele a vivir nuestra vida un ratito.

Lo que a uno, defeño agotado, le gusta, es que todavía hay una escala humana.

Oírlos hablar de su ciudad; la manera en que la conocen, la quieren, la sienten propia siempre sorprende. Ser testigos de su chovinismo local, pero también de su impotencia tiene la virtud de hacerte reconocer que el problema no es el D.F. De manera que esa ciudad que se tiene que reconstruir y vivir de otra manera es la de todos: desde la del D.F., hasta la de Acapulco.

Tantas novelas sobre la ciudad ¿no? hasta parece que se ha convertido en un dizque género: novela urbana. Hazme el serenado favor. Ni que qué. Todos hablamos, pensamos, escribimos sobre la ciudad. Nos obsesionamos con ella, la que perdimos, la que recordamos con cariño; la que nos arrebataron tan solapadamente que aun presenciándolo ni nos dimos cuenta. Esa ciudad que se nos va quedando en la literatura y que, luego de muchos años, nos damos cuenta de que no es ni remotamente parecida a la de nuestro recuerdo. En la literatura resulta siempre forzada. Apretujada en un rincón: Zona Rosa, Tepito, colonia del Valle. "Novelas urbanas" que en realidad están contando otra cosa, lo que es comprensible. ¿Quién se va a poner a contar escuetamente la ciudad? Fernando Benítez se lo propuso, y lo que nos contó (magistralmente, además) fue la historia del país. Pero ¿en dónde conservaremos entonces esa misteriosa calidez, esa extrañísima belleza, esa suavidad cariñosa que pese a todo permea el loco conjunto de edificaciones que es el D.F.? ¿En dónde meteremos tanta esquina rota grabada en el alma por algún recuerdo? ¿Tanta risa, tanto llanto y tanta ilusión que a veces llegó a ser cierta? ¿Quién nos desmentirá cuando citemos una calle perpendicular a otra con un nombre equivocado? ¿A poco no son bonitas esas discusiones? Pero cada vez menos se llevan a cabo. Como si algo sombrío lo impidiera; como si hubiéramos perdido una espontaneidad. Todos callamos. Nadie quiere aclarar que el Eje 1, Lázaro Cárdenas, se llamaba San Juan de Letrán. Miramos para otro lado; exasperados y conteniéndonos dejamos sin terminar toda novela que pretenda hablar sobre la ciudad como si la conociera. Igual que si nos tocaran una fibra muy íntima y dolorosa: por ahí no, que duele.

Hay un pueblo, no obstante, que, ideologías van, ideologías vienen, ha estado siempre ahí: bajo los tiranos aztecas, los tiranos españoles, los tiranos criollos, los tiranos priístas. Nada es lo mismo, naturalmente, pero todo es equivalente. Y el pueblo ejerciendo la extraordinaria cultura de la supervivencia con su manera escueta.

Te quisiera ver, con menos que nada, y viviendo. Ese laconismo de gesto; esa economía de palabra; esa esperanza desnuda. De generación a generación se la heredan, cimentando así una verdadera pertenencia.

¿Vivirá alguien consciente del cambio de una década a la siguiente? Claro, de inmediato se publican panorámicas de los diez años transcurridos; se hacen elucubraciones que poco a poco los van entretejiendo; se les empieza a encontrar rasgos en común, características que de tajo se interrumpen al cerrar la década. Tan artificial todo eso, y tan convincente, tan satisfactorio encontrar que en el suplemento dominical de algún periódico hay una lista de los narradores más importantes de la década, o de los hits musicales. O de los acontecimientos más trágicos. Las enumeraciones, no sé por qué, resultan siempre consoladoras.

Pero las personas, sospecho, no viven sus vidas en capítulos de diez años. Apenas si se dan cuenta de que el 5 ha cambiado a 6; de que "atrás quedó una época". Menos alguien como Juan, maniatado ya definitivamente al ritmo del salario quincenal, las vacaciones, el aguinaldo. Esa especie de barquito en el que se monta uno y que es tan difícil de abandonar, porque los días se comen unos a otros y viene a resultar que siempre necesitamos la quincena que sigue.

Así se flota de un año al siguiente; se cruza por los diferentes sexenios; se viven las vicisitudes internacionales, se aguantan los rompimientos amorosos y se esperan los libros que se han encargado al extranjero. O las revistas. Digo, cuando esto se podía, no se olvide que somos un país en crisis.

Ah, pero en aquellos años: fines de los 50, comienzos de los 60, qué país. ¿Cuál nos estábamos acabando en ese entonces? El país minero ya nos lo habíamos despachado y el maderero ni se diga. A lo mejor era cuando le estábamos dando en la torre al país textil, jarciero, para cambiar todo por plástico (tanto más higiénico, supongo que se decía). Se podía, en todo caso, perseguir los intereses propios, por sofisticados que fueran, en los catálogos de las librerías francesa, italiana, británica, norteamericana. Y encargarlos aun con un sueldo modesto (cómodo, diría Juan), que dentro de las circunstancias —madre exigente; novias tiránicas— le permitía a uno vivir en paz.

Por eso para Juan el cambio de década sólo significó abandonar un tipo de lecturas (igual que antes había dejado de leer novelas, ahora hacía a un lado la filosofía occidental), para seguir con otro (la filosofía oriental), e iniciar un nuevo noviazgo, aunque esta vez, y no por el cambio de década, con una diferencia: se casaría.

—¿Por qué, por qué? A ver, explícame eso.

Se encoge de hombros, claro y lacónico explica:

—Única manera de salirme de casa. Con los pocos recursos económicos habría sido gachamente egoísta poner mi departamento solo. Era diferente casado.

Pero además, naturalmente, se sentía entusiasmado. Dejó de comprar libros para juntar dinero.

Maticemos:

Habría que tomar en cuenta su timidez que parecía soberbia. Timidez nacida de los sonidos de los otros: primordialmente la vehemencia de la madre; la vergüenza ajena también ante tanta farsa. Patética la manera en que la gente necesita sentirse importante, alzarse el cuello, inflar el pecho. Juan no quería saber de esas cosas; no quería presenciarlas. Le parecía una inmoralidad. ¿Quién era él para detectar la mentira en los demás? No se sentía con derecho. Apartaba los ojos, estudiaba largamente la punta de sus zapatos, miraba hacia las azoteas. Se henchía de rabia y desprecio cuando le restregaban en la cara una supuesta autoridad basada en el dizque conocimiento. Recién había descubierto las ciencias sociales. Los mil y un intelectuales que vivían de eso. A todos parecía normal. Jamás se alzaba una voz en señal de protesta, nada. Que la tal ciencia de tal había venido a llenar un vacío en el acervo cultural de la sociedad mexicana.

185

Todos satisfechísimos y Juan ocultaba su asombro apartando, claro, los ojos.

Así, díganme nada más ustedes, cómo se encuentra uno con el ser amado. Y pese a eso, dos que tres mujeres no feas se le acercaron. Una maravilla, aunque habría que ser iluso para esperar que eso sucediera indefinidamente. Había que, de una vez por todas, encarar el mundo (en estos asuntos, se entiende), y escoger esposa. Una situación estable, tranquila, que le permitiera seguir su vida anónima pero suya. Una situación incolora, si se quiere, pero firme.

En este punto de su vida, Juan ya había desechado casi todo: viajes, fama, riqueza, en fin, esas cosas que tienden a ser englobadas tan irresponsablemente en una sola palabra: felicidad. Con razonable ecuanimidad, Juan se había dicho que una manera de perder el tiempo era dedicarse a hacer dinero. Y como tener dinero era lo que hacía posible tantas cosas que a la gente le iluminan el rostro, había que buscar a alguien que ya lo tuviera iluminado de por sí, o que no fuera iluminable. Esto último era mucho más sencillo, por supuesto.

Parecerá que toda esta deliberación acusa una naturaleza calculadora y fría: buscar esposa como se busca un departamento.

Sí y no.

Juan había descubierto que la vida se podía gozar con plenitud sin tanto escándalo. Quizá lo intuyó en su padre. Tal vez hasta lo comentó con él. El buen señor iba y venía con sus galeras bajo el brazo; entraba y salía del departamento. Apaciguaba las tempestades de su esposa con sólo ponerse ahí, en su escritorio, con su lámpara, la cabeza apoyada en una mano, leyendo o corrigiendo. Todo ruido o distracción venía a posársele muy suavemente en la conciencia y era así como atendía a las cosas. Como entendía todo. Tranquilo. Allá ellos, los de las verdades vociferantes, y sus enemigos, de verdades igualmente vociferantes. Llegaba a la lacónica conclusión de que las cosas no tenían pies ni cabeza. Pasarla bien o mal dependía de uno mismo.

Juan apreciaba eso y lo escogía como actitud. Cuando conoció a la que habría de ser su esposa, sencillamente se dijo: aquí me quedo.

¿Podrá ser, entonces, que es así como se va formando la historia oculta de cada cual? ¿O es por la historia oculta que se toman esas decisiones que los demás consideran "incomprensibles"? Ya ven, cuando la gente dice: No me imagino, pero de veras, simplemente no me imagino cómo pudo haber hecho algo así. Nunca sé si lo que recalcan es *algo* o *así*. Esas decisiones que uno siente que tiene que dejar ahí, inexplicables, aparentemente turbias, brumosas. Y la gente que nos quiere las acepta, aunque con un pequeño reparo: es así, ni modo. Y aunque se quedan medio ciscados, siguen con uno. Pero la gente que se cree que nos entiende, qué chistoso, se ofende: *eso*, no lo comprenderá jamás. Y se arrogan el derecho, fíjense, de dibujarnos, de modelarnos diciendo: cuando yo la conocí era esto. Ya no. No sé qué pasó, pero ya no es la que yo conocí.

Así se las trae la historia oculta de cada uno de nosotros. No es ningún chiste. Para llegar a ella, pues, no hay que llamarla de ninguna manera: ni es la historia de nuestra vergüenza, ni es la historia de nuestras aspiraciones.

A la historia oculta no hay que dilucidarla ni confinarla en una parte de nosotros mismos. Es la que nos hace.

—¿Y ella, Juan, quién era? ¿Qué quería?

—Ah, eso sí que no sé. Al principio parecía que lo de siempre: seguridad, prosperidad, más, más comodidad. O autoridad, a lo mejor. Nunca le hice creer que sería así. Es más, le di pruebas clarísimas de que así *no* iba a ser. Pero como si se hubiera casado con algún otro. Se fue por su lado y yo, pues por el mío.

—Como quien dice, entonces, también buscaba departamento.

—Qué va. Ella quería control. No sé qué entendía por "estar casados". A lo mejor creyó que podría abolir las tardes... Nos conocimos en una oficina y, sospecho, no lo sé de cierto, sospecho que por habernos casado, ella creyó que yo tendría que llegar a jefe. Me di cuenta de mi error cuando ya estaba embarazada de nuestra primera hija. Paciencia. De no haber sido así, habra sido de alguna otra manera, con resultados idénticos. No podía caer yo en todas las variaciones del mismo tema. Caí en una, y ahí estoy.

Escuetamente se detiene ahí. No hay más, por lo menos en esa progresión. Hay todo en cualquier otra. Pero ahí, luego

187

de tanta primaria, secundaria y preparatoria, se detiene en seco. Igual que el país en los cincuenta. A partir de ese momento será sólo tolerar estupideces. ¿No te digo?

Luego, la calidad de esas noches en Acapulco se me aparecería siempre de improviso y, como es de suponer, en circunstancias bien distintas. Porque, para empezar, no llegamos de noche. Pero esa primera noche tiene que haber sido rarísima. Todos ahí, pero sin mi madre (y sin mi abuela) (y sin mar). Dicen que nací ahí, en el D.F. Que a los cinco años me llevaron a Acapulco. Dirán. Yo de lo que me acuerdo es de un sentón en una fuentecita en medio de un jardín frío —¿y qué andabas haciendo con los pies metidos en el agua? Las fuentes no son albercas. ¿Por qué me desobedecen tanto?, habrá dicho mi madre cuando me sobaba. ¿Y yo qué sé? Seguía, como de costumbre, a mi hermano, que siempre me hacía hacer cosas absurdas.

Pero eso fue antes. Muchos años después, heme ahí en esa inexplicable noche defeña como si fuera la primera vez. No era casa, era departamento. Hagan de cuenta que uno vivía sólo en el piso de arriba de casa de mi abuela. Y ahí no había doña Oti, ni Ezequiel, ni siquiera un Moro, sino que había una rejita en la entrada del edificio, en la que se oía una voz y te abrían, y había un portero y ya. En el departamento había dos Natis, Nati chica y Nati grande. Y un corredor con piso de duelas bien barnizadas, en cuyo fondo estaba el baño. A los lados los cuartos. Del lado derecho el de mi padre, del otro los nuestros. De eso me acuerdo apenas; se me confunde todo.

Las Natis, por las noches, se despedían y se salían del departamento porque dormían en el cuarto de la azotea. Sonaba lejísimos. Doña Oti sólo quedaba del otro lado del jardín. Del costurero yo le podía gritar y ella se asomaba. Las Natis se iban para arriba, y en el D.F. así se miden las distancias; para arriba.

Otra cosa terrible era que tú no sabías nada del mundo hasta que oías la llave en la puerta. Por más que te asomaras a la ventana. No eran los tíos que llegaban; que con sus cláxones se dejaban oír desde antes de la curva. La pesadez del coche que reconocías por el sonido de la tierra. Allá afuera, en el D.F., había miles de tíos que llegaban a sus casas o salían de ellas. Y los veías y escuchabas, y era una confusión horrible.

Mejor no. Mejor esperar con el corazón angustiado ese sonido próximo, como susurro, que me recordaba a mi madre: aquí estoy. Duérmanse. Y yo como que tenía que dejar un pie haciendo contacto con tierra, porque me sentía en el aire. Estábamos en un cuarto ¿quinto? piso. Y como no había mar, ni posibilidad de imaginar en dónde estaba el fondo.

Esa primera noche fue difícil luego de un día que había parecido el triunfo. Porque fuimos las heroínas. La reunión familiar; las niñas que no tenían madre por fin con su papá, que ya se había reorganizado. El rencuentro de hermanos. Ellos tan habituados y crecidos. Pobres chavos, sólo por ser hombres. Niñitos eran, y ya tan defeños.

Que los zapatos de charol para nosotras.

Hazme el serenado.

Charol, algo tan indigno. Uno que anduvo a pie desnudo por el monte acapulqueño. Que el suéter. Pero, digo, como si uno fuera qué. Así se deben sentir los infames perritos de las señoras ricas. Y la vieja cantinela, esa sí la reconocí, de la "gente", la de afuera. Los "ellos". Pero lo alarmante era que el afuera iba creciendo mientras que nosotros, dirían los economistas, íbamos decreciendo. Ahora éramos cuartos en un edificio, ya no moradas, sino pisos. ¿Cuarto, quinto?

La altura, en todo caso, que se vino abajo con el terremoto. La modernidad, el progreso, la occidentalidad, lo que se quiera que luego no funcionó. (Los pisos, dijo la gente, se entreveraron, se sumieron, se fueron para un lado, para el otro, matando gente por todas partes.) ¿Y de quién fue la culpa?

De Teté, claro.

Pégale, pégale, que ella fue.

Ahora, un día en la vida de un departamento.

Había un papá —que andaba trabajando—, unos hermanos mayores —que andaban estudiando— y nosotros, con las Natis. La Nati grande tenía toda la cara llena de los estragos de la viruela. Caballuna y simpática; ágil, fuerte. La Nati chica tenía una niñita (si mi hermana para mí era minúscula, la niñita de la Nati chica era una auténtica mirruña. Parecía muñeca de mi hermana y además se llamaba igual que ella). Esta Nati chica era chaparrita, muy blanca, de manos rojizas y muy severa con la Nati grande. Con nosotras ni se diga. Como era madre, era la que dirigía el asunto.

Doña Oti, a quien extrañábamos todo el tiempo, era de otra índole; de otro mundo. Era nuestra amiga. Las Natis no. Nos cuidaban como carceleras. Mi hermana, por supuesto, se hizo amiga de la mirruña. O mamá, más bien. Yo me hice amiga de la Nati caballuna. Y a la Nati chica había que torearla entre todas.

Pero era aquello muy nuevo. Ese pasillo de duelas siempre brillante, largo y oscuro cuando cerrábamos las puertas de todas las habitaciones, era ideal para la guerra de los calcetinazos. A veces mis hermanos también participaban. Los calcetines eran de mi papá.

—Algo de amor, de ilusión habrá habido al principio, ¿no Juan? Algo que estuvo presente durante el noviazgo. De otra manera de veras que no entiendo.

—Por supuesto. Yo hasta diría que nos divertíamos pasablemente bien. No había por qué imaginar que no seguiría siendo siempre así: una cosa tranquila, doméstica. Cuando la dejaba en su casa, me iba a leer a la mía de lo más satisfecho.

Sin embargo, insisto, en esa historia oculta de cada cual, nunca es así de sencillo. La cosa iba bien, fue luego que se puso mal... No. Pongamos: se dice fácil que el mundo es una mierda y además se repite excesivamente. Ahí tienen a Juan diciendo no a las situaciones una y otra vez. No un no rebelde o idealista, tan apropiado para la juventud. Venía de mucho más adentro y anulaba muchas más cosas. No era simplemente decir no a algo del momento, mirar para otro lado y seguir viviendo como si nada. Era saber, e irlo comprobando, que toda una zona de la vida, de la forma de la vida, quedaba oscurecida, cancelada por completo. Decisión propia, sí, libre y soberana, pero dura al fin y al cabo ya que el mundo es una mierda y, no obstante, es el único que conocemos.

Juan no era tan ingenuo como para creer que se es capaz de construir un mundo propio, más armónico y completo que ese del que renegamos. Decía que no, y era consciente de que se quitaba algo. Y de que lo hacía por sí mismo y no por nada ni nadie. De manera que tampoco era tan petulante como para creer que había "hecho bien y que su sacrificio valía la pena".

Hay unos noes de la gente que no es que sean falsos precisamente, sino que son como cartas de intenciones; afirmaciones ideológicas; pronunciamientos a la hora de definirse, de escoger bando, de comprometerse verbalmente. Son loables. Llegan a ser heroicos. Por lo general no tienen nada que ver con el vivir de quienes los emiten. Pero llegan a convertirse en símbolos de la libertad intrínseca del ser humano que, es curioso, sabe que la tiene, pero se resigna a no ejercerla, y ni siquiera es que se resigne; no se le ocurre ejercerla. Así, acepta que la vida sea absurda en su acontecer y coherente en su formulación.

En el caso de Juan, el no apenas si llegaba a ser verbalizado —y mucho menos construido con razonamientos. Correspondía más bien a un gesto instintivo, visceral, que sólo podría definirse como pudor existencial. Y si la vida social incluía como normales, aceptables, ciertos actos o actitudes, Juan aceptaba que así fuera, y se retiraba tan campante.

Aunque un año, ese del noviazgo destinado al matrimonio, se presentó de pronto la sensación de que prácticamente se había retirado de todo lo que era el campo social de la vida. Los noes se acumularon en su irreversibilidad y, noviazgo o no, Juan se dio plena cuenta de en dónde se había colocado: afuera. Totalmente afuera y por añadidura solo.

Entre tanto, el noviazgo, los planes, los ahorros, el inicio apenas perceptible de un choque sin remedio. Todo al mismo tiempo y difícil de entender, pues al fin y al cabo Juan era joven y muchas de las cosas que le sucedían eran primerizas todavía.

El parloteo feliz de la prometida sólo podía ser enfrentado con una sonrisa hermética que ocultara la desazón y que parecía decir: tú ocúpate de esas cosas, aunque él sabía que no, así no era. Era una abrumadora sensación de apabullamiento, de vértigo. Una especie de horror de que nada estuviera en su sitio y aún más, de no saber cuál era el sitio de nada. Una oscura sospecha de no estar siendo, al mismo tiempo que se veía ser entretejido por las cosas, esas cosas humanas que precipitadamente definimos como vida: buscar un departamento, fijar la fecha para la boda, pensar en los muebles.

¿Alguna vez han escuchado a los demás? Sí, escuchado. O visto. Los demás siendo vistos por uno desde afuera. ¿De dónde sacan ánimos para tanta trivialidad? ¿Cómo le hacen?, se preguntaba seguramente Juan luego de una merienda en casa de los futuros suegros.

Y deprimido volvía a su casa envuelto en un silencio hosco y quizá en el fondo aterrado.

¿No lo han sentido ese silencio? Hace sudar las palmas de las manos. Dicen que se llama neurosis. Es terrible. Es cuando los actos propios dejan de ser una secuela del estado de ánimo. Quién sabe cómo se produce una fisura y por allá queda botado lo que creíamos ser, como un viejo gabán muy arrugado, y uno acá, desconocido. Y no obstante, no obstante, un apenitas algo que sigue siendo uno, aunque por el momento esté ofuscado. De ahí el retraimiento, la agobiante espera a que algo se aclare. El correr de los días, el inane sonido de los demás.

Y por si fuera poco, el noviazgo, aunque quizá era lo único que ayudaba.

—Y además, si no me hubiera gustado, no me habría querido casar con ella.

Con Juan siempre sucede así: de entrada parece impenetrable. Una fortaleza misteriosísima y vagamente monstruosa, para que al cabo de un rato termine uno comprendiendo que no es sino la sencillez muy bien condimentada de sentido común.

Es la madrugada y sé que no está mi padre. Las Natis allá en su cuarto de la azotea. Mis hermanos duermen. El pavimento allá afuera brilla de humedad; las luces todavía encendidas. La ciudad pareciera envuelta en vaho. Cómo está sola. En realidad, la pobre de mi madre no debió haber muerto. Cuánto desorden se vino a instalar en nuestras vidas. Qué apretado, nudoso está este recuerdo. No se deja desentrañar. En el silencio terso de aquella madrugada, tan semejante a ésta, aunque allá afuera no haya una ciudad sino un lago.

La ciudad, lo sé, se mostraba segura de sí. Tenía sus barriadas en donde apenas se iniciaba el hacinamiento, pero ella lo ignoraba. Mostraba soberbia su faz afrancesada. Con todo y sus taquerías, sus banquetas rotas, sus canasteros, que también se iban empobreciendo.

Era curioso cómo, viviendo prácticamente encarceladas en aquel departamento, podíamos ver tanto en las rápidas escapadas que lográbamos hacer. O de plano comprar: con la Nati grande se podía hacernos guajes para ya encontrar cerrado el portón de la escuela. Regresar luego despacito, recorriendo cada calle con detenimiento, ávidas por conocer esa ciudad en la que decían que habíamos nacido. Las casas de la Nueva Anzures iniciaban sus ritos mañaneros con la sirvienta que lavaba el coche o barría la banqueta. Adentro la familia estaría levantándose, duchándose, desayunando pan tostado con mantequilla, jugo. Cosas de las que luego aprende uno a prescindir. No son tan importantes, pero lo eran. Al caminar junto a esas casas uno miraba ansioso, queriendo detectar un gesto, un movimiento, una expresión. Era envidiable la indiferencia de la Nati grande. ¿En qué podría estar pensando? Mi hermana y yo parloteábamos. Nos ocultábamos esa pequeña esperancita: a lo mejor ese día veríamos a mi papá. Un niño no sabe nunca que está sufriendo. Se distrae con cualquier cosa. La perspectiva de los dulces que compraríamos llegando a la tienda. O que estuviera mi hermano y quisiera jugar con nosotras. Era sólo de golpe, por accidente, que percibías la grisura solitaria de la vida, como esa madrugada en la que quedó enfundado el recuerdo. Cuánta falta me hacía el mar, el sol de Acapulco. Cuánto me estorbaba la ciudad con su adustez, sus mil imágenes que impedían que una sola me llegara hasta el fondo. Ah, doña Oti simplemente habría dicho: ¿No se los dije? Están mejor con su abuelita.

Indudablemente, por eso ni hablábamos del asunto: sabíamos mi hermana y yo que ésa era nuestra vida. Sabíamos que no había de otra. Y dentro de todo era ventajoso ir descubriendo que éramos libres. Cuando creciéramos, planeábamos en voz muy baja, pondríamos nuestro departamento solas. Ya no más depender de nadie. Entre tanto jugábamos a la mamá; a veces yo, a veces ella y siempre las dos de mi hermano, cuando se dejaba, porque no hacía más que decir todo el tiempo: déjenme, estoy estudiando. Del mayor ni se diga: era el mayor.

Bon jour, madame, decíamos al entrar en la escuela, y luego, cada cual por su lado, presenciábamos los ritos desde una extrañeza total. No sólo era escuela nueva, sino que era en francés, de veras, muy amanerada. Había que vencer una sensación de ridículo cada vez. Y regresar a la casa y obedecer, comerse todo y sentir que el tiempo era largo y oscuro como un túnel, con pequeños estallidos de euforia cuando aparecía mi padre que sí, palabra, era mágico. Sus trajes muy bien cortados, su olor a loción fina, sus calcetines de lana fina que servían tan bien para la guerra, sus lapiceros de oro. Guapo y divertido era. En dos segundos nos hacía olvidar que habíamos estado solas, y nos embarcaba en algún cuento en el que a veces nos quedábamos durante días, porque arropándonos y apagando la luz prometía: vuelvo pronto, ya duérmanse. Casi nunca era cierto, pero no importaba.

Es preciso contarlo así, muy de a poquito, como los planes que hacíamos mi hermana y yo, o los que nos platicaba mi padre cuando, en la sala, con la luz apagada, hacía flotar la brasa de su cigarrillo y nos dibujaba con ella la casa en la que viviríamos algún día.

Qué iba a saber uno de problemas económicos o de cualquier índole. Vivíamos en hipos, a saltos, procurando afianzarnos muy bien en las esporádicas presencias de mi padre.

Ah, y bueno, también nos hicimos amigas de los niños del departamento de arriba. Eran gringos y su departamento, de idénticas dimensiones al nuestro, nos resultaba acolchonado, un poco Walt Disney. Algo impedía que sintiéramos envidia, a pesar de que ahí estaba lo irrecuperable para nosotros: la familia con su mamá, su papá y el perrito. Pero ese algo era el plástico. Había, claro, madera y fierro también, pero la sensación que producía el departamento era ésa. No se sentía sabor ni olor. No se sentía cariño de ese que se oye. Era película. El niño que bajaba en la tardecita con un pan bimbo untado con mantequilla de cacahuate, tenis, pantaloncito corto, camisa que no se arruga. En el quicio de la puerta, ora en un pie, ora en el otro, mordisqueando su pan y esperando a que nos decidiéramos a bajar al garage para seguir con la competencia de trompos. Mi hermana y yo a lo mejor, estábamos seriamente enfrascadas en una guerra de cojinazos, lo que implicaba desmontar casi todo el departamento para poder tener buenas guaridas y rápido, porque ya no tardaban en bajar las Natis. La admiración en los ojos del niño al ver el desorden. ¿Las dejan? ¿Quién? ¡Aguas! Le gustó. Dejó su pan en la mesa y le entró con ganas, hasta que alguien rompió algo. La puerta se había quedado abierta y mummy vino a asomarse y se llevó a su chamaco de una oreja.

Hazme el...

Reacomodar no era ningún problema. Nuestro departamento estaba prácticamente vacío.

Las Natis entraban siempre olisqueando: ¿Qué andaban haciendo? Nada.

—No sé a qué le tiras. No entiendo ni jota.

—Yo tampoco entiendo por qué dejaste de leer novelas. Es más, me enoja. Me humilla un poquito.

—Pues no debería ser así. Leo las tuyas y no me disgustan tanto, aunque insisto, no sé a qué le tiras.

—A lo que vaya pasando. Lo que vaya saliendo a flote. Lo que vaya sintiendo. Una novela es una flecha que se lanza al aire, a ver qué. Un acto propiciatorio... no hagas gesto de asco, lo digo en serio, un acto propiciatorio para aprender a ver, a sentir las cosas de otra manera.

—Muy tu cuento. Parece ser que la candidez psicológica de los lectores de novelas no tiene límite.

—De todas maneras Juan ya existe aunque no seas tú del todo. Yo te pedí permiso para usarte y estuviste de acuerdo. El Juan que va quedando es creíble, ¿o no?

—Es absurdo.

—Pero ¿por qué absurdo? O, cuando menos, no más absurdo que cualquiera de nosotros. Por eso yo te pedía que te me quitaras de enfrente un rato. Tenía que oír al otro Juan. Necesitaba que te callaras tú. Y te enojaste.

—Lo aclararemos.

Parece tener siempre un tiempo infinito. O quizá otra calidad de tiempo en donde las cosas se suceden como calmados goteos que uno va pudiendo rescatar para salvarles lo salvable. Un tiempo en el que resulta posible entender el asunto desde todos sus ángulos; colocarlo ahí, muy a la vista, y prometerse ecuánime: ya le llegará su turno para ser atendido. O quizá no sea tiempo sino una fuerza de voluntad para no desencadenarse en una discusión inútil y farragosa que pretende aclarar algo y lo único que hace es encimar tonos airados. Como debieron, tal vez, ser las discusiones con su madre y, posteriormente, con su señora esposa.

Inútil, se habrá dicho Juan, la discusión nunca aclara nada; sirve para pelear más.

¿Y qué, entonces? No te prestas a esos estallidos que nos fragmentan y nos dispersan en mil partículas para rearmarnos un poco movidos en el espacio, temblorosamente distintos a lo que habíamos sido. Quizá más cercanos ahora a ese innegable antagonismo que es el otro.

En lugar de eso el silencio tenaz. El retraimiento. La aparente pasividad. Y la vida se va quedando en guiñapos. El tiempo se va enflaqueciendo.

—No sé a qué le tiras.

Juan, ante la andanada de recriminaciones de su señora esposa, embarazada ya de la primera hija, comprendió con una frialdad absoluta —bueno, no absoluta; no dejó de sentir un espasmo de angustia— más bien con lucidez total, que había cometido un error mucho más vasto de lo que él mismo hubiera podido calcular. Y, sin embargo, siendo las cosas como son, cualquier otra situación habría sido equivalente.

Parecerá una resignación desmesurada; nihilista casi. Esas reacciones que Juan produce siempre a primera vista. Un siniestro quietismo ante el infortunio. Pero también podría ser una cabal comprensión de cómo y por qué son las cosas como son y aceptar que lo que es cambiable no es la situación sino la actitud.

Ya, ¿a poco?

Pues sí. Si uno vive una vida posible, no una vida ideal. Y esa vida posible necesariamente está teñida de lo que nos circunda. Por eso, pese a su forma insatisfactoria hay que apropiársela. Darle lo más de uno que se pueda. Que era lo que Juan pensaba cuando se casó. Una vida quieta, muy suya. Cuando la señora esposa comenzó a quejarse (no ganas suficiente; no tienes ambiciones; qué va a ser de tus hijos), Juan dejó ahí su vida y lo posible se lo llevó a otra parte. Un departamentito callado, no excesivamente distante del hogar aunque sí algo, con suficiente espacio para sus libros y uno que otro objeto. A lo mejor un tocadiscos. Sobre todo, amplias superficies en donde colocar los momentos para irlos entendiendo.

Se desató una guerra fría aunque con treguas. Que la niña,

que los días de sol, que la risa pese a todo. Que, pese a todo, la otra vida, la posible, era más que posible. No había para qué ir más lejos que a donde lo llevaran a uno las piernas. Ahí estaba todo. En esos golpes de vista. En las expresiones de la gente. En ese Distrito Federal que crecía sin ton ni son y ahora apretujaba a su gente en camiones, en esas sombrías dependencias gubernamentales que se erguían amenazantes con su fealdad insólita. En esa manita de una niña que crecía a su lado y que, pese a las ideas estrambóticas de la madre, sabía caminar junto a él y enseñarle a ver. En esas lecturas apretadas, exigentes, que lo llevaban de la ciencia al arte en la callada paz de su departamento. No es mucha vida una vida así, pero es posible. Posible y más prevenida hacia lo que pasa afuera. Aunque no parezca.

Ah, pero nada como las ideas que nos heredaron y que nos hicimos de este país que supuestamente somos. Que si europeos, que si cosmopolitas, que si auténticos. Que si qué país, o que si pobre México. Y luego esa ansia por descollar y por fin sabernos nosotros en esos marchistas que ganaron las Olimpiadas, o aquel escuadrón que combatió en la segunda guerra mundial. Francamente no creo que nadie use tanto el nombre de un país como nosotros usamos el nuestro. Y lo más bonito: la manera en que el individuo desprende su persona cuando señala lo que nos hace falta: cultura. Engolando la voz: EDUCACIÓN, responsabilidad, trabajo. Se van desinflando como desanimados ante todo lo que hay que hacer todavía. O cuando se integran en el plural para proceder a una autonegación rapaz: lo malo es que nosotros los mexicanos no tomamos nada en serio. Y se compungen, como invitando al mundo a que nos castigue por ser mexicanos. Otra cosa que enternece por lo ilusa es la manera en que los priístas se creen país y es cosa de que todos entendamos y verán lo bien que nos va. Realmente sorprende la seguridad con la que los funcionarios hablan de un país que sólo existe en sus nóminas, y el otro, el de a de veras, desaparece.

Y es un poco esa discusión a la que Juan se niega porque cancela lo posible.

La novela, pues, no es sino una necesidad de acomodar los recuerdos, las percepciones, las sensaciones de una manera distinta, o mil, cada vez tomando como centro un rasgo imperioso de ellas que en su momento no fue sino la vida diaria, inmediatamente arrastrado por el siguiente y vuelto anónimo. Como si los momentos que vivimos en realidad los viéramos pasar en un carrusel. Y a veces extiendes la mano tratando de apropiarte de uno de ellos, pero no se puede, todo va demasiado rápido y además el ruido, ruido de feria con sus risas locas, su música discordante, su movimiento compulsivo. Hay ratos en los que te sumas y te dejas llevar, pero siempre una imagen, un gesto o una sensación te devuelven a ti mismo y te vas quedando como atrás. Allá va la bola, la fiesta, el grupo de conocidos. La soledad que se siente, la vulnerabilidad es atroz. Por eso corres atolondradamente para incorporarte y al menos sentir el grupo, si ya no la fiesta.

Muchos años después, o pocos, surgirá esa necesidad de novela en la que tratas de poner todo en su sitio; su verdadero sitio. No el que tuvo, sino el que tú sentiste. Tratas de reconstruirlo todo paso a paso, sabiendo que unas cosas quedan de cabeza, otras de lado y otras más desaparecen, pero lo que reconstruyes es un sentimiento de realidad. Un mundo que tú sabes que viste, para entender entonces qué pasó. Se requiere de una verosimilitud, no de una fidelidad.

—Es igual con la creación de un personaje, Juan, te descompongo, te desordeno como si fueras un rompecabezas, y cuando te armo de acuerdo con mi sensación, un ojo te fue a quedar por allá en la oreja, y un pedazo de tu vida sencillamente me lo salté a la torera. Pero sobre todo, no le presto importancia a las mismas cosas que tú y eso asusta o indigna, pues entonces qué sentido tiene mi personaje (desde tu punto de vista). Tienes razón. Así son las novelas. Con sus propias reglas y sus universos llenos de palabras. Y las palabras todos sabemos, suelen ser mentirosas. Ahí tienes tú democracia, libertad, estabilidad o justicia.

Sólo que en una novela la palabra aislada no tiene sentido. Ni siquiera la frase: salir de la crisis, pon tú; estar nuevamente en pie... Sino que es la manera en que están ligadas unas a otras para construir esa verosimilitud, o no construirla. Es decir, una novela es buena o es mala, pero no puede nunca ser mentirosa. En ese decretar cuál es la buena y cuál la mala entra en juego la libertad del lector.

Las madrugadas aquellas, en el D.F., en un cuarto o quinto piso, eran muy semejantes, sí, a la neblina matutina de este lago de Zirahuén. El mundo quedaba sepultado por algo borroso, sumamente frágil, pero inflexible en su cerrazón. Todos se han ido y me han dejado aquí. Un silencio extraño; un súbito latir del corazón: ¿y si nada volviera a ser normal? Una imagen de pronto: estar viviendo pese a todo. Querer seguir haciéndolo. Así el lago en estas mañanas neblinosas en las que dios, cansado, echa un borrón a su paisaje y se muestra indeciso para volver a comenzar: aquí, en un primer plano, los árboles; allá, en el fondo, una cordonada oscura de montañas; más arriba el cielo azulísimo. Ahora el lago: ¿irisado? ¿azul verdoso? ¿blanco laminado? Así las mañanas en aquellas madrugadas que se iniciaban con el trajín de la miscelánea. Las cubetadas de agua para lavar la banqueta, el sonido metálico de la cortina de metal, las cajas de envases al ser arrastradas a la puerta, el sonido de la campana de la basura. Un enjambre de gentes que se multiplicaba por minutos para armar el bochinche cotidiano.

Las Natis lagañosas. El baño, el uniforme, a la escuela. Frase constante: súbanse a la banqueta, niñas. No acababa de arraigar en nosotras esa escuela francesa de dos pisos, con sus monjas elegantes y su alumnado tan desconocido. No llegábamos a hacer amistades. A las once, planeábamos: yo digo que me siento mal, que estoy extrañando mucho a mi mamá y que te llamen. Nos subían juntas a la enfermería hasta que llegaba la Nati grande por nosotras. Así.

Un día, poco antes de los exámenes finales, mi padre nos anuncia:

—Nos vamos a Guadalajara.

—¿Y los exámenes?

—No importa.

La historia oculta, entonces, podría ser esa manera imprevista en que se desmorona la realidad que creíamos inamovible (hagan de cuenta, los edificios caídos por el terremoto), y nos deja desnudos y vulnerables. No importa, nos dice alguien de repente, ya se van a México. Duérmanse, que yo regreso más tarde. Y en plenos exámenes: no importa. Cuando otras veces: estudiaestudia...

Nunca volvimos ni a esa escuela, ni a ese departamento, ni a ver a las Natis.

Y te siguen diciendo: siéntate derecha. No se come con la boca abierta.

Capaz que por eso no funciona el parlamentarismo. Como que le falta seriedad al asunto. ¿Es por eso que dejaste de leer novelas, Juan?

Podría ser también, la historia oculta, digo, aquella que quedó sepultada bajo los escombros, que junto con la que salió a la luz, mostraron algo que estuvo ahí siempre: el verdadero país que somos, que hemos sido siempre: un pueblo eternamente sojuzgado en espera de algo mejor. ¿O será la historia oculta ese "algo mejor"? Como que no lo creo. Todos los que han creído hacer de este país "algo mejor" han dejado una página escrita en esa historia que tanto nos machetean en la primaria. Esa que nos aprendemos tratando de imaginar la respuesta en el examen, pero que en el fondo no sabemos, porque no la sentimos propia. Continuamente nos la están haciendo. ¿A ver tú, sí, tú, no el de al lado ni el de atrás, tú, cómo se llamaban los Niños Héroes? No, pues a menos que seas uno de los que escriben discursos para los diputados en turno, que son los que se echan esos rollos sobre los héroes patrios. Tú no tienes la menor idea ni te importa. O si te vuelves un acucioso investigador del Colegio de México que ha conseguido una subvención para estudiar el período entre 1912-1913. Que lo más probable es que no sepa ni le interese lo que pasa en la política nacional del momento en que lleva a cabo su investigación y que, no obstante, también será historia, de esa misma que él investiga un cachito.

Porque sí se da el caso de que los pueblos se apropien de su historia, la modifiquen, se la arrebaten a quienes antes de encarnarla quieran ya verla en lujosos volúmenes encuadernados. Se da el caso, pero no es el nuestro pese al millón de muertos que produjo la Revolución. A ver tú, ¿quién fue Zapata? No, pues ése sí... él luchó por/ una mano diligente, ansiosa se levanta. Los ojos del maestro se vuelven mecánicamente a él, por lo que de inmediato se oye una voz firme: de Womack, señor. Un revolucionario mexicano. Asombrado, receloso, el maestro quiere saber: ¿Quién, Zapata o Womack? Ambos, señor.

Y quizá entonces quepa preguntarse si la historia oculta es esa que no ha hecho todavía el pueblo.

Y la cronología de los hechos, naturalmente, se nos va al carajo, lo cual produce una cierta desazón porque entonces parece que nos sobran incidentes o nos falta tiempo. Pero luego como que uno descubre que la sucesión de los hechos es, en sí, descabellada. Que lo mismo daría que una cosa sucediera antes o después ya que de todas maneras suceden de manera totalmente arbitraria. Y cuando por ejemplo mi hermana se alarma y me dice: No, qué bárbara, eso no pudo haber sucedido entonces o así, descubro que en efecto no sucedió así, pero sí pudo. Y da lo mismo.

Por eso ahí vamos una noche en tren a Guadalajara con mi padre. Imagínense nomás. Venía metido en el tren. No sólo eso. En el compartimiento. No se podía ir a ningún lado. Y además parecía completamente a sus anchas, dispuesto a quedarse. Esa noche nos contó Cyrano de Bergerac con lujo de detalle. El traqueteo del tren, la brasa del cigarro, la manera en que el pasado se iba borrando con las aventuras de Cyrano. Y Guadalajara, un nombre con tintes rojizos, una tía cuyo recuerdo me producía simpatía porque le captaba un despiste, una como distracción que la hacía perder de vista una de sus manos, por ejemplo, o a veces la cabeza y entonces asomaba a su cara una mirada extrañada que a mi hermana y a mí nos encantaba. Codazo: ya se le volvió a perder algo.

Esa manera que tienen los adultos de platicar por la noche cuando dan por sentado que uno duerme. Porque eso sí, cae la noche y de cajón tienes que tener sueño; tienes que estar cansada; tienes que lavarte los dientes, darles su beso de despedida, ponerte en la cama y dormirte como balazo. Mi hermana y yo, en la oscuridad: cuéntame algo. No, tú. Tú primero y luego yo. Y así, con el sonido de su voz y sus relatos entrecortados (y...y...y...) te quedabas dormida.

Familia paterna, no materna. Todos se parecían sobre todo en un sonsonete medio decadente al hablar. En las mujeres ronquito, indolente. Me gustaba mucho, más que nada en aquella tía de Guadalajara que tenía unos golpes de risa espesa y cómplice con nosotras. Cuando se le perdía algo sobre todo.

Lo más bonito era que la puerta de la casa —de un piso, pero el segundo, ya que el de abajo lo ocupaba una miscelánea y una tienda de refacciones de automóviles— se abría desde lo alto de la escalera con un tubo en el que se había soldado una cadena que llegaba hasta el pestillo.

Uno se pone a pensar en todas las puertas, rejas y zaguanes que lo han separado de la intemperie: desde aquella primera, con batientes, en Acapulco, hasta ésta, angosta, en la que desembocaba la escalera empinada.

—Aquí van a vivir un tiempo con su tía para que ella no viva sola (risa espesa de mi tía, de nosotras y por último de mi propio padre). Está bien, nada más mientras yo arreglo las cosas.

—¿Las cosas? ¿No que ya estaban arregladas?

—Unas, pero faltan otras. Ya duérmanse, luego voy a venir por ustedes.

Sin más de pronto nos encontramos en esa nueva situación, en un cuarto que parecía ser de los tiliches, rápidamente adaptado para nosotras. Tenía una puerta que daba a una azotehuela gris y fría.

Por las mañanas escuchábamos radionovelas francamente apasionantes. Por las tardes venía con frecuencia de visita un hombre extraordinariamente feo, al que adorábamos. Era padrino de mi hermana y se lo tomaba muy en serio. Traía regalos siempre. Le decía "ahijada" en tono solemne. Ninguno de mis tíos era así, con un dejo de cursilería que afortunadamente se veía sepultado por su buen humor.

Llegaba, nos decía unas cuantas cosas y luego iba a sentarse con mi tía en la sala. Nadie en esa casa nos decía nada particularmente indicativo de lo que podíamos o no podíamos hacer. Circulábamos con plena libertad por el departamento; nos salíamos a la calle. Si hacíamos demasiado alboroto surgía la expresión consternada de mi tía que parecía sugerir: qué podríamos hacer para. Gradualmente nos fuimos controlando, limitando sin ninguna sensación de reprimenda. Era instintivo. Al caer la tardecita ya no salíamos a la sala. Nos quedábamos en el cuarto, y si teníamos que pasar a la cocina, lo hacíamos luego de haber anunciado mucho nuestro paso con exagerados carraspeos y toses. Habíamos percibido movimientos bruscos, fugaces rubores. La luz de la sala tardaba mucho en ser encendida. No hacían el amor, por supuesto, pero sí debían desplegar una que otra manifestación de ternura. La palabra "amantes" la oí mucho tiempo después. La que sí escuché casi desde siempre en relación con esa tía fue la de "divorciada", que le iba muy bien a unos mechones plateados que tenía. Era muy guapa.

Trabajaba como jefa de compras en un gran almacén. Viajaba a París una vez al año. Cuando nos llevaba a la tienda con ella, todo el día nos envolvía una fragancia dulce, una sensación de vaporosidad. Jugábamos en los pasillos, entre la Ropa para Dama, en las escaleras eléctricas, con constantes viajes a la Fuente de Sodas.

Pero lo que en el fondo nos impresionaba más era la familia de la miscelánea de abajo de la casa: papá, mamá, y dos hijos un poco mayores que nosotras, que nos llevaban en sus bicis cuando se iban a repartir mercancía. Jugábamos en la calle, entre llegada y llegada de camiones distribuidores, porque entonces tenían que ayudar. Supongo que en las mañanas irían a la escuela. Nos impresionaban porque eran una familia a toda regla, y por la tienda, en constante movimiento siempre. Jugar a la tiendita había sido siempre fascinante, y ahí, a veces, nos dejaban ayudar. Los padres nos trataban con cierto recelo, sobre todo porque al llegar mi tía, elegantísima, perfumadísima, luego de comprar cigarrillos o algo, nos decía: ya súbanse a la casa, niñas. Cuando volvíamos a aparecer a la tarde siguiente, como que se necesitaba un rato para que volvieran a tomarnos confianza.

Otras veces mi tía nos llevaba a casa de unos amigos suyos "en donde hay una niña para que jueguen". Era una casona vieja, pero muy suntuosa por dentro. La señora de la casa tenía el pelo muy negro y se lo peinaba en chongo, estiradísimo, de tal manera que los ojos, muy negros también, se le veían enormes, jalados. Eso le daba un cierto aire de fanatismo. Uno esperaba que de un momento a otro se soltara declamando algo dramático o, cuando menos, cantando un aria de ópera, algo. Pero era muy mesurada. Caminaba muy erguida por los largos pasillos hasta llegar a la recámara de su esposo, muy allá allá al fondo de la casa. Mi hermana y yo íbamos detrasito de mi tía, mirando de reojo a la niña, que a su vez nos miraba de reojo.

El papá estaba en cama, rodeado por toda suerte de aparatos electrónicos, sillones en donde se apilaban revistas, libros, discos, chocolates, cigarrillos. Su habitación era enorme y tenía una gran puerta de vidrio que daba al jardín. No estaba enfermo. Años atrás se había dejado vencer por la indolencia. Levantarse para qué. Era un hombre muy rico.

La niña era monstruosamente consentida. En realidad nos habían llevado a su casa en calidad de juguetes suyos. No la sacaban jamás a la calle. Era hija natural (tan absurdo ¿no? natural). La señora con cara de cuervo era también Amante. ¿No te digo? Lo pasean a uno por todos los ángulos de la moral sin explicar nada y sin dejar de ir a misa los domingos.

Mi tía nos dejaba ahí por la mañana y no volvíamos a ver ni a la señora ni al señor. La niña tenía su sector de la casa, con su cacho de jardín lleno de columpios, sube y baja, resbaladilla, cuadro de arena, estanque con peces. Y en su cuarto tenía TODOS los juguetes del mundo. Decía: "ah", y de inmediato una legión de sirvientes aparecía. Nosotras nos quedábamos mudas. La veíamos hacer sus berrinches (a veces nos echaba la culpa, pero los sirvientes ni nos miraban). Se deshacían por calmarla. En ocasiones no era posible. Se la llevaban y quién sabe qué le hacían. A nosotras nos dejaban en el cuarto de juegos, nos traían de comer y nos avisaban luego que mi tía había llegado. Nadie decía nada de la niña. Dos, tres días después regresábamos y ahí estaba como si nada.

No nos queríamos, pero nos rogaba que volviéramos. No siempre aceptábamos. Los juguetes se ven una vez y ya, luego hay que jugar. Con esa niña no se podía mucho.

Pero así como en la vida propia la historia oculta vendría a ser una especie de refine de las experiencias; una suerte de determinación a cincelar por fin la forma de nuestra vida. Un cincelamiento más franco que estético, la verdad, en la novela, vendría a ser un cambio de estructura, no por la innovación de la forma que se apoya en el juego de la tipografía, sino por el cambio de actitud de la voz narradora. La manera en que se coloca ante lo que narra.

Veamos, por lo pronto, cómo va Juan.

Ya en su departamento, con su mujer y su primera hija, en espera de la o el segundo. Nada había sucedido, decíamos, como había sido anticipado, pese a que no se habían anticipado grandes cosas. Sobre todo: la calma, la estabilidad, siguen resultando inalcanzables. Hay esos días grises, sordos, acorralados, en los que uno va de la casa al trabajo y de regreso, en los que por más que la risa haya chisporroteado aquí y allá, o la emoción, o una inesperada sensación de comodidad, uno se siente contenido en algo asfixiante; nada con qué ilusionarse; nada qué imaginar. Los placeres, por pequeños, parecen achatarse vertiginosamente, vaciándose de sentido. Las banquetas son más que ruinosas. El contento de los demás agresivo y ajeno. Y no obstante se deben abrir puertas, ceder el paso, pasar el azúcar y dar los buenos días en una violenta preservación de la cortesía más elemental. Se debe coexistir con los demás aunque por dentro algo esté aullando una interminable protesta. Se debe uno acostar por la noche y levantarse por las mañanas con ese mismo peso interior.

Lo que le sucede entonces a los objetos que nos rodean; a los ritos que nos hacen; la manera en que paulatinamente se van quedando desnudos, como ateridos de frío, mirándonos con recriminación. Ese florero que antes fue parte del día; el lomo de aquel libro. El pequeño gozo del desayuno. Hay una niña, cierto, que lo salpica todo de gritos y pequeños manotazos libres, de pasitos minúsculos e inciertos que van subrayando espacios antes no vistos, pero justamente por eso, por ella, una sombra de culpa ante el malestar propio; el desánimo. No va resultando lo mismo encontrarse solo ante la lectura tanto tiempo esperada. Ante el tocadiscos que por fin se ha logrado comprar para escuchar detenida y repetidamente lo que se descubrió de pasada en el radio. Y, sobre todo, no es nada justo beber de la vida de esa niñita en cuyos ojos apenas se empiezan a acomodar las cosas.

Reproche no hay. Sólo una lenta desesperación que a ratos amenaza con ahogar.

¿Cómo le haríamos para salir de este estado depresivo?, parecía preguntarse Juan con su paso rígido y aparentemente ausente, absorbido por el resplandor magnífico de la tarde; por el caprichoso trazado de las antenas de televisión; por el sonido lejano y acariciante de platos y cuchillos, de radios, de voces ya recogiéndose. ¿Cómo le haríamos?

En una ciudad como el Defe es francamente imposible decirse: allá están ellos, viviendo, y heme aquí solo yo, pobrecito. Bueno, imposible no es. Se llega a decir. Pero resulta de veras absurdo, cuando a la altura de las rodillas hay una mano que se extiende pidiendo una limosna por el amor de dios; hay un hombre tirado en el quicio de una puerta, una mujer acuclillada vendiendo un puñadito de ajos ya marchitos, jóvenes de expresión ausente, niños de mirada hambrienta. Siempre han estado ahí, subrayando lo iluso de nuestro progreso. Siempre han sido muchos y siempre, siempre tremendamente distantes y distintos de quienes pueden soñar con un futuro.

Juan, de niño, los había descubierto muy poco a poco. Había creído que todos, tarde o temprano, serían recogidos por alguna institución. Atendidos. Con el tiempo se fue dando cuenta de que no. Estaban ahí. Nadie les hacía caso. Eran el primer hilo por donde la mentira se desenrollaba. Eran, quizá, el principal obstáculo para la autocompasión. A lo mejor el único. Por eso no quedaba sino caminar hacia enfrente, dejando que la vista se estrellara, más o menos ociosa, sobre aquel edificio horrendo que crecía en medio de todas las miradas, o aquella maquinota extraña, estridentemente amarilla, que producía un gemido tan doloroso. Detenerse largamente ahí por ese brusco olor a cuadra en medio del silencio húmedo.

Pasemos ahora al gusto por las cosas. Es una relación directa; no tiene intermediarios. Un chisporroteo instantáneo que nadie sino uno percibe. Los detalles al hacer. Una edificación minuciosa del gran rito del vivir. Poner, al sentarse solo a la mesa, aunque sea para un café, un cuadradito blanco. Por lo menos. A fin de cuentas será lo único que nos irá quedando, y es muy fácil perderlo. El masticar detenidamente una fruta, como lo hacen los niños, recogiendo todo el jugo y el color que sabe tener una fruta. Aspirar hondamente los olores (de una papelería, pongamos). Detenerse un momento ante la composición total de una situación. Una vez que se entra en ella, nos olvidaremos de la coherencia del todo, y por lo general tienen un equilibrio perfecto. Si en realidad uno vive pasando de un escenario a otro, y pareciera que el único que no se sabe su papel es uno. Los demás lo hacen siempre indiscutiblemente bien.

Por eso el gusto, más que el objetivo —que luego nos instala en una incomodidad pasmosa y nos hace colgarnos de algún hipotético resultado, siempre decepcionante en comparación con el esfuerzo para obtenerlo— es preferible.

Los gustos de los demás me impacientaban; me hacían alzar los ojos al cielo y apretar los puños. Por qué no se apuran. Ahora el interminable cuestionario sobre la salud de la familia. La complicadísima receta. La eterna queja por los precios. Y los cuerpos se dejaban estar. Las manos acariciaban las asas de las tazas, la tarde apenas si se asomaba, y al enterarse de lo que se trataba, se iba quietamente. El gusto ahí, instalado en el centro de la mesa. En la fruición con que la gente rumia los momentos.

Que se va la vida, ¿qué no se dan cuenta? Se va para siempre. Ah, pero los gustos de los demás son siempre inexplicables, inoportunos y, sobre todo, sosos. Qué gente, qué manías. Yo me voy.

Crisis de auténtica rabia me daban. Quería ser el tiempo, siempre en libertad de alejarme, de perderme, de desperdiciarme, de malgastarme.

Las visitas: ¡Qué gusto que hayan venido! La cortesía: Tuve mucho gusto en conocerlo. La forma: Me dio mucho gusto. No es lo mismo que los gustos. Cuando no te llevas con alguien porque tiene unos gustos horribles (para ti). Los buenos gustos. Los malos. Pero en resumidas cuentas todo se traduce a lo mismo: diferencias y semejanzas. Captarle el gusto a alguien era como descubrir el contorno de su ser. Su exacto diseño. A veces no lo conseguías jamás. Están siempre en actitud de antesala. Gentes que vas dejando al paso aunque a veces se produzca una chispa de curiosidad. Sigue cada cual por su lado y es posible que una o dos veces te vuelvas a mirar intrigado. Pero no. Cuando las circunstancias lo permiten; cuando permiten que las cosas se unan, que la situación quede cosida conteniendo a un cierto número de personas por un determinado tiempo, el gusto de cada cual casi siempre sale a flote. Parecía que una vez que lo descubrías perdía todo el chiste el asunto. Hubieras querido irte rápido a otra parte. Seguir buscando por otros lados, ya que de eso se trataba: ver muy en silencio. Tanto que casi desaparecías. Ver cómo la gente cree estar diciendo lo que dice, sin notar que su ser se le desparrama por todos lados, muchas veces asqueado por lo que va quedando dicho. Ver cómo quien no abre la boca está tan plenamente ahí que pareciera estar gritando. Ver a los que abandonan su cuerpo, pero se van. Como si conectaran el piloto automático. Y la manera en que transcurren las cosas: como si nada. Como si fueran un juego, pero pobre del que se atreva a decir que sabe que es un juego, porque lo sacan, le llaman la atención, o simplemente ya no le hacen caso. Lo tratan como a un *niño*.

Hazme el favor, serenado.

Luego por eso uno le anda encontrando el gusto a los demás sólo mediante una ardua labor de espionaje, y dan un poquito de lástima, porque te los imaginas solos, en su cuarto, cuando nadie ve ni oye, por fin soltando la respiración y sintiendo su gusto. Luego, también por eso, empiezas a esconder el tuyo.

Son pasos. No, escalones. Tampoco. Son martilleos en la conciencia. La moldean. La construyen, que es una palabra fea. Suena a mucho fierro, tornillos, clavos. Feo. Lo que ve es infinitamente más suave. No tiene ninguna figura. Se mueve con una precisión libre. Y los movimientos son infinitos. Siempre distintos. Siempre augurando una forma nueva. Nos lleva de la mano como si fuéramos visitantes esperados. Lo bonito es que no hay palabras. Nada se llama de ninguna manera. Es.

—Que dice mi mamá que ya te vengas a comer.

Juan apagó el tocadiscos y siguió a la niña.

Con todo el tiempo del mundo me coloco muy de frente a la página. Bien abrigada porque voy a sentir frío. En esto del recuerdo así pasa. Y no es cierto que fuera siempre de madrugada, oscura y con frío. Había también a veces ese sol pálido que suele asomarse en los jardines de las casas de México, y que más que calentar subraya el frío circundante. Un sol que no puede con tanta ciudad y que a mediodía, impaciente, se desploma sin miramientos.

Además, y como todo el mundo sabe, esta ciudad de México

es muchas ciudades, y como en lugar de llegar a la Nueva Anzures, llegamos a la Roma, a mí me pareció que el mundo se
apretaba y oscurecía de manera muy particular. Los edificios
eran de piedra gris, pesadotes. Los camellones todavía eran
anchos, pero ya el tráfico, en la calle de Veracruz era ataran-
tador.

Veracruz 38, departamento 6. En el departamento 3 vivía
otra hermana de mi padre.

Las tías son al sentimiento familiar lo que los condominios a
la arquitectura. Suelen ser afables; no se comprometen demasiado y llegan a mostrar ternura. Pero, como es natural, tienen su
vida y tú te das cuenta de que luego del saludo, una que otra
pregunta, vuelven a mirar en dirección de sus cosas. Y tú te
quedas allá abajo, entre desconcertada y curiosa, ya que afanes
indagatorios se sienten siempre.

El departamento 6 aún más vacío que el de la Nueva Anzures.
Reaparecen los hermanos. Nuevas sirvientas. De la ventana, allá,
abajísimo, la calle. A veces mi padre pasando como un suspiro
colorido, dejando toda la atmósfera del departamento removida.

Y a la casa de la tía nos bajaban a la hora de comer.

Departamento a la antigua, con grandes muebles de caoba. Los
abuelos en marcos ovalados de plata. Sumamente serios. Adorni-
tos. No se toca nada. Puertas cerradas (la tía dormía hasta
tarde. Sus dos hijos se iban a trabajar temprano. Eran jóvenes;
independientes). Había que esperar en silencio a que la tía despertara. Sentadas en esa sala cerrada, de pesados cortinajes, de
ceniceros de plata por todos lados. Recorrer mil veces lo reco-
rrible con la punta del dedo. Supongo que leíamos, o nos volvíamos a subir a nuestro departamento en donde por lo menos se
podía hacer ruido.

Cuando despertaba nos dejaba entrar mientras le servían el
desayuno, y entonces podíamos ver la televisión, probar sus per-
fumes, sentarnos ante el espejo.

Era bienhumorada la tía, aunque siempre le daban jaquecas
terribles, por lo que muchas veces no se levantaba de la cama y
todo permanecía en penumbras. Quieto. Como guardado en un
cajón.

Si sí se levantaba, sus abluciones eran prolongadísimas, hasta
que por fin aparecía en la sala luciendo elegantísima y como del

siglo pasado. La hora de la comida entonces no era nada desagradable. Aunque había que observar las formas muy rigurosamente. La sirvienta de punta en blanco; los tenedores de plata. Cómanse todo el betabel, niñas.

Ah, el porfiriato. Cómo dejó huérfanos de imagen.

O salir sin hacer ruido al golpe del día, a palpar la humedad que vive en los muros, detrás de trepadores y tallos volubles. Pero ¿qué haces, Juan? ¿Qué andas haciendo a la hora de la siesta, hazme el favor? En el calor de Acapulco, cuando toda la gente de bien se recoge en sus habitaciones para no morir calcinada y estar muy fresca y sonriente a la hora de recomenzar la tarde. A nadie se le ocurre comprobar cómo ciega el mar con sus destellos metálicos en una segura carcajada silenciosa. Todos creen estar llevando sus vidas sin saber que el mar, que se va en mil direcciones, se las vive.

Pero tú andas de vacaciones, muy breves, sí, de oficinista. No obstante, vacaciones. ¿Por qué no te estás y retomas en su momento el rumbo cabal de la semana?

Inútil. Soberbia, y luciferina además, la manera con la que recorría callejones y callejuelas (por detrás de los hoteles) sin ver aquello que tan magníficamente ha sido preparado para los ojos vacacionistas, sino más bien las largas horas de lecturas solitarias que sobre el mar, hinchando velas, parecen soltar amarras y dirigirse seguras a otros confines del mundo.

Ah, porque es que esto de la realidad es así, ¿no es cierto? Chiquita, estrecha y asfixiante si uno lo acepta. Y sin embargo no es sino un punto de partida, y Juan no estaría en lo más mínimo de acuerdo si de repente alguien le espetara: ¡Soñador! En lo más mínimo. Realidades reales que a cada cual le toca conquistar (toda vez que uno acepta que jamás llegará a ser Hombre de Bien, Hombre con Éxito, Hombre Poderoso), porque los esfuerzos que una empresa así requerirían son francamente agobiantes, madre mía. De manera que tú tranquila, yo no la paso nada mal, pensaba al entrecerrar los ojos y permitir que el mar se convirtiera en una fría línea acerada, porque bajo este atroz silencio de inmensidad que se sabe perdida, cuando la luz se rehaga un pájaro romperá sus alas en el aire amarillo...

Poquitas cosas, poquitas en esta vida, pero quizá amplísimas, o cuando menos propias en el sentido de que nadie jamás sospeche que es uno quien va imponiendo la dirección, el ritmo. Dijérase una de estas palmeras que se desperezan con tal desfachatez hacia el cielo, o como el agua del manglar, fría en lo hondo y que se pudre sin prisa.

Raro pensar que un Acapulco como el que conocemos, la perlita más bella y destruida del Pacífico, el sitio de los carrizales rotos, la bahía más segura de todo el continente, el mayor burdel de América Latina, pueda ser transitado tan quedamente en la silente hora de la siesta.

E imaginar entonces a los acapulqueños saliendo de la penumbra, restregándose los ojos con azoro al descubrir un paisaje limpio y libre, sin más movimiento que el del viento que baja del norte, áspero y añejo. Los grandes hoteles desmoronándose y liberando el espacio, y los jardines de las casas particulares explotando en efusiva vegetación.

Ah, qué bonito, hasta que asome lejos la línea azul del mar anclado en la mañana.

Un hueco en la tarde a veces se daba. No había que buscarlo. Aunque la tarde en una oficina no tiene nada que ver con nada, ¿verdad, Juan?

—En efecto. En una oficina nada tiene que ver con nada. Aunque suelen pasar cosas divertidas. Cuestión de paciencia.

—¿Como qué?

—Pues, por ejemplo, tú pensabas que yo mataba niñitas en el bosque. Y, a propósito, ¿cómo las mato?

—Estrangulándolas. Las esperas detrás de los árboles.

—Ah, claro. Y como es tan normal que las niñitas proliferen en los bosques. ¿En cuál bosque, eh? ¿En el de Chapultepec?

—No, por supuesto que no. Sería escandaloso. Más bien yo te veía en Tlalpan.

Se forma la imagen un momento —quizá está viendo el manicomio de Tlalpan, ése, ¿cómo se llama? La Floresta. Que ya no es, ya sé.

Lo veo muy adusto, muy indiferente a primera vista. Camina con las manos asidas por detrás, dirigiéndose a su lugar, pero deteniéndose de pronto (uno hubiera dicho que iba a hacer algo. Y no, iba a ver algo). Lo vi pasar todavía empapada de todo lo nuevo, lo desconocido que había en aquella oficina, y a él lo sentí más desconocido todavía. Completamente distinto a todo y sin embargo con una capacidad de anonimato extraordinaria. Con la costumbre, luego, se me olvidaba que estaba ahí, hasta que nuevamente, sin querer, lo veía pasar (con las manos asidas por detrás).

—Pero ¿no será violento, no? Sería muy desagradable.

—Nada. Yo en realidad no te veo matándolas. Sólo sé que las matas. Es algo que me aflora en la conciencia y luego se me olvida.

Así, sentados frente a frente, buscando una manera de hablar que resulte cómoda, que no mate el tiempo, que es lo que se suele hacer en las oficinas. Más bien que lo rescate. Y no deja de tener lo suyo ese enjambre de gentes alrededor, en su infinito concierto de actitudes. Basta echarles una mirada rápida, leve, para volver a sentir toda la geografía propia. Para reconocer el presente. No me asombraré nunca lo suficiente por lo que pasa en las oficinas. Así como todos llegamos y guardamos el abrigo, la bolsa, el periódico en nuestros respectivos lugares, de igual manera dejamos nuestra individualidad para ponernos esos puños de plástico. Y aflora en cada cual una manera de ser que sólo se da ahí. En esa diaria combinación que pareciera un engranaje perfecto y es totalmente imprevisible e incontrolable. Todo cabe. Todo resulta lógico y todo estalla invariablemente al final del día. Juan se va a matar sus niñitas al bosque, y todos los demás a nuestras cosas.

Pues las amistades no son poca cosa cuando todo lo demás se ha aquietado... a la fuerza, o por esa especie de resignación, de renuncia. La amistad, más bien. Amistades suena a vida social muy sensata. A llamadas telefónicas regulares que buscan mantener un equilibrio discreto de la imagen propia. A fotografías que luego unos se muestran a otros. ¿Por qué no? Sólo que en el caso de Juan no era mucho así. Su eterno par de amigos. No más. Y las circunstancias no propiciaron el que fueran los mismos. De tal manera que Juan no podía comprobar cómo cambia uno con los años, sino cómo cambia con los años la amistad. Cómo se ejerce. Cómo se percibe.

Qué distinta de la de aquella con los dos amigos con quienes había ido a Pátzcuaro. Más distinta aún de la de aquella con quienes había compartido aquel viaje al centro de la ciudad. La amistad había dejado de ser espejo, escenario, complicidad. Había habido un momento en que uno como que se arrancaba del bloque de los humanos para seguir por cuenta propia. Pero entiéndase bien. Era de suponer que en el bloque humano a todos les sucedía lo mismo. O sea: el bloque humano, pongámoslo así, como una etapa en la formación. Cuando andas mirando por ahí para ver cómo es este asunto del vivir, del ser. Y tus amigos avanzan contigo.

No, después ya no, qué esperanzas. Uno se casa, tiene hijos, tiene que trabajar. Y alimentar con mayor o menor conciencia la historia oculta. Pero lo de las afinidades, las simpatías, las curiosidades a veces por un tono o una manera de ponerse ante las cosas no era muy diferente de un grupo de amigos a otro. O de una etapa a otra. Ni siquiera los temas de conversación variaban gran cosa. Lo que iba cambiando con los años eran los ángulos. Ya el centro —si por centro se entiende la vida personal— había quedado desplazado. Qué más se hubiera podido decir sobre eso. Aunque esto también habría que entenderlo bien. El que no estuviera en el centro no significaba que, en resumidas cuentas, no se hablara sino de eso, pues de qué otra cosa podrían hablar los humanos: de un yo a otro y de cómo se ven las cosas desde ahí. La maravilla de que los años pasan es que se recurre cada vez más a la metáfora, a la alusión oblicua, al pretexto que aparentemente oculta. De otra manera sería muy monótono. Las palabras de las que dispondríamos para hablar de nosotros mismos serían limitadísimas.

Por eso cuando con el compañero de oficina empezaron a comentar pequeñas cosas del trabajo y a reír al mismo tiempo, Juan sintió esa cosa agradable, cálida que se siente cuando se encuentra a alguien que cae bien. Alguien que entiende y a quien le entendemos. Alguien que se sabe apartar y dejarnos respirar tranquilos. Alguien con el que se puede hablar largamente de gatos o de St. John Perse. A quien se le puede comentar el extrañísimo aspecto de la calle desde que pusieron toda esa maquinaria para drenaje.

Es cuando la amistad se vuelve espacio, atmósfera fresca, y el diálogo se acomoda de una manera novedosa.

Nada, nada mal.

Imagínate lo que no sabría contar este laguito. Lo que ha visto y escuchado y entendido. Desde aquí uno creería que siempre está mirando en nuestra dirección. Que está espiando, se llega a pensar a veces. Y a ratos te tienes que recordar que *no* está de frente. Que igual que tú lo miran otros de otros caseríos. El lago todo lo recoge con esa inmutable tersura, y lo va guardando, guardando, como el novelista acumula su material. Un buen día presiente un inicio de dirección y se sienta a trabajar. Es una búsqueda insidiosa de cómo ir colocando piezas; tensando ritmos. Cómo mantener un movimiento equilibrado. ¿Por qué dejaste de leer novelas, Juan? Francamente no lo entiendo. ¿Te imaginas al lago irguiéndose de pronto (todo chorreante) en un ser altote y descuajaringado? Se afianza bien sobre sus gruesas piernas (y en los pueblos que lo rodean todos atónitos; aterrados. Sin poder salir de nuestro asombro) y sacude los brazos. Se estira, más bien, como desperezándose. Nos empapa, por supuesto. Y luego de un gran bostezo —hasta el sol parece un tanto estremecido; no le gusta nadita que otras cosas de la naturaleza ocupen su destacado lugar—, murmura: pues sí, a lo mejor ya puedo empezar a escribir. Tras lo cual toma una nube, la alisa muy bien, y así, ese volumen de agua que es, flexiona las piernas de manera que quede sentado (¿en qué? ¿en qué?). En sí mismo, como es natural. Y estirando muy bien un dedo, comienza a trazar sobre la nube: "No están para creerlo, pero yo vi..." Como comienzo es flojo, lo admito, pero nadie pondría el menor reparo. Ahí estaríamos todos observándolo sin pestañear; atemorizados pero tratando de descifrar lo que va escribiendo.

Que se llegara a un momento en el que todos nos acostumbráramos a la figura del lago inclinado sobre la nube, escribe y escribe. Enderezándose a veces para mirar a lo lejos, inmóvil. A ratos febril. No me cabe la menor duda de que para entonces ya todos estaríamos un poco nerviosos. Estaríamos convencidos de que ese lago junto al que vivíamos impunemente lo sabe todo. Y lo está diciendo. Y como no queriendo, estaríamos revisando nuestra imagen; procurando justificarla. Para ese entonces ya existiríamos para el lago. Para que nos viera vivir y nos admirara y nos quisiera.

Inútilmente, porque el lago no apartaría los ojos de su nube y de la distancia. Sólo vería sus palabras.

¿No se te antoja verte arrebatado así? ¿No sería entretenido? La manera en que todos los pedazos de vida súbitamente tienen un sitio preciso. En que el universo se erige en una arquitectura que sólo podía ser ésa. En que exudas un tono que ni sabías que era tuyo. Que te va diciendo cosas que no sabías que sabías.

Espérate.

Ponte entonces del otro lado. El distraído visitante de esa edificación de palabras. No es como llegar a Londres y salir a ver el cambio de guardia ante el palacio de Buckingham, o a visitar el Big Ben o simplemente a ver ingleses existiendo como ingleses. Es llegar a otro mundo y sentir que se descubre una lógica que había estado ahí todo el tiempo. Que sin restarle sorpresa a tu camino, te permite avanzar seguro por más que no sepas de qué se trata. No son palabras tuyas las que levantan esos andamiajes que recorres, pero al recorrerlas te las apropias. No es paisajismo y tampoco es espectáculo. Es... vida.

Pérate.

No vida, bueno. Sensación de estar viviendo algo tuyo. Y no es que de ahí te lleves un costal con palabras nuevas. Sería cansado. Como esos turistas que de Acapulco se llevan la consabida cabeza tallada en un coco, la concha nácar, el barquito. Suelen verse tristísimas esas cosas en los anaqueles. Aparte de que son horrendas por lo general. No, acá sales como sabiendo más. Mejor dicho, habiendo experimentado algo que ya sabías.

Mira el lago. Cierra su nube muy bien. Se queda indeciso unos momentos y ahora se vuelve a distender en esa superficie tersa, de color cambiante. Y la gente qué rápido se acostumbra ¿no?

No te interesa. Bueno, síguele pues.

Murmullos. Pero no de esos agradables y cálidos que percibes a veces en sitios en donde hay mucha gente. Que te llegan en oleadas y te hacen sentir protegido. Éstos son hostiles. Parecen subrayar tus actos. Envolverlos como para empantanarlos. Son opacos y torvos; sin ningún rasgo particular. No hay manera de exigir claridad, un enfrentamiento, nada. En cuanto te vuelves, tratando de buscarles la cara, se desplazan. Están siempre de espaldas y parecieran tener tentáculos. Como un bisbiseo. Te concentras y te das cuenta de que no te prestan mayor atención, por más que seas tú el objeto que los suscita. Hay en ese zumbido una infranqueable indiferencia y una tenacidad que irrita.

¿Qué te recuerdan? Los rezos en la iglesia. La hora de las letanías: orapronobisorapronobis. Ruega por nosotros, bendita seas, amén, amén, amén. La iglesia oscurecida bajo el sol chillante, pero que no llegaba a ser fresca a causa de tanta humanidad ahí dentro; de tanto aliento; de tanto incienso. Murmullo vigilante y severo. Indiferente, sí. Te podías no sumar, pero pobre de ti si pretendías interrumpirlo o alterarlo.

Coros que nos acompañarán toda la vida, subrayando el que no quisimos sumarnos. Como miradas oblicuas que nos ven distanciarnos y se quedan con la seguridad del comentario final. Pero además, insisto, la indiferencia.

—No sé a qué le tiras.

—Los coros, Juan, que cada cual lleva en su conciencia. El murmullo de lo social. Ponles caras, ponles momentos y situaciones y encontrarás los rasgos de cada una de ellas. Yo sé pensar en algunas: ts, ts, la cabeza se mueve lenta, pero con inexorable desaprobación. Ts, ts: el rostro gira hacia un lado, dejando sólo el perfil visible, la mirada velada. Otra: la expresión exageradamente dolida, como para hacerte añicos. O la de la sonrisa segura, triunfante, superior aunque sea sólo un segundo, ya que cierras los ojos y allá se quedan: impotentes. Eso, no indiferentes, sino impotentes. Sólo pueden producir murmullos. Y uno, claro, es los murmullos de los otros.

Si de la ciudad apenas había salido dos veces, de casa se había mudado unas siete. De chico, de adolescente, con los padres siempre. La distribución del espacio: su cuarto primero; el sitio de trabajo de su padre después. Si no una habitación aparte, al menos un rincón recogido. La mecedora y el radio de su madre. Luego cada quien sus cosas las acomodaba en silencio. No iban resultando tan distintos los espacios. Más interesante era ver las diferencias por la ventana o la azotea. Ver la manera en que los sonidos circundantes podían construir una ciudad diferente aunque siempre fuera la colonia San Rafael.

Esta última mudanza era distinta. Si bien ya casado había vivido en su propio departamento, había sido en el mismo edificio en donde estaban sus padres. Ahora se iban a Insurgentes, y aunque el cuarto solo ya no era posible, de todas formas estrenaba una nueva soledad. Un alejamiento reconfortante de esa pareja mayor que siempre fuera su marco de referencia.

¿Alivio porque sería más fácil lidiar con un problema que con dos? Y poder seguir manteniendo la calma, puesto que el verdadero problema, si se le quería llamar así, no residía en las manías maternas, ni en las de su señora esposa —que curiosamente eran tremendamente parecidas. Imitadas a lo mejor. No, en ellas no residía el problema. Ellas sólo contribuían a hacerlo ruidoso. Y la calma había que mantenerla, pues era lo único que tenía para poder seguir haciendo su vida. Cuando el ruido exterior (las recriminaciones, los chantajes, las quejas, eso) es excesivo, flaquea esa fragilísima conciencia de estar yendo hacia algún lado. De estarse moviendo. Flaquea hasta el punto de que nos damos cuenta de que son meras ilusiones: atrapado hasta el cuello con presiones económicas; sin la menor esperanza de que la situación mejore, más bien todo lo contrario. Ver apilarse los libros nuevos y sentir desánimo. No, es terrible. Se puede convertir uno en eso, en ese zarandearse de un extremo al otro de la angustia, además de que no se soluciona nada, como crecientemente le sucedía a su señora esposa. Es que. Es que. Es que.

No, no perder la calma. Alzarse de hombros, jugar con la niña un rato, y luego sentarse a leer como se pudiera, en donde se pudiera, y volver a sentir la conciencia de que algo se va abriendo paulatinamente. Algo que lo lleva a uno en esta y en aquella dirección, como procediendo a un experimento de química: pasos calmosos, bien hechos. Estado de alerta. Paciencia. Hay todo el tiempo del mundo, ya que si se acaba inopinadamente, como suelen temer las personas, no importa nada.

Aunque al cabo de unos cuantos meses sus padres se muden al departamento de al lado. Hechura de su mujer, naturalmente. Incomprensible... o quizá no tanto. No se lo iba a perdonar jamás. La guerra, al fin y al cabo, y pese al nacimiento de una hija más, ya no tenía cuartel.

Por eso, calma.

Seguramente cruzará Insurgentes con esa expresión adusta. Inabordable. Sin mirar a nadie; deseando que nadie la mire, que nadie se le acerque. Que no la vayan a rozar. Es por eso que no mira la mano extendida, o que con un supremo esfuerzo aleja al vendedor de chicles. ¿Qué sabe ella de tejados? De alambres que cuadriculan el cielo o del sol reflejado en los cristales de los altos edificios. ¿Acaso alguna vez ha mirado largamente un callejón, preguntándose cosas? Las que sean. O sin preguntarse; mirado simplemente. ¿O se ha fijado en la extraña geografía que conforma la basura en las banquetas? ¿Se ha detenido en seco para registrar el efecto visual que produce a veces un grupo de gente? (Del cual desbordan manos, cuellos y miradas cabalgando en una diversidad de tonos.) En un hombre, ¿se habrá fijado en algún hombre, curiosa, conmovida, alentada? Fea no es. Y no faltará, en México, por favor, quien a su paso diga mamacita.

Es sólo ahora, con las dos niñas de la mano, que alza la frente altiva, aunque no ve tampoco. Pero pisa más fuerte, y los escaparates de las tiendas vuelven a aparecer. Como cuando estaba por casarse. Ja. Casarse. De haber sabido. Los hombres son así, mujer, no hay para qué armar tanto alboroto. ¿Cuál alboroto? Ella no arma ninguno; ni siquiera sabe bien a bien que lo que siente dentro —esa apretazón oscura e incómoda— es amargura. No se le ocurriría jamás pensar que esas cosas se combaten. Que no hay tiempo en esta vida para las situaciones totalmente insatisfactorias. Alza la cara, mujer, aunque sea por una vez, y atrévete. Imposible. Las manos de las niñas tiran de ella: mamá, mamá. Una sonrisa de ánimo le aflora en la cara. Piensa en tus hijas, piensa en tus hijas, le susurra una voz milenaria, primero están ellas.

Pobres niñas, ya cayeron en la trampa.

Pero, en serio, ¿cómo será ella, cómo habría sido o a lo mejor cómo fue? Riente, seguro. Reservada; muy propia; muy mirable. Pero, ¿y más allá? ¿Más en ella misma? El cuento de siempre, un embrollo que se va haciendo cada vez más mullido.

Mirar en todas las direcciones, desde ese camellón que divide Insurgentes y que con los años se angosta. De pronto ella se multiplica por todas partes: la mujer inhóspita, opaca, rígida. La mujer cadáver que va y viene diligentemente. Con muchas bolsas, muchos niños. Con mucho parloteo que sólo pretende acojinar más el embrollo. Con un cuerpo insólito por la incomodidad a la que lo somete. Esos vestidos; esos zapatos. Y tanto niño que constantemente exige su atención y la alivia de la oscura infelicidad que, al menor silencio, le asoma a los ojos. ¿Será cierto que los hombres son así, como dicen? ¿Así cómo? No tiene la menor idea (mamá, mamá), pero así, como tan distintos, tan... sin hacerle caso a una. ¿Por qué se casarán con una? Mamá, mamá...

¿Y de quién es la culpa?

De Teté, claro.

Pégale, pégale que ella fue.

En Acapulco —a donde nos regresaron poco tiempo después, ya que mi padre sufrió un infarto— la gente es infeliz de otra manera. Tal vez se deba al sol, a que todos tenemos que entrecerrar los ojos de la misma manera. A que las gotitas de sudor no tienen características de clase. Pero ellos no sudan. ¿Quiénes? Ellos, los turistas, los blancos. Los chilangos sí, habías de verlos. No, los gringos, digo. En sus autos traen aire acondicionado. Pero habrá algún momento en que tengan que hacer cola en Telégrafos, en algún banco cuyo aire acondicionado está descompuesto. Ahí es peor, para que veas, mucho peor que sudar en pleno mercado. No, todos sudamos en uno u otro momento. Además está el mar, que todos, todititos vemos desde la misma impotencia, fragilidad, incomprensión. Ah, pero cuánto más preferiría yo ser frágil en un yate que en un cayuco.

No entiendes. En ese plan no hay nada qué hacer; si no lo digo por consuelo, sino por ese algo global que flota en el aire y que a la gente en la calle le da un aspecto tan diferente de la gente en la calle en el D.F. Fíjate cómo hay expresiones más individualizadas, mira esa lujuria, esa indiferencia, esa cachondería. Mira esa mujer con el canasto en la cabeza. ¿No es la insolencia pura? Y aquel descamisado que mira al par de gringas. Qué pulcras, qué intocables ellas, y el tipo que las observa se las manosea que da gusto. Ahora mira, el gachupín enguayaberado. Va contando dinero, pero con lentitud, sin acalorarse. Se detendrá en la tienda de junto y hablará largamente sobre la temporada de turismo. Y el policía de tránsito aquel, que cada tanto parece aburrirse. Uno diría que tiene sus quevures con todo el que pasa. ¿Ves? Como que cada cual tiene su sitio. Como que estamos contenidos en el ritmo del mar que por la mañana pareciera abrir los ojos suavemente, con alegría porque el alboroto no comenzará sino hasta mucho más tarde. Ahora sólo una que otra lanchita lo surca. Allá, a lo lejísimos, algún barco silencioso. Tan solitario como el propio mar. Menos mal que los turistas se abstienen de violar esta hora. Que duerman su cruda; su juerga de la noche anterior. Para eso están de vacaciones, no para conocer Acapulco.

Y sin embargo cada cual ve el mundo desde su costumbre, y hasta en los casos de incomodidad extrema, hay algo a lo que uno se aferra con ansia: una como ilusión de lógica que aunque no llegue a cristalizarse nunca, parece ser el único camino que conduce a algo mejor. Por eso cuando todo se cae, cuando no queda sino un montón de escombros, hábitos cuarteados, rutinas ladeadas y abajo de todo quién sabe cuánto más, lo natural y comprensible es que uno se instale en un laconismo receloso. Una escuetez bordeada de silencio. Lo que significa que ya no ves las cosas como antes y ni siquiera sabes bien cómo las ves. Lo que sí, es que no andas por ahí tanteando con frases ociosas. Aquellas especulativas, desenfadadas, sin peso real. No, ya no. El lenguaje te sale dificultosamente. Las palabras se han adherido a la piel, que es lo único que te queda. Y cuesta desprenderse de ellas.

Es sorprendente cómo entonces nos volvemos a apretujar en los camiones, en los peseros o en el metro; en las paradas o al cruzar una calle, y nadie quiere emitir el más mínimo sonido, ya que el destello de solidaridad, de la unión organizadora, de la sonrisa animosa, es fulgurante y efímero. Otra vez la soledad recelosa. El tener que luchar por uno mismo. El aceptar que a nadie le importa nada y es natural que así sea.

Ese laconismo, pues, no es de recato, de pudor, de economía. Es de puritito recelo, que dizque se afloja a veces, pero sólo para volverse más hosco.

Pero Juan no. No exactamente así. En su caso el silencio no

es impuesto por las circunstancias (que, como ya hemos dicho repetidas veces, tienen lo suyo). No. La escuetez de Juan —que comienza con ese encogimiento de hombros, se continúa a lo largo de una mirada impertérrita y acaba por anidar en su inmovilidad total— es como un islote extraño en medio del desgañitamiento general. Porque la gente es silencio en sus tránsitos de un punto a otro. Y si no silencio total, apenas un rumor cálido, ensimismado. Aunque la gente (esa cosa rara y amorfa que denominamos así), en sus espacios, en sus rutinas, no es para nada silenciosa. Por eso Juan, esté donde esté descuella sin buscarlo. Su porte es más alto que el normal. Su cuello es curiosamente rígido. Gusta llevar el pelo extremadamente corto, por lo que su nuca rasurada tiene un no sé qué de reproche.

La escuetez de Juan es el propio Juan, en un mundo abarrocado a fuerza. No, pues sí, a fuerza. De todas las mescolanzas culturales que se pueden dar en el mundo, aquí es en donde quedó más espesa; más grumosa.

Tarde o temprano todos nos hemos sabido engañados. La vida no era así. No tenía por qué ser así. ¿Así cómo? Tan irracional, tan arbitraria. Uno, al que se le ha inculcado el orden, la coherencia, la simetría y no sé cuántas cosas más. Nos hemos sentido víctimas. Nos hemos producido lástima.

Juan no. Desde el principio de sus circunstancias —ahí, en la colonia San Rafael, que sin ser la zona lujosa y aristócrata del porfiriato, todavía tenía lo suyo. Apenas si la rozaba el desarrollismo moderno —se dio cuenta de que no se podía: ser el sueño y al mismo tiempo construirlo. El barroquismo no estaba nada mal, siempre y cuando se quedara en la arquitectura. Como no era así, Juan antepuso una actitud gótica. Veamos un ejemplo:

La hora del café en la oficina. A primera vista todo parece normal. Los corritos se han formado en los sitios habituales. No falta quien se salga a la terraza buscando el sol. Por todas partes el tintineo de platos y cucharitas; el olor a comida. Podría ser un martes o un miércoles. No hay días de fiesta a la vista. No es época de lluvias ni hay mayores incidentes que comentar. Es decir, todo está bien en la medida en que las cosas pueden estar bien en un país atorado en la crisis. Todo normal en esa hora del café, salvo un detalle: en uno de los cubículos alguien llora. Quedamente, no se vaya a creer que aquello es un dramón. No, alguien llora y Juan, pasando por ahí, registra ese hecho. Pero da un paso más y se mete al siguiente cubículo que está vacío. Puede escuchar los consuelos, las explicaciones, los sollozos. Puede hasta enterarse de los motivos y una vez más corroborar la miseria humana. Puede, de quererlo, ofrecer alguna simpatía, sólo que él no se ha metido ahí junto para ninguna de estas cosas. Simplemente está esperando que transcurra el tiempo. Que el fluir del día lave las rugosidades que a veces se forman. ¿Qué es lo que sucede? Quién sabe. Se sienta muy tieso y mira por la ventana.

Porque quién lo iba a decir, no lo hubiéramos creído, que la vida en serio, la intensa, en la que todo se revelaría, sería esa que cada cual teñía de romanticismo o de brumas bastante impenetrables. Momentos de una intensidad rabiosa y ciega en los que nuestra imagen (la nuestra) llegaba a perder la compostura. Cómo hubiera uno podido prever que eso que llaman sexo es el centro mismo de nuestra vida y que de ahí se ramifica todo, con tan poco control de nuestra parte que resulta cómica la manera en que nos pensamos, nos planeamos y luego nos construimos.

Sospechas se pueden haber tenido. Momentos oscuros, de pulsaciones infinitas, inexplicables por la manera en que las cosas habituales perdían su contorno; su sentido. Un coche, por ejemplo, se desdibujaba en el aire. Literalmente lo veía uno elevarse y desaparecer al mismo tiempo que su color se volvía neutro. Digo un coche porque no sé por qué lo primero que uno ve cuando está atontado, es el fluir de los autos. Quizá porque es movimiento. Tal vez haya una milenaria fascinación por la huida. Pero también los demás. Tienen una manera de pasar al trasfondo de la realidad; de adquirir un aire fantasmal, que es sorprendente reconocerles, pese a todo, la fuerza que tienen en nuestras vidas. El tiempo, que se vuelve tangible y separado de uno.

Y ahí van a dar al traste todas las ideas que uno tenía de todo. Se convierten en palabras, comparadas con esta otra sensación que, como plasma, lo envuelve todo. Ese sentir de golpe y sin motivo reconocible, una atracción, una emoción, una imaginación. Y de inmediato una necesidad, cuando dos minutos

antes nos creíamos enteros. Todas las piezas del universo enca-
jan en su sitio, pero simultáneamente estallan porque no hay
sitio para nada. Ah, no, es muy raro, la verdad, muy misterioso
y las explicaciones son bellamente retóricas. Son cándidas. La
cosa es que la vida propia se ha visto azotada, lastimada, impul-
sada por momentos así: llámense pasión, amor, deseo, y aunque
a la larga todos lo comentemos con fruición, con un lujo de
detalle por lo general enervante, nadie los vive nunca con suficiente atención. Como si una y otra vez se perfilara una disyun-
tiva ante cada cual en donde debiéramos escoger: vivir o vivirse.
Y escogemos, claro, la última.

Hazme el serenado favor.

Me atrevería a afirmar que las historias de amor son la misma
repetida *ad nauseam*, con los tintes y matices (tan monótonos
en realidad) de cada cual.

Pero es bonito ver la incomprensión, la intriga, la maravilla
de cada caso. La manera lenta y retorcida —por la escrupulo-
sidad con que se quiere decirlo todo— con la que cada uno de
nosotros las contamos. Es conmovedor ver cómo creemos que
algo no ha sucedido nunca. Es común que a uno le digan: podrías hacer una novela. Es chistoso que ineludiblemente todos,
en alguno u otro momento, caigamos en ese tono... y preocu-
pante la certeza con la que creemos saber lo que nos sucedió.
La manera desenfadada con la que pasamos a otra cosa y nos
convencemos de que hay algo nuevo, distinto más adelante.

Esa certidumbre de ser merecedores de amor.

Caray.

Y sin embargo lo que nunca contamos son las formas de amar;
las mil formas de crear el amor que cada cual desarrolla instintivamente y que con el tiempo y las experiencias se van volviendo lacónicas, pero no porque las vaya uno depurando, sino
porque las va mutilando, reduciendo a un solo gesto de vigilancia: la espera del golpe.

Las formas de amar, digo, pero no nada más las eróticas. También las otras. La manera en que la voz de doña Oti, vibrante,
anunciaba que ya estaba el desayuno servido. La risa en burbujitas gruñonas de la tía Vige. La expresión entre ensimismada y
candorosa de mi abuela cuando se quedaba sola en el costurero,

223

en su silla de lona, y sintiendo tal vez todos los años que traía encima. Estiraba las manos y se revisaba las uñas (sin verlas, sin pensar en ellas) y a lo mejor platicaba con su vida larga y pasada. Sostenía un monólogo del cual el presente, nosotras, la casa, los hijos, no éramos sino una parte. Desde la puerta, a veces, la observaba en silencio y el amor atroz que sentía por sus cabellos blancos, su espalda encorvada, su olor a viejita, me resultaban intolerables. Me ponía nerviosa; debía mirar para otro lado.

El amor, súbitamente, en medio de la mañana, al comprobar cómo los objetos se acomodaban en la luz y la vida era. El rascar de una hoja seca arrastrada por el viento sobre el piso de mosaico en donde no se valía pisar las rayas. El amor, como el mar, incontrolable y ancho, que sabía cambiar tan bien de expresión, ya que a veces no era cómodo ni dulce, sino exigente e inestable. Atormentado y voraz. Como el mar.

Formas todas que, como digo, nadie pudo conocer nunca. Los cambios se traducían simplemente en un: hoy amaneció de malhumor. O bien: hoy por todo llora. Y a lo más, a lo mejor habríamos sabido hablar de las formas de los otros, jamás de las nuestras. Como si el amor fuera algo ahí en el aire que por fuerza nos tiene que tocar, pero con el que uno no tiene nada que ver.

Y las formas ¿no serían la elocuencia del amor? ¿Su lenguaje? ¿Por qué cada cual, entonces, lo condena al silencio? Cuando nos venimos a dar cuenta hay demasiada costumbre de no expresión, y lo que antes hubiera podido ser forma, se vuelve discurso y es muy aburrido. Nadie se lo cree.

Los niños, en el camión de la escuela, jugaban a enamorar a las niñas. Se sentaban detrás de ti y te rascaban el codo o te pasaban una mano por la cabeza. Grandes risotadas de ellos entonces, que siempre andaban en bola. La niña "cortejada", estuviera o no con sus amigas, quedaba marcada. Aislada. Las demás se apartaban con toda celeridad y fingían no haberse dado cuenta. Se veía obligada a sumirse en una mezcla de bochorno e impaciencia. No le quedaba más remedio que olvidar, olvidar rápido, para poder integrarse al anonimato del grupo —que por lo general hablaba de príncipes azules y de cuántos hijos cada cual quería tener.

Así fue siempre hasta aquel viaje a Guadalajara en el que

nos hicimos amigas de los niños de la miscelánea. Y eso fue amor, estoy convencida, aunque jamás se habló del asunto (pese a esos radionovelones de amores truculentos que escuchábamos a diario; pese al romance vespertino de la tía). Pero sí, era amor, y completamente natural que cuando nos bajábamos de las bicicletas, cada cual anduviera de la mano con su niño. Totalmente natural que yo anduviera con el grande y mi hermana con el chico. Totalmente natural que los papás nos dijeran niños a todos, pero ya en la tardecita se dirigieran a ellos por sus nombres para ordenarles: lleven a las niñas a su casa.

Sin embargo, luego de nuestras poco gráciles peripecias en el Defe; de nuestro fracaso en constituir una familia; de la súbita reaparición de mi abuela en aquel departamento semivacío (yo traía un algodón empapado en loción de afeitar apretado contra la muela del juicio. Mi abuela creyó que tenía la cara hinchada: Lo primero que haremos será llevarte al dentista. Cuando vio el algodón, dijo seria: nos vamos ya a Acapulco).

A uno lo traen como paquete en consignación sin explicarle nada. De pronto la normalidad era otra vez el mar, el espacio, los pies descalzos. Otra vez la espera por mi padre. Otra vez la cuesta para llegar a casa de mi abuela. Aunque ya en primero de secundaria. Un tumulto de jóvenes. Los grupitos por escuelas, que igual que soldaditos recién reclutados, hacen hasta lo indecible por quedar juntos y no siempre se puede.

De todas maneras, con las visitas vacacionales de los primos ya se había ido perfilando una diferencia en los juegos. Se formaban parejitas y uno empezaba a soportar con altanería la gritería de los primos chicos.

Tanta novela rosa que habíamos leído, tantos sueños y expectativas que habíamos alimentado. En ese primer día de clases, en la secundaria federal de Acapulco (en uno de esos edificios flacos, sí, altos, de los que se caen en los temblores), en medio del alboroto por la clasificación de grupos, los horarios, el rechinar de las sillas sobre el concreto; en medio del gran asombro que te producía no tener que formate, no sentir una escuela en torno a ti; en medio de tantísima cara desconocida entre las que tus compañeros de primaria, tus primos, tus amigos quedaban dispersos y se veían chiquitos y frágiles, ahí, en medio y de golpe, empezó el amor de una manera tumultuosa y oculta,

225

porque cómo hablar de eso (a la hora de la comida, por ejemplo). Con quién.

Qué manera de entrar en materia. En una tribu africana por lo menos hay ritos de iniciación que culminan con una ceremonia. Te juntan poco a poco con tus compañeros de generación, sin desligarte de tajo de esa especie de apéndice que es tu familia. Si nos prepararan para la pubertad, como nos preparan para la primera comunión, a lo mejor la sociedad sería más entera, más comprensiva, menos pasiva. Claro, a lo mejor por eso no nos preparan.

Y así, llegas a ese primer día de clases de primero de secundaria, y en medio del alboroto de los grandes, lo único que puedes hacer es refugiarte en el primer par de ojos que se te ponen enfrente. Se llamaba Emiliano y tenía un apenas bigotito. Nos sentamos juntos para anotar los horarios, y sin querer —o como lo hubiera hecho con cualquier compañero en la primaria— me asomé a su cuaderno. Tenía una letrota chueca, como de tercero, y muchas faltas de ortografía. Percibí entonces lo ensordecedor del ruido; el desorden de las sillas; las miradas matoncitas de algunos. Me di cuenta también de que muchos eran pobres, que los profesores entraban y salían y que las cosas iban a suceder demasiado rápido como para que yo las entendiera. Vi luego a una muchacha que parecía mayor que yo, que no copiaba nada por estar platicando con un muchacho guapísimo. Le vi no sé qué risa en los ojos. Me cayó bien. Volví a mi tarea de copiar y nuevamente a fijarme en Emiliano, con más disimulo esta vez. Iba todo vestido de blanco; era flaco; escribía muy serio. Lo sentí seguro. Ha de ser aplicado, pensé. Y luego ya no copié más. Dejé que el ruido se me metiera por completo y que el relajo, las gentes que seguían entrando, el continuo acomodo de sillas me fueran separando poco a poco de Emiliano.

En la oficina me lo trato de imaginar caminando por la calle. Por la banqueta con un libro bajo el brazo. Siempre llega con uno o dos envueltos impecablemente en una bolsita de plástico por si llueve. ¿Leerá caminando? ¿O sólo cuando va sentado en el metro? Digo ahora, que nada es como cuando era joven. Desde la manera en que la ciudad se ha estrechado para el peatón, hasta la manera en que la gente se ha multiplicado. Ya no es una ciudad para caminar y ver, sino para defenderse. Para horrorizarse por todo lo que ha pasado y sigue pasando.

Juan debe ser quien mejor ha registrado las mutaciones de esta ciudad. No ha dejado de caminarla un solo día. El metro le dio oportunidades ilimitadas.

¿Qué hace ahora, con su silencio a cuestas, su escepticismo ante la rabia, también ineficaz, de los ciudadanos? ¿Con qué paisaje vespertino se llena la imaginación como antes, si ya no hay —en muchos de sus lugares predilectos— ni siquiera escombros, sino huecos tenebrosos en donde a veces proliferan jardinzuchos pálidos de muerte? Si sabe que ahora, más que nunca, estamos rodeados por nuestros mutilados muertos o desaparecidos, dispersos por las palas mecánicas porque la orden ha sido que no se sepa, que no se sepa. Ahora que nuestra atmósfera es la misma neblina de Comala, en donde sólo se oyen susurros de gente muerta, de gente muerta antes y antes y antes.

Porque todo sucede siempre en la misma zona, en esa parte de la ciudad en la que un régimen, un mundo, sepulta al anterior para verse sepultado por el siguiente. Aunque no deja de ser singular que a este régimen se le cayera la fachada sin necesidad de que el siguiente apareciera.

Y aunque Juan diga, encogiéndose de hombros, no sé, lo ha visto. Lo ha tenido que notar y se ha visto sacudido como todos los demás. Ora sí que literalmente sacudido.

¿Y qué, entonces, además de murmurar: desgraciados, hubiera podido hacer salvo seguir caminando de arriba abajo por la ciudad, por *su* ciudad?

Por eso Juan cómo será cuando sale de la oficina con ese su aire distante, con su cuerpo rígido, mezclándose en el tumulto del metro. Con su infelicidad tan sepultada que ya se ha convertido en una manera de respirar; de colocarse de perfil ante las cosas. Cuando acudía por las tardes a leer sus artículos científicos a la Benjamín Franklin resultaba más previsible. Pero no sólo él, toda la ciudad.

Y es que uno anda por el mundo ocupado en hacerse una manera de estar. Juan lo que quería era amar (como casi todo el mundo, por lo demás). Muchos años después comprendió que sólo en el adulterio se podría.

Adulterio es una palabra terrible. Una palabra gótica. En su primera definición, el diccionario es recatado: "Ayuntamiento de hombre con mujer, estando uno de los dos o ambos casados con otra persona, respectivamente." Pero de inmediato, con el pretexto de la legalidad, se pone severo: "Delito que cometen la mujer casada que yace con varón que no sea su marido y el que yace con ella sabiendo que es casada."

El adulterio, porque él no se iba a descasar.

—¿Por qué, Juan?

Podría, ya sé, parecer la historia oculta, pero no. La historia no está oculta de los demás, sino de uno mismo. A lo mejor ni siquiera oculta, sino acallada, reprimida. Tantos nombres que se le podrían poner. Tantas anécdotas a través de las cuales podría desarrollarse. Tantos momentos y lugares. Pero no, no, es de otra manera. Esa forma inopinada con la que a veces surge como fantasma de uno mismo. Como un verdadero yo que no se puede aceptar con facilidad ya que ¿por qué habría de ser más auténtico o real o valioso que el yo al que estamos acostumbrados, con el que hemos coexistido siempre y que, al final de cuentas es el que sabe responder por nuestros actos? El otro, el efímero, el oculto no. Siempre está ahí en calidad de juez. Siempre le echa a uno en cara su pureza, su no contaminación, su burla de nuestras debilidades. Y sin embargo no se va. Por más que nos desprecie y, sobre todo, por más que no se quiera revelar plenamente.

De manera que no tiene nada que ver con nuestros actos ocultos, como lo sería, por ejemplo, un adulterio.

Cine Rojo se llamaba, y era chico. Su pantallita. Debía tener aire acondicionado, pero casi siempre estaba descompuesto. Había ventiladores. El boleto se compraba afuera, junto a una gran cartelera que anunciaba las películas. Se entraba justo por ahí, levantando la cortina. Y el sol de Acapulco desaparecía. Íbamos con mi abuela de niñas. Su criterio para escoger las películas era el de toda la sociedad mexicana: "Niños y adultos." Entonces sí. Películas de guerra, de vaqueros, musicales. Gringas siempre. El amor, las emociones nos las enseñaron ellos. Lo que es una cara de bueno, una de malo. Lo que es la debilidad de carácter; el espíritu de sacrificio; el heroísmo. Jamás una película mexicana con la cual poder comparar. Las emociones buenas y malas tenían la frente ancha, la nariz recta y el mentón firme. Rubias y gallardas, de ojos muchas veces azules. Por eso al salir del cine y ver a la gente común y corriente, no llegaba uno a identificar nada. Las emociones eran más altas, menos zarrapastrosas que esa bola de acapulqueños morenitos. Tomar un coche de sitio y llegar pronto a la casa. Por allá el mar sabía guiñar un ojo como diciendo: no te lo tomes tan en serio. Pero no, o venía enfurecida porque no había acabado como yo quería, o estaba hecha un mar de lágrimas porque a mi héroe lo habían matado, lo habían dejado abandonado y solo, o simplemente había sido vencido. Si ni siquiera era el bueno de la película, decía mi abuela, y yo redoblaba mi llanto al sólo pensar que ese imbécil y aburrido del bueno se había salido con la suya. Además, sentenciaba mi abuela impaciente, la vida no es así, como tú quieres que sea. Ella tuvo razón en dejarlo; era un alcohólico. Y yo lloraba rabiosa, detestándola porque el chofer venía oyendo todo y me juraba que a mi abuela no le volvería a hablar en mi vida.

A la entrada del cine repartían unos abanicos de cartón con fotos de artistas por un lado, y en el reverso propaganda de tiendas. Tenían un palito largo, un poco más ancho que el de las paletas heladas. Había momentos en que la gente parecía agarrar un ritmo para abanicarse. Se me ocurría que podíamos llegar a elevarnos. Pero bajaba la emoción de la película, y los abanicamientos se espaciaban. Cuando la película era aburrida (y las películas para mí eran los actores, no las historias, de manera que desde el principio me daba cuenta), me fijaba en los abanicos. En las maneras de abanicarse, y llegaba a la conclusión de que es lo mismo que con la natación. La gente no puede ocultar su bobería —cuando la tiene— en esas dos actividades.

Debajo de mi cama guardaba el abanico con la foto de mi gran amor: Gene Kelly que cuando hacía papeles de bueno, como en *Cantando bajo la lluvia*, me caía muy gordo. Me parecía servil y nada me irritaba más que mi abuela que decía: ¿Ves? ¿Ves cómo aquí sí tenía que terminar bien? Imbécil (Gene, no mi abuela). Y cuando hacía papel de gandalla y se despeinaba y la ropa toda se le veía revuelta, mi abuela murmuraba: No vayas a empezar con tus cosas.

Mi hermana yo creo que se dormía, o se la pasaba comiendo dulces, no sé. A menos que fuera una de Disney. Y luego, ya más grandes, que íbamos con Ingrid y sus hermanos, lloraba a mares con películas como *Débiles y poderosos*. La mirada rectamente firme de John Wayne, hazme el, la conmovía.

Pero el adulterio, en eso estábamos, a mi abuela la ponía nerviosa (no sé por qué dicen que es para niños y adultos, se quejaba), y, claro, a mí me hipnotizaba, porque aunque en esa época predominaban los finales felices, había momentos de gran felicidad para los adúlteros. Momentos en los que hubiera querido aplaudir (ya, ya, que se acabe aquí). El suspiro de alivio de mi abue cuando al fin se enderezaba la situación y con firmeza se encauzaba por el camino de la rectitud, y el tercero en discordia desaparecía limpiamente de la pantalla. Siempre los imaginé quedándose solos a media noche en una calle de intensa vida nocturna, bulliciosa y medio histérica, el pobre adúltero caminando como atontado —o atontada— respingando a cada grito, ofrecimiento de espectáculo, cláxones o música de trompeta. Ahí se me quedaron siempre, solos y desgarrados, mientras acá, a la pareja reconciliada, la veía llegar a casa, lavarse los dientes, apagar la luz y meterse a dormir. Y cuando nos subíamos al coche de sitio para ir a la casa, me sentía yo traidora, innoble. Y mi abuela tan incomprensiva, caramba.

—Pero ¿tú por qué, Juan? ¿Por qué simplemente no te separaste?

—Las hijas, el dinero... cosas. Así sucede, lo más sencillo del mundo puede convertirse en algo de una truculencia sublime, no sabes. De todas maneras hay que seguir viviendo, y no me ha ido tan mal que digamos. Te enteras sin querer de todo lo que se hacen hombres y mujeres. Junto a eso, mi vida, era, pese a la incomodidad, un lecho de rosas.

La novela es una ilusión, un sueño febril. Algo imposible y que sin embargo tiene su propia fuerza y destino y más vale que uno se quite para darle lugar. Se lleva a cabo solita. Igual que la vida que cada cual experimenta como un mal diseño de alguien, con parches aquí y allá. Con imposibilidades exquisitas por su refinamiento. Leemos la novela de turno porque nos da un poquito de consuelo, de... ilusión, justamente. Y nos salvamos un ratito. Nos vemos entretejidos en una experiencia común, que nos hace sentir vivos por igual, y saber al mismo tiempo que la vida no es una novela. No. Es mucho más dura. Más que las películas, más que el adulterio mismo, que tiene lo suyo, caray.

Me convertí al adulterio desde una vida de soltera. Quería ver esa ciudad de noche y amarla. Encontrar en ella mi sitio. No volver a sentir jamás la necesidad de un lugarcito protegido, el chocolatito caliente, los sopes, los frijolitos, no. Eso era lo que no era real. Te metes a la cama, te persignas (horrible palabra), y te duermes con tu ángel de la guarda, hazme el favor.

El adulterio se me hacía más posible, más humano. Pero ¿tú, Juan, por qué? Aun con las hijas, con la rabia de la madre, ¿por qué? Hubieras podido, enfrentando las consecuencias, hubieras podido.

—Igual que con mi madre, no quise. Para qué.

Ah, la historia oculta. No es oculta para nada. Un terremoto la saca a la luz. Sin resolverla, claro. No es oculta, vamos descubriendo; es irresoluta, más bien. Nadie se transa por ninguna formulación. Queremos ser partes, pero nadie se decide por el todo. Resulta oculta por eso: es una vergüenza propia. La historia somos todos nosotros, y nadie se atreve. Vivimos en sexenios. Y en esos sexenios el punto de creatividad está en el medio. Es brevísimo. Lo demás es una operación ingenieril: apuntalar y desmantelar sin mucho ruido.

Entre tanto el individuo vive. Dizque vive. Y su historia oculta es ese esfuerzo que no se decide a poner, simplemente. Eso que de creativo también tiene él, no sólo el escritor de moda.

—Juan, pues, ¿tú qué tienes que decir?

—¿Yo?

—Sí, tú.

—Bueno...

Para qué. No vas a cambiar nada. Sólo obligarías a gente distinta a ti a que se convirtiera en alguien como tú. No lo haría, para empezar, sólo fingiría hacerlo. ¿Y para qué, insisto? El mundo sigue siendo lo mismo. Lo único que quedaría demostrado es que eres más fuerte que las personas que te rodean. No me interesa. Mi madre y mi mujer se autoconvencieron, cada cual por su lado, de que si yo no era un hombre con éxito se debía a mi terquedad; a mi manía de llevarles la contraria sólo por el gusto de hacerlas rabiar. Nada qué hacer; ni explicaciones ni demostraciones. Querían creer eso. Me hice a un lado.

—Pero qué incómodo.

—No más que cualquier otra cosa. Que tener que ir de pie en un camión, por ejemplo.

—Mi plan por el momento no es estudiar sino tener un gran amor, y creo que ya lo encontré —dijo mirándose las uñas.

Era entre clase y clase y estábamos apoyadas en el barandal del pasillo. Ante nosotras, un campo pelado y polvoso, repleto de muchachas y muchachos. Todo en esa secundaria estaba rayoneado, descarapelado y cojo. Me parecía entrar ahí para convertirme de inmediato en algo abollado, amorfo. Pero así era y era fascinante. Otro Acapulco; otra vida. Y Rosa, que comenzaba a ser mi amiga era el toque de elegancia. Maquillada como show de cabaret, me parecía que resplandecía. Que todos se fijaban en ella. Las uñas, los labios, el peinado... pero sobre todo la ropa. Faldas entalladas, blusas escotadas, TACÓN ALTO. Jamás había tenido una amiga así. No me la imaginaba en casa de mi abuela, comiendo junto a mi tía Vige.

—A escondidas, claro. En mi casa no me dejarían tener una relación en serio —se encogió de hombros e hizo un gesto de fastidio, pero de inmediato le brillaron los ojos—: ¡Míralo, es aquél!

Alguien le hacía señas desde abajo. El muchacho guapo con el que la había visto el primer día. Alto, moreno.

—Ya está en tercero. Mañana nos vamos a volar dos horas de clases, ¿quieres venir? Por supuesto. La escuela todavía no tenía ningún sentido para mí. Entraba un maestro y en medio de un relajo total daba su clase. Había que ser un genio para seguirlo, escucharlo y además entender. Muchos, como Emiliano, tomaban apuntes sin descanso. Un día se los pedí prestados y no los logré descifrar. ¿Le entiendes algo?, le pregunté. Claro, todo. Procuraba no faltar a clases con la esperanza de que alguna cosa se me pegara, pero era una clase tras otra y se me revolvían los temas. Cuando le pregunté a Rosa que qué íbamos a hacer a la hora de los exámenes, me dijo: confío en tus apuntes, o si no, copiamos.

Además es que era todo tan al aventón, tan como para cumplir requisitos, que yo estaba convencida de que en algún momento ellos, algún director, alguien que no había aparecido todavía, llegaría estremeciéndolo todo y diciendo: Nononó; vamos a empezar bien. En orden. A la una, a las dos y-a-las...

Yo estaba aprendiendo cómo ser grande y Rosa era mi maestra. Le encantaba sorprenderme, escandalizarme, asustarme. Le parecía chistosísimo que yo fuera tan infantil. Apenas me llevaba un año. Tienes mucho que aprender, me decía. Y me contaba que la ex novia de su novio, aquélla ¿ves?, aquella de pelo güero que se cree la muy muy, la odiaba. Y se reía Rosa con su risa ancha y espesa. No sabe que aunque yo corte a Víctor, jamás volverá con ella. ¿Por qué? Porque jamás me podrá olvidar, decía tranquila, mirándose las uñas, con la pierna cruzada para que yo viera sus medias.

Víctor llegaba a verla cada vez que podía. Jadeante le decía: tengo diez minutos, ven, vamos a tomar un refresco, y se iban como envueltos en algo invisible y mágico. Era que se amaban y eso era muy importante. Se tomaban de la mano y pasaban por entre los demás, seguros, inviolables, practicando el amor, qué bárbaros.

¿De qué hablan?, le preguntaba a Rosa después. De todo, contestaba con expresión enigmática: de su familia, de la mía, de nosotros. Pero ¿qué dicen? Dame un ejemplo: Todo. Nos podemos decir todo, eso es lo que más me gusta. ¿Pero qué? Cuando tengas novio sabrás.

Me imaginaba que se besaban y nada más. No sabía imaginar nada más, pero en Rosa percibía algo prohibido, algo como para adentro en lo cual estaban metidos ella y Víctor y no sé por qué los veía como frágiles, como víctimas.

—Amor es pasar mientras más horas mejor, por lo general en la tarde, en una habitación tranquila, con una oficinista, alternando sexo y plática hasta determinada hora, en que hay que irse.

—¿?

—Sí, qué es lo que te asombra. Delimitaciones cuidadosas entre amor, erotismo, sexualidad y todo eso no tengo. Son palabras útiles a veces, para diferenciar un poco tal o cual ángulo, pero no hay que insistir.

No, pues sí. Atrapado en su propia decisión de estar atrapado porque de todas maneras estaría atrapado, comprendo lo de "mientras más horas mejor" y hasta lo de "oficinista". Con igual aparente desapasionamiento soltó todo intento por seguir química en la universidad o por tratar de encontrar un trabajo "interesante". Vivía envuelto en sí mismo, sabiendo que lo que con tanto celo guardaba no era importante para nadie salvo para sí mismo. Lo único que tenía.

—El sexo requiere una superficie mullida, mientras más extensa mejor, y dos o tres cojines. A veces un espejo es bienvenido. No hace falta absolutamente nada más, salvo, por supuesto, tranquilidad, entusiasmo, ganas y cuarto de baño al lado.

Por las tardes también, en una ciudad de México aparentemente en calma, con el rock asomándose en las conciencias, las olimpiadas ya programadas, los libros recién comprados a la espera, alguna que otra charla con el vecino (español refugiado, culto y solitario), el cambio de un trabajo a otro simple y sencillamente para escoger de las incomodidades la menor; las hijas que crecen lenta, lenta pero inexorablemente, los años que pasan y que al cruzar las tardes, las tardes de cada día, parecieran detenerse con cierto titubeo. Ésta es mi vida, la única que voy a tener jamás. La mía.

—La plática tiene que ser amena y superficial. Los graves problemas están excluidos. Si le surge a uno alguno, debe lógicamente telefonear a su pareja para advertirle que no hay posibilidad de entrevista.

Por supuesto que el estado del mundo era caótico. Siempre lo es. Las cosas están siempre sucediendo al mismo tiempo que uno vive, y cuando logras registrarlas en la conciencia, te traspasan y te dejan en tu cotidianeidad más o menos igual. Más o menos indiferente pese a los titulares en los periódicos, los golpes y los contragolpes de estado, los cohetes lanzados al espacio. En ese departamento repleto de libros, en esa tarde callada, con esa oficinista tímida, torpe, bella y dulce, Juan existía más o menos completo.

234

—La oficinista— ¿qué hacía? Pues, como es natural, fallaba a menudo en uno o más puntos clave, ocasionando desde malestar hasta angustias y desesperaciones espantosas, sobrellevadas con estoicismo, pues ya se sabe que somos incambiables y, en lo que cambiamos, es para empeorar.

Este Juan. Suena a cínico, pero no. La oficinista no era una oficinista. Era ella. Delia, María, Lilia. Ella. Lo que durara, pero ella. Y no es que las oficinistas tengan algo en común que fuera lo que atrajera a Juan. Simplemente eran a quienes Juan encontraba, conocía, podía tratar. Pese a que uno tiende a generalizar y por eso creería que las oficinistas son aquellas que compran productos AVON que luego comparan en el tocador, aun así eran como toda la gente: parecida y distinta.

—Aparte del placer potencialmente ilimitado de pasar tardes así juntos, no coincidíamos en nuestros gustos e intereses. Amistades comunes eran casi inconcebibles. Y, por encima de todo, si sólo disponíamos, como era normal, de un par de tardes a la semana para nosotros, sería un verdadero crimen perder un solo minuto paseando o yendo al cine. Había que hacer concesiones, por supuesto, y la clandestinidad de las historias y mi estado ordinario, sin un centavo, ayudaban poco. Cuanta vez quisiera ella ir de paseo, visita, cine o alguna fiesta, con quien le diese la gana, no tenía más que advertirlo. Ya hablaremos de la fidelidad.

La secundaria quedaba sobre la costera. Del camión te bajabas y cruzabas; trasponías un umbral imaginativo, era todo abierto, en alguna parte había unas oficinas administrativas, pero de inmediato las escaleras, un patio, los salones de clase. El atarantamiento por la tantísima gente tan distinta. La casa, la familia quedaban muy atrás y resultaban imposibles de traducir en este mundo tan desatado. Y desatado era por la arquitectura del edificio, los horarios de clase, la falta de organización.

Ingrid, mi amiga de la primaria, no había quedado en mi salón. Al llegar nos separábamos y yo me iba a buscar a Rosa. Jamás la encontraba en el aula. Siempre estaba apoyada en el barandal, abrazando sus libros, la mirada perdida. Víctor. Los planes de ese día para volarse clases y estar juntos. Caía yo como bajo un hechizo en cuanto estaba junto a ella. La escuchaba, la miraba moverse, trataba de imaginar todo lo que hacía. Iba a fiestas. Víctor pasaba por ella en una moto para ir a tomar un Dairy Queen. Se iban a ver la puesta del sol a la quebrada. Él la visitaba en su casa.

Si yo le hubiera podido explicar cómo de pronto estaba viviendo en dos mundos que no podía conectar (mi abuela, estaba segura, no sabía que la secundaria era como era. De saberlo, no me habría dejado estar ahí, en ese mundo tan libre; tan desatado, en donde además ni se estudiaba. Uno se ponía en las clases, y eso era todo. Te preguntaban algo si levantabas la mano, nada más. De loca iba uno a levantarla. No le revisaban a uno los cuadernos. A veces pasaban lista, casi nunca).

No le podía explicar a Rosa mi extrañeza, porque tampoco encontraba cómo hablarle de casa de mi abuela. Habría tenido que contarle mi historia y uno no anda por el mundo a los doce contando la historia propia. Ni siquiera sabe que la tiene. Ella quería saber de mis tíos, a quienes conocía de vista y le parecían muy guapos. Pero en realidad lo que sucedía era que yo le contaba pedazos de cosas. Cosas de esas que pasan a veces a la hora de la comida, o que mi abuela platicaba, o yo oía sin querer y no sé por qué ahí, en el barandal de los corredores, frente al campito seco, sonaban totalmente absurdas, irreales, y las carcajadas de Rosa eran de veras. Ella creía que yo era muy chistosa y por eso me había escogido de amiga. Se reía de todo lo que yo decía y yo decía cualquier cosa, inventada o no. Y a mí lo que me daba risa era imaginar esa secundaria en el comedor de mi abuela. Ese relajo en la casa.

Sabía que tenía el tiempo contado. Que aquello se acabaría más bien pronto, por lo que procuraba vivirlo con toda mi atención. Me fijaba en los muchachos y muchachas más grandes, tratando de grabarme la diversidad del mundo. Una cosa es estar en primaria, y en una escuela particular, y otra en la secundaria, y federal. Era estar en Acapulco, ese que tanto negaban los adultos de mi familia: Acapulco-calle; Acapulco-gente; Acapulco-sonido de tambores y música, motores y risas lejanas. Ese que oía desde la terraza, que veía por la ventanilla del coche. Ese que mi abuela decía que era peligroso.

Me empecé a fijar en los tonos de mis compañeros; en sus maneras de moverse y hablar. En su aspecto. Empecé a descubrir lo vulgar, lo inteligente, lo bello y lo plano de la gente, y mi familia perdió ese aire indestructible que pareció tener hasta ese momento.

Hay acontecimientos que unifican eso que a lo mejor se podría llamar "conciencia nacional". Que hacen que el cielo sea uno solo; que el aire que respiramos sea, mal que bien, de todos. A lo mejor son los que nos hacen sentir que lo único que tenemos es la presencia de los demás. De esa gente que ves caminar por la calle y que parece siempre la misma, como escenario de la propia vida, que es la que se desarrolla, no la de ellos o la de los automóviles siempre en circulación, o la de los mendigos, siempre con la misma mirada.

Acontecimientos que pueden ser percibidos con mayor o menor conocimiento de causa, pero que por un momento aunque sea nos fijan en un punto exacto dentro de todo el tinglado de nuestro acontecer social.

No, pues Juan vivía en su mundo, que no era para nada sencillo pese a la escuetez a la que lo había sometido. Y aunque él caminaba idéntico hasta su trabajo, e idéntico lo desempeñaba, para luego caminar idéntico de regreso a casa, a veces se producían tormentas más o menos enojosas en su entorno familiar. El descontento de todos parecía circundarlo. Cuando no era su madre, era su esposa. Las niñas eran utilizadas como presión moral. Quedaban siempre en medio, chiquitas, cada vez más indiferentes a los gritos.

Llegar por la tarde a su propio departamento; suspirar casi con incredulidad. Paz. Aunque Lilia no llegara, no hubiera querido venir; aunque todo su ser hubiera deseado locamente que. Otro suspiro, de cansancio que esta vez se relaja. Algo de música, todo muy despacio, dando oportunidad a que el tejido de las cosas se vaya alisando para poder volver a percibir el diseño total.

La música, sí, tenía una manera de penetrar el espacio entero, con su paso inexorable, que era risible comprobar una y otra vez cómo eso que uno llama "las preocupaciones", se veía sepultado sin ningún miramiento.

Se puso de pie y se acercó a la ventana. Distraídamente vio las figuras oscuras que pululaban pesadamente por la calle. La luz era extraordinaria, de una luminosidad rosada. Los volcanes resultaban nítidos. Con lentitud, con desgano comprendió: eran granaderos.

Corría el año de 1968.

La escuetez, en un país grandilocuente como éste, se impone. Tanto espacio, tanto volumen para cualquier cosa. Tanta demagogia. Tanta mano de obra hambreada que ha servido para edificar tantas y tan vastísimas aspiraciones de unos cuantos, pero siempre tan poderosos.

Se impone la escuetez porque de otra manera cómo vivir el día a día, la vida que sin mayores lineamientos sí llevamos dentro aunque no nos enseñen. Para sentir el sol en la mañana húmeda, para cobijarse por la noche, pese a todo, para darle el mordisco a la tortilla aunque esté medio vieja, para dejar salir el cariño o la risa. La escuetez. No hay, no ha habido espacio para más. Qué fea huella, en el fondo, dejamos los mexicanos. Qué ampulosa mentira. Puro ruido, puritito desmadre, caray. Una pirámide aquí, una catedral allá, un monumento a la revolución más allacito, un estadio, un colegio de México, un... ¿Qué otro proyecto de grandeza nos espera para añadirle una muerte más a la gente, ya que lo que se muere cada vez es la gente. Lo que queda ahí, en las profundidades de la nación, es la gente que ni siquiera supo que tenía tan gran cementerio?

La escuetez de todos nosotros que se agazapa tras un diminutivo o un silencio hosco o, incluso —a lo mejor sobre todo—, detrás del color chillante, para que como cuentas de colores, creas que detrás hay un poder.

La escuetez de esa clase acomodada que se vuelve estridente en su situación civilizadamente occidental, y a nadie permite ver su aterradora soledad; su impotencia, no digo ya para ser algo mejor, para ser, punto.

Y también, qué duda cabe, la extraordinaria escuetez del poderoso. Qué manera, caramba, de gozar de una supremacía.

—Pero no era absurda una vida así, no te creas, ni imposible. En una de mis mejores relaciones, que duró tres años, paseamos *una* tarde, *nunca* fuimos a un espectáculo, no hicimos *ni una* visita y comimos fuera *dos* veces. Nos veíamos dos y hasta tres veces por semana, incluyendo la tarde entera del sábado. A veces simplemente la recogía en su trabajo y la acompañaba a su casa (por lo general, y para mi alegría, vivían hasta el quinto infierno). La vida se nos iba en horas aisladas, pero sensacionales, horas que salpicaban la semana, haciéndola bastante pasable. ¿Hubieran sido deseables más encuentros? Sin duda, y sobre todo más prolongados, pero la cuestión es bastante ociosa pues puede decirse que nunca hubo ocasión de haber la prueba.

Lo primero que se me ocurre, viéndolo tan campante, es que se conforma con muy poco.

—Cuando una de estas historias marchaba bien, me sentía de maravilla. Las lecturas cobraban sentido, la música vida. Yo estaba en paz. Mi paciencia era infinita.

Muy poco para esas tardes del D.F., que suelen ser descarnadas en su inmenso vacío. No quiero pensar en esa hora —pongámosla a las 5— que luego se despeña a las seis, siete, ocho. Por la calle todo se precipita en un afán por recogerse, por sentirse protegido. ¿Todo? Todos adquieren un aire como de clamor: ¿y yo, y yo? ¿Dónde me pongo yo? Esas cosas accidentales que le abofetean a uno la existencia, esas visiones oblicuas de otras vidas, de otras suertes...

—Lo esencial es que ella está presente; a cada momento su imagen mental y, sin cesar, la simple conciencia de su existencia. Sentir que respira, vive, va y viene, y que también está recordando, esperando lo mismo, estar conmigo, devorándonos o platicando. A veces, a solas, en esas temporadas ideales, la vista interior escrutaba serenamente el mundo, sus cosas, su gente, buscando. ¿Qué? Algo que hubiese cambiado de aspecto. Una reconsideración, una revaloración posible... jamás encontré nada nuevo, nada diferente, aparte de mi plenitud, mi alegría.

Pues mira... no suena tan disparatado después de todo. "La vista interior escrutaba serenamente el mundo"... No, para nada. Vuelvo a ver esa hora aislada en medio de la tarde y las proporciones se invierten. Esa hora sellada, apartada que permite fluir a las otras. Tiene un no sé qué de compás musical. La intensidad como que tiene silencios, ritmos, diapasón. ¿Será?

—Tales búsquedas eran culpa de algunas lecturas de mi juventud. Por aquel entonces, Erich Fromm plateaba con su cursilería viscosa el paisaje de esta Suave Patria. Toda una palabrería insulsa de que el amor lleva a la autorrealización, al despliegue integral de las potencialidades ínsitas del ser, a la creatividad que, en lucha fecunda con sus semejantes, eleva al individuo sobre las alas de un porvenir cargado de esperanzas.

Ámosdeai.

—Monsergas. Si lo que se quiere decir con esas frases es que, como acabo de referir, se siente uno muy bien, si se trata de que no hay nada comparable al ruido de la puerta cuando ella llega, que no hay nada como besarle el rostro fresco aún de la calle, y que, veinte minutos más tarde —mejor cuando es una hora—, no hay absolutamente nada —ni la máxima música— que le llegue en hondura, en intensidad, en calidad a deshacerse juntos sobre la cama —si esto es lo que quieren decir aquellas frases turbias, hay que reconocer que lo hacen bastante mal. Si el recuerdo de la víspera o la esperanza de la tarde me aliviaba, cotejando un inventario imbécil o elaborando un informe inútil, el aliviado era yo, no la imbecilidad de mi trabajo.

No, pues sí. Cuando lo dice —sin mayor vehemencia, por lo demás— está idéntico a que si no lo hubiera dicho. Lo que sabe, lo que siente, está encerrado en él, como esas horas aisladas con las que va apuntalando su vida.

La altiva ciudad de México. El Distrito Federal. El valle de México. La meseta del Anáhuac. Como se quiera, pero el centro del país innegablemente. Y no sólo porque el Ejecutivo esté ahí, o sea, está ahí por ser la punta de la pirámide. Ahí se forja la historia del país, aunque muchos de sus episodios se lleven a cabo en otras partes. Todo acaba por recalar en el Distrito Federal. Las provincias miran resentidas en esta dirección: también nosotras tenemos nuestra historia, nuestro orgullo. El D.F., no se inmuta. Pareciera no escucharlas, como no escucha nada, por lo demás. Es extrañamente impasible el D. F. De la misma manera que su voluminosidad le crece al individuo para reducirlo al anonimato, los problemas del país le rebotan encima al D.F., sin arañar su caos. Una ciudad que se va comiendo nuestros recuerdos, que no se deja fijar por nada ni por nadie. Que sin embargo es lo único que perdura de nuestras vidas, porque en lugar de aquella glorieta en la que solías jugar de niño, aquel árbol enorme, aquella juguería, hay otras cosas que a su vez son. La ciudad que todos perdemos constantemente, la que todo el tiempo estamos conquistando. La que va quedando, siempre insuficiente, en nuestras novelas, poemas, cuadros, películas. Burlona, tramposa, cuando pretendemos asirla. Pareciera ponerse en pose, muy compuesta, justamente para no ser ella. Ciudad bárbara, entrañable porque tiene la medida de nuestra impotencia, el rumor de nuestros remordimientos, la bruma de nuestra conciencia, México, Distrito Federal.

Son años que se empiezan a vivir de una manera temblorosa, medio ausente de lo circundante porque comienza a sentirse uno hipnotizado con la imagen propia. De golpe el mundo es distinto: pierde sus linderos, sus puntos de referencia, sus rincones cobijantes. Uno se siente ahí afuera, extrañamente solitario y lleno de curiosidad. Todavía no se llega uno a percatar de que aquello está lleno de seres humanos que conforman el tejido más extraordinario que se pueda concebir. Pareciera como si, al dejar el mundo de la niñez, que es el mundo de las imágenes, entrara uno al mundo de las intuiciones. Un mundo singular, vibrante, pero muy ininteligible, en el cual todo es posible y nada se llega a perfilar jamás en forma definitiva.

Esto, en Acapulco, hacía del sol algo más iridiscente, del mar algo más vasto e inaguantable, como la respiración propia, las ganas de ser... ¿qué? no había tiempo para detenerse en nada, era tanto lo que necesitaba uno atisbar. Como manchas todo, como pálpitos que venían a recalar a esos corredores de esa secundaria descarapelada y cruda. Rumor de voces, sonar de pasos, cerco en el que quedaba uno contenido, vulnerable a las miradas de todos y siendo uno mismo mirada. Revuelos, algarabías que se formaban en uno u otro grupito; risas que cascabeleaban hasta elevarse, movimientos que parecían encimarse unos sobre otros hasta formar un pequeño montículo. Esos grupos por los que la mirada se deslizaba como en un tobogán. Sacudidas violentas, vaivenes embriagantes. Era la prosecución del juego, de aquel ¡una, dos, tres por mí! Por eso aquella mañana nada más natural que dejarse llevar al alboroto de esa entrada, platicando, fingiendo ante uno mismo que todo era natural. Sólo que al ver las expresiones graves, serias, a medida que nos íbamos acercando, al ver de pronto correr a un maestro, a otro, qué pasó, que pasó. Atropellaron a uno de "Segundo C". Está

241

muerto, ahí, en la calle. Completamente rodeado el cuerpo, de todas maneras nos acercábamos más y más, desprovistas ya de nuestra recién estrenada adolescencia, atadas a un misterioso magnetismo que casi nos hacía salir de nuestros cuerpos, como habíamos salido del edificio y estábamos en plena calle, con los coches rodeándonos como si de pronto nos respetaran. Todos, sentíamos, todititos estábamos ahí con nuestro compañero tirado bocabajo junto a un charquito de sangre que parecía querer mucho. No lo conocíamos, no lo reconocíamos de vista, pero era uno de nosotros, era de nosotros, era nosotros. Enfrente el mar.

Por la tarde lo velamos en una funeraria y todos, de cuatro en cuatro, hicimos guardia junto a su cuerpo. Ahora estaba bocarriba, sereno, tremendamente desconocido. Como las gentes llorosas y tan pálidas, tan de-soladas, su familia. Nosotros tantos, tan absurdos fuera del edificio de la secundaria. Tan inútiles más bien, tan estremecidos.

Es tu muerte, es tu fragilidad, tu azar que esta vez no se metió contigo, en ese mundo que parecía abrirse lúgubremente, de manera irreversible: no hay marcha atrás; no hay remedio; estás viva, y el calor es pegajoso.

—El amor realizado es, como su nombre lo indica, lo contrario del dolor, el polo opuesto. El amor no correspondido, o desintegrándose sin remedio, y la ruptura, y el regreso (por lo general rechazado) ocasionan los sufrimientos hasta ahora (toco madera), más terribles que conozca. Cuelgan descaradamente en la música y en las esquinas sus harapos desgarrados. Mil años después, el mismo paisaje musical de pronto recuperará su atrocidad, pero venturosamente transformada.

Y no deja de sorprenderme que habla de dolor, de euforia, de serenidad incluso, él, que es lo mismo día con día, le esté pasando lo que le esté pasando. No deja de asombrarme que mientras la mayoría de nosotros gesticula, prácticamente, su vida, él la ha hecho como submarino, para él, dejando tras de sí una estela silenciosa, desapercibida. Porque ¿qué le va quedando a quien vive con él por un período? Un trozo de humanidad al que llega uno a habituarse como se acostumbra uno a un mueble. Qué más normal que esté ahí, que sonría así, que camine así. "Mata niñitas en los bosques", y ya estuvo. Aunque supiera que no, así quedó, así pobló esos pasillos en la oficina...

—En la música cabe todo (no es que lo sea todo), su intensidad sólo la supera el amor logrado, al cual, en cuanto a alturas, ninguna música llega a los talones. Pero la música, como experiencia más multiforme que el amor, abarca versiones indescriptibles del dolor. El amor no; ante el dolor se estropea, cambia de nombre: dolor.

Aunque por qué no, por qué no habríamos de saber todos eso mismo, por más que no se nos presente jamás la necesidad de formulárnoslo. A Juan porque lo tengo ante mí, porque le pregunto, porque no lo dejo en paz, pero aun así, pareciera que lo que expresa con frases no es sino una sola cosa: así es, lo puedes formular como mejor se te antoje, da igual.

Pero cada vez, cada amor, cada libro, cada paso hay algo.

—Sufrir por un amor no logrado no es para mí amor; es patología del amor, infiernos del amor. No le veo objeto a decir que la tifoidea es parte de la gastronomía. Así, de repente, la palabra "amor" me sugiere cimas de júbilo, no lo que, haciendo el balance, más me ha causado: daño monstruoso, aullidos a solas, marchas tristes por calles infinitas.

Ya, ya voy entendiendo su encogerse de hombros, su aparente indiferencia, creo. Hasta su caminar erguido, tal vez. "He vivido sometido a trabas —horarias— que, estrictamente no son forzosas y que por el hecho de ser libremente asumidas no se hacen más agradables." Sí, no se trata de una sabia resignación ante las fuerzas irracionales del universo, sino de un conocimiento exacto de lo que se podría hacer en contra de ellas: nada. El dolor es feo. El amor logrado no. Así es. ¿A poco no es normal que se aspire sólo a los amores logrados? ¿Que se procure que todos lo sean? Que cuando no lo son uno no tenga más remedio que encogerse de hombros.

Así todo, y siempre, por eso se aleja sin mirar para atrás o para los lados, y sin embargo mirándolo todo. Por eso desaparece por el túnel del metro, aparentemente como uno más, sin serlo y siendo uno más. Y en torno a él la gente parece revolotear sin ton ni son, con movimientos y ruidos superfluos. Angustias desacompasadas, anhelos amorfos, intensidades ofuscadoras.

243

Convulsionados inconscientes que forman una especie de bullicioso enjambre a su paso. Él, impertérrito.

Como aquella vez que entró la tubería por la pared cuando merendábamos y que sin que yo supiera bien fue la primera lección de que no todo lo que está es, así otra noche, no mucho tiempo después, nos despiertan con gran conmoción. Dormíamos en el tercer piso de esa primera casa de mi abuela, mientras encontrábamos casa. Poca cuenta me daba yo de que era Acapulco. Mis paredes y horizontes eran los cuerpos de los adultos, ya que el mundo acá abajo eran puros destellos, algunos temibles.

Como el de aquella noche en que nos despertaron. Un incendio en el edificio de enfrente. Mi hermana era muy chiquitita. Caminaba a mi lado siempre, pero como tambaleante y sin decir nada que se pudiera entender. Pero yo tampoco entendí la palabra incendio, así, sola. Cuando salimos de los cuartos a la terraza para bajar, vi las enormes llamaradas. Oí los gritos, las sirenas, pero sobre todo la alarma de mis padres, de mi abuela abajo llamándonos. Las llamaradas, no obstante, estaban lejos. Enfrente. Me quería asomar, pero me jalaban hacia la escalera. Oía por primera vez a la gente, allá afuera; las campanas de los bomberos, rumores, cláxones, y abajo con mis padres, mis tíos, mi abuela, los perros que tenían en la bodega de la tienda, el ruido, la desazón. Alguno o algunos de los grandes (hombres), habían bajado a la calle a ver. A nosotros nos entretuvieron con algo "para tranquilizarnos". A lo mejor nos dieron una limonada para el susto, algo de comer. Nos sometimos dóciles, pero sus voces seguían llegándonos a la conciencia y sobresaltándonos. Asustándonos.

Vi esas llamaradas muy fugazmente y, casi al mismo tiempo, la calle allá abajo, la gente arremolinada, la luz de los coches. Vi, sin tener palabras para entender, la vulnerabilidad de todos nosotros. Todavía no había visto el mar.

La familia iba quedando definitivamente atrás aunque nadie se diera cuenta. Ellos, por supuesto, no. Pero con el ingreso a la secundaria había habido un cambio definitivo que día a día se acentuaba. Era la salida por la mañana, la llegada a mediodía, a comer, con la cabeza llena de imágenes, de intuiciones, de

244

miradas y risas. De ansiedades. Volver a colocarse en la geografía estática del comedor. En los tiempos lentos de las conversaciones; en su irrealidad porque allá afuera, el mundo, había demostrado que. Entender de pronto que eso, aquello de la casa, estaba ya vivido. Que uno, sin proponérselo, había abierto una puerta a una vastísima intemperie. Que todos se quedaban de este lado y era uno el que debía trasponerla y comenzar a avanzar hacia allá, no se sabía qué. Daba miedo y era fascinante.

Se empieza a ir uno mucho antes de que nadie se percate, ni uno mismo. Las figuras familiares, las costumbres, las zonas que hasta ese momento habían parecido seguras, se reducen de tamaño hasta parecer de juguete. Los tonos de los adultos dejan de apaciguar, engordan y se convierten en murmullos cariñosos, sí, pero inservibles. Te quedan chicos también. Comienza a formarse una certeza de que sólo tú sabes lo que pasa, lo que es cierto y no, lo que quieres o no quieres. Aunque seas incapaz de verbalizar nada. El único sitio seguro y claro es ahí, entre los amigos y amigas que nos miramos absolutamente conscientes de nosotros mismos. Con una autovigilancia infatigable porque cualquier paso en falso se paga con sangre.

Lo más chistoso es que no han pasado ni tres meses, con seguridad mucho menos, de cuando creías que la vida sería siempre así: ellos, los grandes, con sus contradicciones, sus ridiculeces y su enorme inocencia. Tú, distinta de ellos, como sabiendo mucho más, pero ocultándolo instintivamente. El mundo, que se dejaba descubrir en atisbos. Y parecía que así, en pequeñas dosis, en hipos, ibas a existir siempre.

Claro que es imposible recordarte que ellos también fueron jóvenes. Que llegaron a la pubertad igual que tú y descubrieron lo que crees que es sólo tuyo. Suponiendo que en aquella época hubieran utilizado el término "pubertad" o cuando menos "adolescencia", lo que no sucedía ni sucederá nunca, porque uno viene por acá viviendo ocupadísimo, en unos tiempos espaciosos e interminables, y los cambios, los pasos adelante o como se les quiera llamar, no se perciben jamás así. Son cosas que suceden; que se pueden tocar, que parecen estar ahí y ser tú quien te tropiezas con ellas.

Así esos corredores descarapelados de la secundaria, o la risa de tu amiga Rosa, o el sonido de las sillas al terminar la clase y desbandarse todos con una explosiva euforia. Bajarte del camión en la costera y cruzar la avenida con cuidado, el mar a tus espaldas, un poquito menos mar porque no tienes el tiempo de antes. Recordar con dolor al compañero atropellado y mirar cómo se alejan los coches sin haberte tocado tampoco esta vez. Cruzar el primer patio hasta el segundo bloque de edificios y saber que ya te perdiste de ti, eres pura conciencia ahora de los otros. En una de esas, a lo mejor, tener una absurda, pero tenaz visión de las manos de tu abuela, alisándose el pelo, acomodándote el cuello de la blusa. Sus manos blancas y pecosas, de venas saltadas, temblorosas, de viejita que debió dejarte salir al mundo, y un breve espasmo de angustia porque te han soltado, porque ya nada volverá a ser igual, por mucho que día con día regreses y pidas permisos y digas hasta mañana, abue. Un beso.

Extraordinario creer que fuimos los primeros, los únicos. Los más. Que nadie jamás repetiría igual esa difícil hazaña de vivir.

¿En dónde está ahora? Cuando me habla de esa manera, ¿en dónde se pone? Con ese lujo de tiempo, con esa calma, con esa precisión con que me explica las cosas. Es fácil imaginarlo en la oficina, frente a frente, con un escritorio en medio. Colocaría las manos encima, quietas, salvo en los momentos en que enciende un cigarrillo y hasta terminarlo (no los pone jamás en el cenicero. Los sostiene todo el tiempo y constantemente les sacude una ceniza que no llega a formárseles). El único otro movimiento es cuando se pasa la mano por el pelo. Pero salvo ésos, uno pensaría que procura hacer olvidar su presencia corporal a su interlocutor.

También puedo imaginarlo caminando por calles y más calles. Quizá en la San Rafael de ahora, que él reconocerá con todo detalle, no importa cuán envilecida esté. Cuán empobrecida. En las esquinas verá su pasado, su vida y la vida de los demás, pero también su presente, y lo más probable es que le dé risa.

O solo en su departamento mirando por la ventana.

Lo que sé es que lo oigo, lo oigo con toda claridad. Luego de que pensé que mataba niñitas en los bosques, lo escuché y pensé: me gusta como habla. ¿Y cómo? Directo. Eso no dice mucho, o dice algo trillado. Directo, con franqueza, abiertamente.

No, nada de eso. Es decir, aunque hable así no es eso lo que se le nota. Lo que sucede es que las palabras le salen redondas, sin telarañas, con exactamente la misma expresión de su cara: adusta o riente, depende. Sin un gesto de más, sin un matiz de más. Directo, no tanto en relación con el interlocutor como con lo que quiere transmitir. Eso es lo que me gustó. Casi no quedaban huecos en el aire entre lo que decía y lo que quería decir. De manera que las palabras recuperaban una dignidad asombrosa; una entereza, una plasticidad sumamente satisfactoria.

Y la casa se me iba también desprendiendo de la piel de manera igualmente imperceptible. No sólo por aquella antigua conciencia de estar esperando a que mi padre nos llamara y a ver si esta vez sí, sino porque a medida que entraba en la adolescencia, esos muros de piedra, esos espacios guarecidos, esos ritmos domésticos apenas si arañaban mi existir. Me iban quedando como distantes, y cuando venía con mi amiga Ingrid subiendo por la cuesta, muertas de calor y de risa, de chismecitos sobre tal o cual muchacho o las cosas que Rosa decía y su estrepitoso amor por Víctor, ninguna de las dos se acordaba que siempre lo habíamos hecho así. Sólo que antes hablábamos de caramelos, sopas y travesuras en clase, y ahora, por más que habláramos hasta por los codos, cada cual, lo sé, venía encerrada en su cabeza, deslumbrada ante la vistosidad del mundo.

Y surgía entonces ante mis ojos la gran barda del jardín, la punta del marañón, los barandales de la terraza. Apartaba la vista de inmediato. No quería ver gente; distinguir a mi abuela, a mi hermana a lo lejos. Habría hecho deslucir mi sensación de novedad, que duraba hasta el instante de empujar el zaguán, oír el ladrido del Moro. Y, hasta el día siguiente en que me volviera a ir, caía en un estado de automatismo distraído. Entrar y ver la sala con su aspecto de siempre (y es que así son las casas ¿no es cierto? Con un aspecto de siempre), los cuadros de mulatas entre platanales, las marinas, los muebles en donde estaban las vajillas especiales, las jardineras de la parte de atrás que tanto desafío constituyeran para el abordaje del piso de arriba. La cocina. ¿Mi abue? Está arriba. Esa atmósfera fresca, calmada de la cocina. Un poco oscura. Con la mesa de granito rojo en donde desayunábamos antes, cuando éramos chicas, ya que ahora cada cual tenía su horario.

El costurero. La abuela sentada en su silla, cosiendo medio adormilada. El beso. Su cara, en el saludo siempre ilusionada. Su olor a viejita. Su imposible candor: ¿Cómo te fue? En ese momento las palabras dejaban de tener resonancias. Eran simplemente para ella; las que ella quería. El mundo se quedaba afuera. Me fue bien bien bien. Mi hermana en alguna parte, con esa aplicación agitada de mete y saca que los niños suelen tener con sus mochilas. Estampitas, recortitos. Dos años a veces distancian tremendamente a las personas. Botoncitos.

Y el inevitable encuentro con el mar, desde la terraza. Desde la costera, frente a la secundaria, o desde el camión, era muy distinto. Se aparecía a pedazos, casi diría que se asomaba amigablemente. En la casa éramos enemigos acérrimos. Se burlaba porque a mí no me quedaba otra que detenerme, ahí, donde estaba el barandal. El mar enfrente, implacable, gordo, detestable.

Luego la tarde lenta, con sus pequeños aconteceres mientras la casa calmaba su calor y se iba volviendo dulce con su manera triste. Se le aquietaba el viento, se le refrescaba el jardín por el que yo caminaba ahora interminablemente, buscando machacar los minutos sin saber muy bien para qué.

Los demás seguían viviendo como si nada. La puesta del sol, la merienda, los tíos que entraban como ráfaga a cambiarse y salían igual luego de dejar un pequeño revuelo en la casa (si van a cenar, si tienen camisa limpia, si van a dormir un rato. Toda la casa en movimiento, hasta Ezequiel, que le laves el coche rápido, que te vayas por unos cigarros, el teléfono, que no puede venir, está en la regadera. Luego te llamo, Rosa, mi tío necesita usar el teléfono).

Una vez que los ladridos del Moro se acallaban, la casa volvía a su ritmo habitual. Los pasos arrastrados de Chole hacia su cuerpo, el gruñido de buenas noches de la tía Vige, las puertas que Ezequiel cerraba. Mi abue y doña Oti planeaban interminablemente el menú para el día siguiente.

Mi hermana y yo arriba. Tengo novio, le decía. Estás loca, ¿para qué quieres novio? ¿Está guapo? No mucho, pero me gusta. También Ingrid tiene. Ayer nos acompañaron hasta la esquina.

Y su sonrisa de incredulidad, de maravilla, de desentendimiento en realidad porque a ella qué.

Y después toda la casa a oscuras, en silencio. A veces mi abue hacía un último comentario y le salía su risa en burbujitas, contagiosa. El mar bramaba tranquilo por allá.

Los silencios, pues. Los silencios de cada cual se van haciendo como lagunitas en la existencia que muy de vez en cuando, casi siempre por accidente, encrespan sus aguas. Tan habituados estamos a ellos, que no sabemos reconocer lo que pasa las más de las veces. Sin embargo hay ocasiones en que se secan. Silencios tan profundos que se evaporan. Como el silencio de la noche, que acaba por ser noche, o el del mar en ocasiones, que termina siendo azul. Pero me imagino que en cada cual, en cada cosa, adquiere una forma específica, característica de eso que quedó silenciado. Es bonito ver el gesto de las gentes, por ejemplo, cuando con toda deliberación cierran los labios (algunos los aprietan) para no hablar. Ese gesto decidido a no decir; a guardarse algo dentro. A no contribuir a lo que está sucediendo. A no delatar. Ese silencio adquiere la forma toda de la vida, de la conciencia humana, así como su contraparte, el de los desaparecidos, adquiere la forma de la vileza, también humana.

El silencio súbito de los objetos que no pierden ocasión de reprocharnos nuestra ligereza. El de los espacios, que se abren más y más, resentidos ante nuestra incapacidad de ocuparlos. El silencio del ruido, que al ensordecernos nos deja mudos, vacíos de todo.

Tiene que haber sido antes del primer semestre cuando me expulsaron, porque no recuerdo haber hecho exámenes jamás. Si ni siquiera sentí su proximidad. Y quién sabe quién haya hablado con mi abuela y finalmente con el tío que hacía de mi tutor. Si fue por teléfono, si tuvo que acudir a la secundaria (no logro imaginarlo, tan apurado siempre en llegar a sus citas, tan perfumado y guapo, entrando a la secundaria y viéndolo todo). Pero un día llego a la casa y veo asamblea familiar en el costurero, en donde solían manejarse los asuntos graves. Mi hermana por ahí, como de lado. Las expresiones, dios mío, qué seriedad, qué compungimiento. Ni por aquí me pasaba que pudiera ser yo la causante. Saludo, y luego luego el tío, quien cuando debía sonar severo hacía un como puchero rarísimo, y gota a gota, una a una, me fueron cayendo esas realidades que a fuerza de no entender yo había hecho a un lado: no asistes a clases, andas siempre con tu bolita de amigos, no estudias, no estás lista para los exámenes. Una tras otra, en ascenso. Hubiera tenido que caer de hinojos, llorar, desgarrarme las vestiduras, era lo menos que sus expresiones exigían. Hasta el aire, el perro, los pájaros parecían sobresaltados, enmudecidos. Qué barbaridad, qué culpable era yo.

Con todo, no acababa de encontrar por dónde empezar a reaccionar. El inicio del año escolar se me hacía lejanísimo, y la confusión que me produjo, totalmente inasible. Pensaba sólo que nuevamente se me quebraba mi cotidianeidad.

No volverás, decían implacables, y hoy mismo te hemos inscrito en una escuela de monjas para que estudies comercio.

¿Hoy? ¿Y mañana, entonces? ¿Y la confiada despedida hoy de los amigos? Hasta mañana, y no tener siquiera un pupitre del cual poder ir a recoger mis cosas, porque la secundaria es así, o a lo mejor las escuelas federales en realidad, ya que la de monjas no fue así. La secundaria te dejaba entrar igual que te dejaba salir: sin inmutarse. Eras uno más. Había muchos. Y mientras me seguían recriminando mi indolencia, mi incumplimiento (mi tío. Al pobre le tocó esta engorrosa tarea, y la verdad es que se veía incómodo. A lo mejor hasta ese momento no se le había ocurrido que éramos unas niñas en pleno desarrollo. Lo más probable es que nos considerara como unas mascotitas de mi abuela, qué bueno, para que no esté sola), mi ingratitud, mi falta de respeto, yo veía la algarabía de la secundaria, la risa de Rosa, las tortas de la enramada a donde nos íbamos a esconder cuando nos volábamos clases. Estaba en el extremo de hasta allá del patio. Dentro del terreno de la secundaria, pero nadie desde el edificio te habría podido identificar.

Sonó el teléfono. El tío enmudeció mientras mi hermana decía: Es que ahorita no puede venir. Ella te llama después. Su voz era chiquita, quedita, asustada, entristecida como siempre que me veía en problemas.

—Era Rosa.

Silencio glacial.

—Eso también —retomó el tío con nuevos ímpetus, de malhumor ya, porque a él por qué lo metían en todo esto—, tus amistades...

De la cocina los sonidos parecían más próximos que de costumbre. Doña Oti debía estar oyéndolo todo. No se ponía de nuestro lado nunca, pero tampoco totalmente del lado de ellos. Sacudía la cabeza y con una sonrisa enigmática decía: no acongojen a su abuelita, niñas, ella que las quiere tanto.

Total, que me echaron una aburridora en forma que terminó con promesas solemnes de mi parte, propósitos de enmienda y un pulcro beso a mi tío.

Pero faltaba lo peor, que por supuesto quedaba en manos de mi abuela y para lo cual fue necesario mandar a mi hermana a preguntar si ya iba a estar la comida. Todavía había que comer.

Los hombres, planteó mi abuela al aire, y aunque desde el costurero no se veía el mar, yo sabía que lo oía todo. Los hombres. ¿Qué sabía yo de los hombres? ¿Cuáles?, pregunté para ganar tiempo, creyendo que ya sabía de mi novio. Los hombres, así, en general. ¿Estaba yo consciente de ser mujer? (no, yo era yo. Mujer sonaba a grande). ¿De los peligros que corría? ¿De la dignidad, el nombre, la pureza, etc.? Hubiera sido el momento ideal para darme mi primera lección sexual, que tanta falta me hacía, pero no se usaba. De hecho, ni siquiera usó palabras definidas como sexo, embarazo, virginidad. Sólo tonos tenebrosos de los que se desprendía que los hombres eran, ya se sabe, unos malvados. Yo ya sabía que no, pero aun así no dejó de impresionarme porque fue tan ambiguo. Sentí que me ocultaba algo. Siempre me hacía sentir eso, o sea, cada vez que se iba por la tangente, lo primero que se me ocurría era que mi papá se había muerto y no me lo quería decir. Y tenía tanto miedo de que se repitiera lo de mi madre que jamás lo pregunté. Buscaba cualquier pretexto para hablar de él y espiar sus tonos, sus expresiones.

Que ya estaba servida la comida, nos veía mi hermana, a ella, a mí, tratando de saber qué había pasado.

—Acabando de comer vamos a ir a tu escuela nueva para inscribirte.

—¿Y puedo ir yo también? —preguntó mi hermana, dándome un codazo suavecito.

Pareciera que en las tardes, en todas las tardes de su vida, de todas las etapas de su vida, resumiera. Con mayor o menor conciencia. Mirándole al D.F., esa existencia dulce que a pesar de todo sabe tener. Con una luz transparente si había llovido, o a través de las gotas de agua, si llovía. Generalmente desde la soledad, esa sí, imprescindible.

¿Qué resumía? En realidad no mucho, con una vida tan sencilla, tan lineal como la suya, no había mucho que resumir. Más bien constataba. Aceptaba. Se quedaba muy quieto ante las imposibilidades hasta acostumbrarse a ellas. Desde cualquier habitación de medianas dimensiones, con una ventana regular. Tranquilo aunque por dentro pudiera estar muriendo lentamente a veces, comenzaba con las azoteas. Ese laberinto de alambrado, antenas de televisión, perros y ropa contra el cielo que son las azoteas del D.F. La mirada las recorría parsimoniosamente sin esperar encontrar nada. A veces alguien que se inclinaba hacia la calle, o una mujer lavando. Por lo general son solitarias las azoteas, y desmienten todo el barullo de las calles. Pero también, y por eso, el barullo propio, que se acalla paulatinamente a medida que anochece. A uno no le queda más remedio que ser uno. Si te dejan, si eres tú el que deja, el que suelta, el que se aparta porque no hay más remedio, ya que nadie tiene aptitudes para el sufrimiento.

—Dos o tres veces tuve que hacerlo: quitarme para evitar daños inútiles, ya que por mi situación no podía cambiar las circunstancias. ¿Ves cómo no me quieres?, me dijeron. Nunca discutí. Nunca mentí respecto de mi situación: casado, con dos hijas. Dejar a mi mujer habría sido dejarlas. Pero a quienes me aceptaron les fui fiel. Tener relaciones sexuales con una mujer significa eso: fidelidad. La infidelidad me resulta antiestética, insana, absurda. Cuando descubrí que mi matrimonio había sido un error garrafal, dejé de tener relaciones sexuales con mi mujer. Pero ellas no lo creían y se sentían en el deber de engañarme. O con el derecho. Yo lo aguantaba hasta que dejaba de aguantarlo. Cuando se volvía intolerable me apartaba. Sin recriminaciones, como es natural. No tengo teorías sobre el comportamiento de la mujer. No me atrevería a generalizar por mi experiencia, pero era frecuente que trataran de manipularme. A mí no me quedaba otra que repetir y repetirme que soy honrado. Brutalizando, diría que mi meta en la vida es el placer —sensual, estético, intelectual. Por encima de todo esto hay una sola cosa: una ética que sería serme fiel a mí mismo. Es una ética dura, pero flexible y no se la quiero imponer a nadie.

Escueto como su nombre: Juan. Juan y punto.

Acapulco, Acapulquito. ¿Cuánto de uno se queda en la infancia, en los sitios, en los sonidos que jamás se van a rencontrar? Porque pese a todo el turismo y la especulación de bienes raíces, Acapulco tenía una inocencia, un sabor a mango verde con sal de grano y chile piquín. Una suavidad de arena tibia bajo las plantas de los pies cuando en las tardes, casi siempre, en cualquier circunstancia, bajaba uno al mar. Y ahí, ante el espacio y con el sol poniéndose, no podía uno resistirse a hablar, a soltar toda la intuición del mundo que traía adentro, a acariciar, al mismo tiempo que a la arena fina, una esperanza loca de algo.

Con qué confianza se dejaba estar ante nuestros ojos, pese a la estridencia de nuestros gritos. Con qué placidez se dejaba poner la noche encima, incitándonos al regreso, la ducha, la merienda y el silencio. Era inocente, aunque también, claro, y aceptaba como algo natural las grandes hojas de los colombos, los floridos tulipanes africanos, los platanales, las enredaderas enamoradas de la piedra. Que el color del mar fuera azul. Que en el amanecer estallara un juego de anaranjados y uno ahí, caminando para arriba, para abajo, no, abue, sí, abue, te lo prometo, abue.

Que el pescado, que los mariscos, que las frutas. Que andar descalzo por el mundo, con el viento azotándote el pelo. Y ese calorcito en las mejillas cada vez que encarabas el mar.

El pueblote ahí, feo, improvisado e intocable, mientras en las orillas se iban forjando otras ilusiones. La gente por la calle idéntica, mientras en los locales turísticos, en los hoteles, en las discotecas germinaba una total impudicia que llamábamos, con toda inconsciencia, progreso.

Y las camadas de turistas que llegaban también iguales a sí

mismos, tropezándose unos con otros y todos con ese mismo rictus chiquito de infelicidad, de incomodidad, de azoro.

Así era, muy paulatino. ¿Quién iba a creer nunca que fuera a ser diferente? De vez en cuando el mar asentaba implacable su presencia. ¿Quién no supo de un ahogado, de un comido por una tintorera? Cuando así sucedía, la playa en donde tal cosa pasaba, se permeaba de un aire distinto y como hipócrita. Cuando nos acercábamos, a poco que nos hubieran instado, habríamos escupido. Mirábamos rápido y nos alejábamos como lo haríamos de un leprosario. Como los perros cuando les da rabia. De pronto todo en ellos era erizado y furioso y así, sólo esperaban la muerte. Pero mientras llegaba y estaban confinados, nada más claro que esa división que se establecía entre él y nosotros, los vivos, los sanos, los que nos quedábamos.

Los barcos, en la fina línea del horizonte, es alejaban con un silencio ominoso. Pesados, pero inexorables en su decisión de partir, de seguir por el mundo que de acá, desde Acapulco, no se alcanzaba a ver. Los que nos quedábamos, no dejábamos de sentir una cierta inquietud, una suerte de resquemor, pero de inmediato por allá se perfilaba el nuevo que llegaba.

Y cuando el tiempo se enfurecía en un ciclón, embravecido y estentóreo, parecía mirarnos por sobre el hombro: ahorita no, estoy ocupado. Nos empequeñecíamos contemplando el azotarse de las palmeras, el golpeteo de puertas y ventanas, la tirantez de los pájaros.

Qué absurdos los colores entonces. Qué ridícula la solidez de las casas porque del sonido no te escapas en donde quiera que te metas. Ese sonido rabioso, que iba en aumento y denotaba una impaciencia que había tocado sus límites.

Nos sentíamos aludidos y en cierta forma culpables. Bajábamos el tono de la voz y crispábamos los puños en espera de que cejara. Mirábamos el cielo apretado, los árboles descompuestos, las calles estragadas.

Y cuando aflojaba (doña Oti: ¡Ya está escampando!) se desataban una a una las respiraciones, los existires, las necesidades de seguir creyendo que éramos nosotros quienes vivíamos y no la naturaleza que nos vivía.

Así quedó Acapulco, allá, en el fondo de mi infancia, y nunca lo pude encontrar otra vez.

De manera que crisis ha habido siempre, con la diferencia de que hay cada vez un mayor número de gente que se percata. Se percata y actúa en consecuencia, según cada cual, porque además de la crisis, hay lo otro: este espacio artificial; esta identidad impuesta para unas cosas y festejada, suplicada, heredada para otras. Este ser nacional al que todos jugamos hasta que dejamos de hacerlo. Por indiferencia, por rebeldía, por conveniencia. Este no país que somos.

La crisis se convierte así en un problema existencial que nos obliga a preguntarnos quiénes somos y que nos contesta: lo que queramos. Pero tenemos que ser nosotros los que lo decidamos. La crisis nos obliga a reconocer que no hemos sabido hacerlo. Que basta ya de gobiernos fantasma, cultura fantasma, familia fantasma, afectividad fantasma.

Ha resultado todo un mal remedio. Una torpe aplicación de ideas que ni siquiera escogimos con plena conciencia. Sí, sonaban bonito, pero allá, en el papel, en el estudio propio o en nuestras febrilidades de próceres.

La crisis nos obliga a reconocer que nos hemos traicionado, y si no somos ese país que decimos ser, en todo caso, una bola de gente que tiene que hacer algo.

La crisis implica también nuevas formas de concebirnos.

Desmantelar el lenguaje para que no divida, subdivida, clasifique y condicione: clases sociales, gobernantes, parientes, amigos... amor, lealtad, pertenencia, nacionalidad. Escabullirle el cuerpo a los conceptos ante una sola realidad: la crisis en la conciencia de todos. La imposibilidad de confianza, el desánimo, la falta de calidad. Crisis de las palabras. Sólo con nuevas realidades habrá nuevos conceptos, que nacen siempre de algo innegable: la gente. La mucha, la muchísima gente, con sus brazos, sus piernas, sus ojos, su respiración anhelante por querer vivir.

La gente no cabe en la palabra democracia, ni aguanta la palabra dictadura. En la palabra nación no se ve reflejada y en la palabra estado no queda organizada. En la palabra sociedad apenas si llegan a asomar algunos rostros, y la palabra países como puerta cerrada.

La crisis nos obliga a recurrir, tal vez porque no hay de otra, a la palabra gente. A la de hoy, a la de ahorita, nada de un futuro mejor o el mundo de nuestros hijos. Todos sabemos que será idéntico al nuestro sólo que un poquito peor.

Ahora, ahoritita.

La última forma del silencio, pues, y por la crisis, sería la de la ausencia de atención a los modos, promesas y verborreas del poder. Una ausencia de la gente ante el poder. Un ir abriendo el espacio que nos separa, un ir dejando que ellos, los que gobiernan, sean ese país que dicen ser y que no tiene nada que ver con nosotros. Un irlos dejando solos.

—Me chocan los discursos.

Ya sé, a mí también, no quería que fuera un discurso.

—Detesto las parrafadas pontificadoras.

—Ni modo, así salió.

Hay un breve momento de desánimo. Juan está impaciente, enojado, diría. Yo cansada. Ya me quiero ir a mi casa, aunque cuál es: ¿Acapulco? Imposible. La abuela murió. La casa fue vendida. Acapulco también.

—Pero, ¿qué te preocupa? —le digo—. No es sino una novela más.

Eso. Una más. Tan gratuito todo, tan sin consecuencia.

—Igual que ser, Juan. Que querer seguir siendo. Es absurdo, pero no hay de otra.

La oficina comienza a recogerse luego de la hora del café. A mis espaldas siento el movimiento normal de todos. Un día más. Un miércoles, un jueves... Cómo los conozco a todos estos compañeros de trabajo; de vida. Cómo les he visto los perfiles, las nucas, las manos días tras día. Cómo los he oído sin escucharlos. Cómo he visto el día desnudo desde este escritorio. desde esta conversación con Juan. Cómo veo ahora la forma roma y opaca que oculta tanto y que no obstante es lo único que tenemos.

El silencio de Juan es inaudito. No es de descontento, no es de protesta. Ha vuelto a sí mismo. Es solitario.

—Aceptarás al menos una pastilla Halls.

—¿De qué sabor?